暗示

遇瑾 著

中国友谊出版公司

图书在版编目（ＣＩＰ）数据

暗示 / 遇瑾著. — 北京：中国友谊出版公司，
2018.7
ISBN 978-7-5057-4434-9

Ⅰ．①暗… Ⅱ．①遇… Ⅲ．①长篇小说－中国－当代
Ⅳ．①I247.5

中国版本图书馆CIP数据核字（2018）第161268号

书名	暗示
作者	遇　瑾
出版	中国友谊出版公司
发行	中国友谊出版公司
经销	新华书店
印刷	北京嘉业印刷厂
规格	700×980毫米　16开
	16.5印张　255千字
版次	2018年9月第1版
印次	2018年9月第1次印刷
书号	ISBN 978-7-5057-4434-9
定价	42.00元
地址	北京市朝阳区西坝河南里17号楼
邮编	100028
电话	（010）64668676

如发现图书质量问题，可联系调换。质量投诉电话：010-82069336

言辞具有不可思议的力量。

它们能带来最大的幸福，也能带来最深的失望；

能让教师把知识传给学生；

能使演说者左右他的听众，并强行代替他们做出决定。

言辞能激起最强烈的情感，促进人的一切行动。

——西格蒙德·弗洛伊德

绝望、崩溃、自残、自尽……
可怕的不是我们做了这些
而是我们根本不知道为什么会这样做

用心理犯罪，以意念杀人
这就是"暗示杀人"的可怕力量

———————

常有读者问我，为何会写出《暗示》这样的故事，写这个故事的原因是什么。我通常回答：我热爱写作，坚持多年，终于写出一部像样的作品，算是水到渠成吧。至于原因——没有原因，写一个故事哪需要什么原因。

但细细想来，这种回答却是明显的敷衍，因为任何事情的发生都是有原因的。我说没有原因，或许是懒得对原因进行深入思考，又或许我知道原因，潜意识却出于某种目的，对相关信息进行了掩盖或是伪装。无论如何，为了更清楚地认识自己，也为了对提出这个问题的读者有个负责任的交代，我决定直面内心，找出创作《暗示》的真正原因。

大概要从我的童年说起。

世间的大多数家庭都算不上美满，我则出生在一个更不美满的家庭。从我记事起，父母就始终做着一夜暴富的梦，他们盲目融资投资，债台高筑。因为生意，他们很少顾家，回家也只是争吵和拿我出气，而且从不避讳谈论债务。我从小就明白父母靠不住，极度缺乏安全感，性格也十分阴郁。

2001年，我连续尝试过两次自杀，手段是服安眠药和割腕。真正去做了，才发现杀人不是件简单的事，尤其是杀死自己。求死不得，我便逐渐学会了忍耐和坚持，也学会了在绝望中寻找希望。

我的希望来自探索。

现实的无望与压抑，迫使我筑就了丰富的精神世界。童年的我热爱自然科学，把探索宇宙奥秘当作毕生追求。这一时期对理性科学的持续接触，奠定了理性在我思维模式中的主导地位。

自杀的尝试失败后，年幼的我开始对人生与世界的复杂关系进行思考。当然，一开始肯定是茫然的。2002年，我在一个同学家中读到了《百年孤独》，瞬间沉醉于马尔克斯那充满活力的文字与令人激赏的世界观之中。此后一年，我如饥似渴地阅读了十多部中外文学名著，并开始尝试写作。从那时起，写作就成为我生命的重点。在不断的阅读和写作中，我惊讶地发现，除了遥远莫测的天体，宇宙中居然还存在另一些神秘未知的领域，比如人类社会的变迁与规律、人类个体复杂入微的心理世界等。

尽管认识到了这些，但在此后相当长的一段时间里，我都未能接触到任何专业的心理学知识。我只是凭着好奇心与本能，开始不断观察、触摸、分析乃至尝试控制自己的心理活动。后来我才明白，这正是弗洛伊德所说的"自我分析"。

我喜欢自我分析的感觉，于是在自己的内心深处越挖越深，收获了大量的心理分析经验。后来接触心理学知识，尤其是精神分析学知识时，我几乎无师自通，因为那些知识早已成为我知觉体验的一部分。

2006年，我第一次读到了《梦的解析》，虽然不懂，但是着迷。那本书为我打开了精神分析学的大门，我跌跄着跨门而入，艰难爬行，并在钻研了《精神分析引论》《图腾与禁忌》等书籍后，试图学会奔跑。但对当时的我而言，想驾驭这门科学，还欠缺一些与现实有关的经验。

这种经验很快不期而至。几年前，父母的债务危机彻底爆发。家破人亡后，我不得不直面来自社会的重压。那些年里，我目睹过人性中最朴素的善，也亲历过人性中最赤裸的恶。经过生不如死的锤炼后，我理所当然地对人类的精神世界有了更深刻的理解与认识。现在想来，从那时起，《暗示》的故事大概就已经在我心中萌了芽。

当然，写这个故事的直接原因是，我看了两季的美剧《绝命毒师》，认为自己也可以写一个大学教授杀人的故事。起初，我想写这个教授利用物化知识杀人，因为我对物理和化学同样很有兴趣。但开头之后，潜意识就给了我新的灵感。我还记得当时的情景：敲了几行字之后，我突然一愣，双手离开键盘，深吸了一口气，接着又把双手放回键盘。两秒之后，我删掉了所有文字，决定重新开始，写一个大学教授利用心理干预杀死他人的故事。

这就是我写这个故事的具体原因。

在本书中，除了环环相扣、悬念迭起的故事，还存在大量深入浅出的心理学知识，也包括作者对人类心理活动的一些独立见解，主要涉及暗示行为的心理学原理、心理创伤机制、心理与生理的关联与相互影响、心理自我保护机制、性心理发展对健全心理的意义等方面。

试着读个开头，相信您会忍不住读到结尾。

转眼三年过去，《暗示》迎来了再版。回望这个故事，我依然能记起创作过程中的每一分艰辛与激动。这个即兴创作、浑然天成的故事，现在看来依然激动人心。感谢读者们一直以来的支持，感谢我的朋友一草、周晶晶、丁丁对再版事务的努力推动，感谢磨铁图书对《暗示》的认可，你们是我保持创作热情的动力所在！

遇瑾

2018年5月14日

诡异的死亡名单

Kill List

————

在我们身边，一桩桩离奇命案正在发生——

第一名死者：谢博文，C大化分学院教授。2009年2月9日，谢博文乘坐由同事舒晴驾驶的小车，突然，舒晴发疯一样将车撞向并列行驶的一辆大货车，谢博文因为胸腔穿孔、失血、休克而死……

第二名死者：丁俊文，1967年生人，本科学历，生前在Z大应用化学研究所担任库管员。2009年4月1日，丁俊文被相守近二十载的妻子突然暴怒发狂地从自家窗口推出……

第三名死者：陈曦，女，生于1980年5月，生前为省电视台综合频道记者。2009年5月18日夜，原本健康沉稳的她在家中死于过度惊吓导致的急性心肌梗死……

第四名死者：王伟，男，生于1971年10月13日，曾为市教育局工作人员。2009年6月25日上午，事业有成、一表人才的王伟被发现意外死于家中，尸体全身赤裸，被高强度胶带固定于浴缸底部，手腕被细钢丝制造的上手结牢牢捆绑……

第五名死者：何玉斌，男，生于1974年6月，生前为E制药公司市场部副经理。2009年8月18日，何玉斌在公司一生产车间内突遭其平日素来友好的上司赵海时枪击……

一名手无缚鸡之力的弱女子自首，声称死者全系自己所杀。警方火速介入调查，很快发现惊悚悖论：这些人不是自杀就是意外身亡，几起他杀案件的真凶也已伏法，都跟这名女子没有丝毫关系，她是如何下手的呢？更可怕的是，这份离奇的死亡名单还远未结束……

CONTENTS —— 目录

这个女人主动投案，自称在过去三年里杀了二十多个人。一开始，我们把她安排在三区。之后不到一周，三区的一名护士就遭遇车祸身亡……

我掀开身上的毯子一看，床上全是血，还有很多殷红的血块。我当时完全蒙了，什么也看不见，什么也听不见，就记得满眼血红。

我当时就明白过来，发生的一切，似乎都是一个预谋已久的计划。如果我想象中的那个庞大阴谋真的存在，其他参与者，一定会采取某种行动。

很快，我们就翻到了伪造的《M成瘾性的实验研究报告》。看到报告的第一眼，丁俊文停止了一切动作，甚至停止了呼吸，像个雕像一样凝固在原地。

死亡资料里说，陈曦死于急性心肌梗死。可她是如何发病的呢？向来健康沉稳的她，为何会死得如此突然？

一切负面情绪的根源，都是恐惧。接下来就听我说说陈曦内心深处、连自己都没有察觉到的恐惧。

鉴于M事件的复杂性，我隐隐觉得，陈曦不正常的行为背后，可能隐藏着一股尚未被我发现的势力。她所代表的，正是这个未知的利益方。

妻子回到家时喊王伟，王伟说自己正在洗澡。两分钟后，婆婆梁慧荣居然从浴室走了出来，还一边解释说，自己刚才去给王伟搓了搓背。母亲给已经成年的儿子搓澡，这实在令人感到恶心。

2009年过年的时候，徐毅江被一个狱友拿砖头砸死了。杀他的那个犯人当即就自杀了，用同一块砖头照着自己脑袋玩命地砸。

弗洛伊德只是把梦境当作一种心理活动现象，我却认为，梦是一种可以掌控的心理工具。通过暗示影响一个人的心理活动，从而干预其梦境。

梦是潜意识的伪装表达，梦境越混乱，说明潜意识的伪装越深。要分析这样的梦，首先要脱下潜意识的伪装，即了解梦中主要事物的象征意义。

第一章

最危险的精神病人

这个女人主动投案，自称在过去三年里杀了二十多个人。

一开始，我们把她安排在三区。

之后不到一周，三区的一名护士就遭遇车祸身亡……

第一次听说"叶秋薇"这个名字，是2012年的夏天。

当时，我在本地的一家法制杂志社供职，负责犯罪心理学的版块。7月初，领导把9月的主课题给了我，题目是"谋杀犯罪预谋阶段的心理分析"。

每个月的主课题，都需要提前一个月完成初稿，这也就意味着，我必须在月底前拿出完整的文字报告。

接下来，我用尽办法，总共面访了六名被判了监禁的犯人，还有一名即将被执行死刑的死囚。面对我，他们或是绝对沉默，或是长久痛哭忏悔，没人能冷静地接受采访。眼看半个月过去，事情却几乎毫无进展，我就难免有些焦虑起来。

7月中旬的一个晚上，朋友约我出来聊聊。几杯啤酒闷下肚，我就开始倒苦水，说起杂志社的生存不易，养家糊口的艰难，还有那毫无进展的课题。

朋友名叫吴涛，我习惯喊他老吴。我们是一个家属院里长大的孩子，后来，还一起读了四年的心理学本科。本科毕业后，我步入社会，他则读研、读博，后来成为本地精神病院的副院长。

听我说了一阵，老吴喝了口酒，眉头微微一皱，说道："老张，关于你这个预谋心理的课题，有个人，说不定能帮到你。"说着，他抬起手，轻轻地摸了摸自己的后颈。

"你？"我当时误解了他手势中的深意，白了他一眼，哂笑道，"吴院长，你这个研究儿童心理的博士，就别跟我装什么犯罪心理大师了。"

"不是我。"老吴放下手，仰起脸，微微一笑，"是我们院里的一个病人。"

"病人？"我倒吸了一口凉气，看着他的眼睛，觉得这话有点意思，"什么病人？"

"是个三十多岁的女人，叫叶秋薇。"

"叶秋薇。"我低头看着杯中的酒，下意识地重复了一遍这个名字。

"她是去年秋天入的院。"老吴舔了舔嘴唇，语气有些怪怪的，"当时，是十几名荷枪实弹的武警押运过来的。接人的时候，我们都以为会是个虎背熊腰的凶恶大汉，谁知道车门一开，出来的却是个挺瘦弱的女人。"

"有意思。"我赶紧催促道，"接着说。"

"这个女人主动投案，自称在过去三年里杀了二十多个人。"老吴的语气逐渐沉重起来，"但根据警方提供的情况，那些人并不是她杀的。在她所说的死亡事件中，的确有一部分命案，但凶手都已经认罪服法。余下的一部分，则根本就不是命案，而是自杀或者意外事故。"

"是非分离性的身份识别障碍，还是妄想型的精神分裂？"我凭经验随口猜了几句，接着便摇摇头，觉得老吴在蒙我，"不对啊，既然如此，为什么需要武装押运呢？"

"因为她压根就没病！"老吴直勾勾地看着我，随后稍稍缓和了口气，说，"她入院后，我们对她进行了深入的生理与心理评估，没发现任何精神疾病的症状或是征兆。后来，我们又详细调查过她的成长经历和家庭背景，也没有发现足以致病的因素。"

"很矛盾。"我问，"再后来呢？"

"一开始，我们把她安排在三区。"老吴又抬手摸了摸自己的后颈，"之后不到一周，三区的一名护士就遭遇车祸身亡。又过了一个多星期，调过去的护士从病房楼顶跳了下去。后来我听说，两名护士都为难过叶秋薇。"老吴抿了口酒，接着说道，"一个月后，三区的两个病人在病房里自残而死。巧的是，他们分别是叶秋薇的左右邻居，而且从监控和医护人员的反映来看，两人之前都对叶秋薇有过挑衅行为。"

"于是，你们就开始怀疑她了？"我也抿了一口酒。

"联想起警方提供的情况，这样的怀疑不是没有道理。"老吴连续眨了几下眼说，"我们再次对她进行了全面的心理评估，仍旧没发现任何精神疾病或者心理障碍。但随后，与她相关的死亡事件又接连发生，最终，领导层一致决定，把她转移到四区。"

"四区。"我心里微微咯噔了一下。因为跟老吴的交情，我对市精神病院还是有些了解的。院里一共四个病区，数字越大，代表里面居住或关押的病人越危险。

"四区不大，一共只住着十几个病人，都是你不想再见第二面的那种。"老吴的眉毛抖动了几下，"四区的管理比监狱还要严苛，病人们吃喝拉撒都在病房里，每周只有不到两个小时的户外活动时间，而且还要戴着手链和脚链。半个月后，一个绰号'恶鬼'的病人，在房间里生生地磕掉了自己十几颗牙，流血而死。据四区的两名医生说，两天前的户外活动时，'恶鬼'和叶秋薇有过两三分钟的简短交流。"

"这种联系，是不是过于牵强了？"我摇摇头。

"没有直接证据，确实牵强。"老吴叹了口气，"但你换个角度想想，这种牵强，或许正是叶秋薇无法被定罪的原因。你知道吗？现在，全院的人都坚信，那二十多人就是被叶秋薇杀的，警方肯定比我们更清楚其中的是非曲直。至于为什么没给她定罪，除了缺乏直接证据，恐怕还有别的什么原因——这就不好妄论了。"

看着老吴认真严肃的表情，我不禁倒吸了一口凉气："这个女人，真有你说的这么厉害？"

"世界之大，无奇不有。"老吴收起严肃的表情，微微一笑，"我现在跟你说再多也没用，你自己见她一面就知道了。"他往前凑了凑，用神秘的语气说，"监狱里的杀人犯，都只是普通货色。跟叶秋薇聊聊，你就会明白，她才是真正的高手。"

"听你说得这么玄乎，我都有点怕了。"我笑道。

"我就是听你说起课题上的困难，随口这么一提。"老吴拨弄着盘子里的菜品，"你自己考虑考虑，如果想见她，明天随时联系我，后天，我可就要到外地出差了。"

当晚临睡前，我就给老吴打了电话，决定见见他口中那个充满神秘色彩的女人。第二天一早，我赶到市精神病院，老吴已经为我安排好了面访。在前往四区的路上，他把一份资料递给我，上面记录了叶秋薇的一些基本情况。

以下，是她的履历摘要：

叶秋薇，女，生于1978年5月14日，本地户口。

1997年，考入本地某大学材料化学专业。

2000年，提前一年取得化学学士学位，同年，取得应用心理学学士学位。

2000年，考取本校材料化学研究生。

2003年，硕士毕业，留校任教。

2007年，取得材料化学博士学位。

2007年，取得心理学硕士学位。

2008年，因在大型科研项目中的突出贡献，被破格提升为化学副教授。她是校史上最年轻的副教授。

"我的天哪！"看完这些，我不禁吐了吐舌头，"要是相亲遇见了这样的女人，我估计会自卑死的。哎，对了，她结婚了吗？"

"结过。"老吴叹了口气说，"丈夫名叫秦关，两人从高中到研究生一直是同班同学。研究生一毕业，两人就结了婚。"

"有孩子吗？"我进一步问。

"没有。"老吴摇摇头，"她丈夫后来出事了。"

"啊？"我眉头一皱，向老吴投去怀疑的目光。

"做化学实验出了事故，被炸成了植物人，在医院躺了两年多，后来还是死掉了。"老吴又是一声叹息，"我知道的，也就这么多了。"

快到四区的时候，我有些紧张，问老吴："老吴，我是不是应该隐瞒采访者的身份？这样会不会更容易跟她接触？"

"呵呵。"老吴意味深长地看了我一眼，笑道，"最好别隐瞒，因为什么都瞒不住。"又叮嘱我说，"记住，控制好自己的情绪，但也别隐瞒。无论紧张、焦虑、怀疑还是愤怒，都瞒不过她的眼睛。坦诚一点，会获取她的好感，她喜欢正直诚实的人。还有，在谈话过程中，一旦觉得不舒服，你就要迅速起身，到门口按下呼叫铃，我们会去接应你的。"

几分钟后，车子在病院东南角一处茂密的槐树林旁停下。林子深处，是一栋仓库或车间之类的单层建筑，建筑外体，裹着一层有些生锈的厚实铁皮。整座建筑，如同一座阴森的堡垒。

在老吴和四名保安的陪同下，我如履薄冰地走进四区内部，踏入一条宽阔幽深的走廊。老吴打开灯，我看见走廊两侧分列着十几个厚重的红漆铁门，每个门后都是静悄悄的。这种寂静，反倒进一步加剧了我的紧张。

"隔音墙。"老吴拍拍我的肩膀，"高强混凝土，中间还夹了一层玻璃钢的声障，除非是炸弹爆炸，否则什么也传不出来。"

"你们还真舍得花钱。"我看着森严的墙壁，忍不住感叹了一句。

"花钱没有舍不舍得，只有值与不值。"老吴笑道，"这里面关着的人虽然可怕，但都是我们院里的宝贝啊。"

听了他的话，随行的四名保安也各自露出不同意味的笑。

走廊尽头东侧，是十几级向上的楼梯，上了楼梯，就进入了一条只有两米长的小道，小道尽头，堵着一扇红漆的厚重铁门。到了门前，老吴停下脚步，对我说："老张，一会儿你进去，我们就守在门口。记住，一旦觉得有什么不舒服，就赶紧按一下门边的呼叫铃。"

"她就在里边？"我明知故问，希望以此消除自己的紧张。

"你进去就知道了。"老吴取出一把钥匙，打开门边的一个小铁盒。铁盒里，是电子密码锁的输入端。他一边输入密码，一边又说："放心，也没你想的那么可怕。这个女人从来不干粗活，你明白我的意思吗？我是说，她手无缚鸡之力，既不会拿利器捅你的脖子，也不会用钢笔拧开铁窗的螺丝钉，你完全不用担心直接伤害。在你印象里，关在精神病院最深处的，可能是龇牙咧嘴的杀人狂魔，能徒手弄死好几个人的那种，但我要告诉你，那种人，跟叶秋薇完全不是一个档次的。"他输完了密码，又打开另一个铁盒，把手掌放了进去，大概是在验证指纹。须臾，他伸出手，对我小声说："她拥有你难以想象的精神力量。"

话音刚落，如警报般的嘀嘀声响起。声落之后，老吴对着门上的几个小孔说道："叶老师，现在方便吗？我们准备进去了。"

门内沉默了一阵，传出一个平静的女声："请进。"

老吴推开门，我低头走了进去，等再抬起头，门已经重重关上。老吴没有骗我，门内的景象并不可怕。我眼前，是一层厚厚的隔音玻璃墙，墙那头，是几堵洁白的墙壁、整齐的沙发桌椅、干净的盆碟碗筷，甚至还有鲜花、水果和空调。房间东侧的墙壁上，有一扇敞开的明窗，窗外是寂静的树林，以及更远处高耸的商业建筑。

当然，窗口是有铁栅栏封锁的。

这幅情景，完全颠覆了我之前对特殊病房的想象，也进一步加深了我对居于此处的女人的好奇。

叶秋薇坐在窗边的一把藤椅上，身旁放着一份展开的报纸。见我进来，她站起身，走到玻璃墙边，指了指墙上的一个透明把手，示意我向右推。我观察许久，才将把手推开一点。在把手的带动下，一小块玻璃被拉开，露出五行五列指甲盖大小的孔洞。墙体两侧的声音，就经由这些孔洞传入传出。

"坐吧。"她指了指我身体右侧的一把椅子，自己也拉了一把藤椅在玻璃墙边坐下，平静地说，"别紧张，我没他们说的那么可怕。"

"哦。"我点点头，把椅子拉到玻璃墙边，缓缓坐下，原本想好的各种开场白，顷刻间忘得一干二净。

她注视着我，我也注视着她。她看上去三十出头，戴着细边的黑框眼镜，目光内敛而敏锐。她身形略显瘦弱，面色白而不苍，嘴唇是饱满的粉红，乌黑的头发披散及肩，有几缕还耷拉到胸口，微卷，如同小河里蜿蜒纯净的流水。她穿着一件蓝底碎花的波希米亚连衣百褶裙，正是当年夏天流行的款式。裙子领口很低，隐约能看见起伏的曲线。我盯着看了许久，眼睛和嘴唇都有些麻木。

"如果你一直盯着我的胸口看，咱们之间就很难展开切实有效的对话。"她的声音把我从恍惚中惊醒。

"啊，对不起，我……"我刚想辩解两句，突然想起老吴的叮嘱，索性沉住气，又看了一眼她的胸口，说，"那里，隐藏着对男人天然的诱惑力。"随后，我又故作镇定，冲她点了点头，"自我介绍一下，我叫张一新，是《普法月刊》犯罪心理版块的编辑。"

她看着我，收了收衣领，嘴角挂着不易察觉的诡诈的笑："说说你来的目的吧。"

"哦——"我下意识地摸了摸鼻头，仍旧有些紧张，"我有一个课题，跟预谋杀人有关的，但遇到了一些困难。老吴——吴院长无意中跟我说起过你，他说你杀过二十多人……"

"从社会的角度来说，他们的死与我无关。"说起杀人，她的语气和神色却无比平静，"但从精神层面来说，没错，是我杀了他们。"

"精神层面？"我赶紧追问道，"就像意念杀人之类的？"

"你可以这么理解。"

"能跟我说说吗？"我进一步追问道。

"我不介意说说，但你还没做好听的准备。"她微微摇头。

"我？"我不明白她的意思，"你说的准备，是指哪方面？"

"张老师，你是学心理的，读过弗洛伊德的书吗？"她突然这么问道。

"读过《梦的解析》《图腾与禁忌》，但都不算深入。"我坦诚地回答。

"弗洛伊德说，性本能是人类心理的根本动力，我曾经一直无法理解。"她平静得如同圣母，"但后来我理解了，并且有了新的发现。性本能确实是心理的基本动力，但也是导致人类难以彻底摆脱本我的原因所在。"

"本我是不可能彻底摆脱的吧？"一些观念，已经在我心中根深蒂固。

"可以。只要摆脱了性本能，就能彻底摆脱本我。"

"摆脱性本能？"我本能地流露出不屑的神色，觉得她在痴人说梦，"对人而言，这怎么可能？"

"否定和不屑，证明你是一个高度社会化的人。"面对我嘲笑的语气，她却没有丝毫愠色，"所以我说，你还没有做好跟我交流的准备。张老师——"她往前坐了坐，"最近半年，到这儿来见我的人，少说也有十来个了，但，他们显然都没有什么诚意。你有诚意吗？"

"我……"经过之前的一番谈话，我摸了摸鼻子，有些犹豫了。

"张老师，你想要我吗？"她突然如此问道。

我愣了片刻，突然意识到，她可能正在对我进行某种暗示或者引导。我深吸了一口气，本想假装正经地给出否定回答，却又突然想起老吴说的坦诚，以及她刚才提到的诚意。犹豫片刻，我下定决心，如释重负地点点头："想，当然想要了。"

"正视本我，是摆脱它的第一步。"叶秋薇对我的回答似乎很满意，"如果连这点都做不到，这次谈话也就没有继续的必要了。虽然你的回答可能是经过了自我层面的犹豫与分析，带有明显的社会目的性，但——"她难得露出了一丝笑意，"这是个不错的开始。"她顿了顿，微微俯身，似乎是故意露出了胸口下方的皮肤，继而用无比温柔的声音问道，"张老师，你看着我。你想怎么要我呢？是趴在我身上，抚遍我的每一寸皮肤，让我浑身颤抖，还是想单刀直入，用最热烈的方式宣泄欲望，让我尖叫？或者，你希望我做点什么，我都会很主动地配合你的……"

"我……"我的呼吸逐渐有些沉重，"我会……"说到这里，我突然听到一阵拉开拉链的声音。恍惚中，我瞥见她站起身，解开衣裙，露出雪白的身体，在我面前缓缓扭动。一股热气在我体内攒动，我喘着气，猛然站起身，趴到玻璃墙上。

"喀……"

她微微地咳嗽一声，把我从臆想带回现实。我看见，她正端端地坐在藤椅上，还保持着之前谈话的姿势。我这才意识到，自己刚才可能是被她短暂催眠了。羞愧、惊恐与窘迫让我浑身不自在。我想起老吴之前的交代，连忙站起身，走到门边，扶着墙，把手伸向呼叫铃。

"张老师，"她在玻璃墙那边说，"你忘了把对话口关上了。"说完，她站起身，走到窗边，望着窗外的景色出神。

我低头走回玻璃墙边，把手放到把手上，迟疑片刻，低声问道："刚才……你是怎么做到的？"

"想控制一个人的精神，首先要让他紧张。"她回头看着我，耐心地解释说，"吴院长一定跟你说了不少我的事，这足以让你在会面时陷入紧张状态了，你收在椅子腿后面的双脚、不时纠缠在一起的双手，也都充分说明了这一点。"她缓缓朝我走来，"你眼神饱满，时不时地扫视我的身体，在谈话过程中，不止一次地触摸了自己的鼻头，这些，都是生殖性本能的无意识体现。我让你承认自己的欲望，是为了让你无意识的部分变得有意识，从而激活你大脑的边缘区域——那里掌控着人类的一切潜意识活动。之后，几句简单的描述和引诱，就能够让你潜意识里幻想的情景渗透到表意识之中。再来点声音刺激，你就会把意识当作真实。"说着，她走到藤椅一旁，用指甲在椅背上轻轻划拉。我这才意识到，之前恍惚中听见的拉链声，正是通过这种方式制造出来的，而她的衣裙上，根本没有任何拉链。

"不错的开始。"离开时，她对我点点头，"下次来的时候，给我带几本你们的《普法月刊》吧。"

中午一到家，我就像发疯了一般，把正在准备午饭的老婆抱到了沙发上。事后，她欣喜地看着我，说我仿佛回到了二十岁的年纪。

想来，我和老婆从恋爱到结婚，已经十年有余，对她，我早就没了当初的激情。为此，她曾不止一次地抱怨过我。我也做过尝试，但累积了十几年的审美疲劳，加之社会与家庭带来的重重压力，让我实在难以找到持久的激情。

可是那天中午，久违的激情就那样突然出现了，而且一发不可收。晚上，我和老婆又亲热了一次。她惊讶地看着我，问我是不是受了什么刺激。

我逐渐意识到，自己突然间的转变，可能与叶秋薇的心理引导有关。当晚，在睡梦中，我对她的态度，从畏惧与抵触悄悄转为敬佩与好奇。第二天一早，我就迫不及待地给老吴打了电话，希望能再见叶秋薇一面。

"我已经在去机场的路上了。"老吴在电话里说，"不过你放心，我都已经安排好了。你到院接待处报一下自己的名字，就会有个姓汤的医生带你过去。"他在电话那头神秘地笑笑，说，"知道吗，老张？叶秋薇同意再见第二面的人，你是第一个。"

跟老吴通完电话，我看着身边的老婆，居然又一次有了难以控制的冲动。事后，老婆搂着我，哭笑不得地说："一新，你这到底是怎么了？突然这么反常，不会是什么病吧？"

我摇摇头，不知该怎么解释。直到那一刻，我才意识到，叶秋薇对我所做的，恐怕不仅仅是一次普通的催眠。

本我，是人格中生物本能的部分，比如吃饭、睡觉、性冲动，你可以简单地把它理解为一切原始欲望的集合。

超我与本我恰恰相反，是人类独有的与生物本能不共戴天的部分。比方说，买票时主动排队、公交车上给老人让座，或者，在一场大火中，一个原本可以置身事外的人，选择牺牲自己，冲入火场挽救毫不相识的人，这些，都是超我人格的体现。简单来说，超我就是人们所颂扬的各种规范与品德。

自我就很容易理解了，指的是人格中与社会相关的部分。拿我来说，我是一个从事犯罪心理学研究的男人，拥有体贴的妻子和调皮的儿子，大家都说我脾气好，我最大的愿望，是儿子能平安健康地长大，获取美好的未来……这一切，都是自我的部分。

试想上述三者：生存的欲望、社会角色与定位，以及促使我们区别于其他动物的规矩与品质，这些，我们能摆脱掉哪一个呢？

作为人类而言，显然都不能。即使一个人人格分裂，分裂后的每一层人格，依然由上述三部分构成。即便是流落荒岛多年的鲁滨逊，也没能彻底摆脱人格中的任何一部分，尤其是本我的部分。

所以，当叶秋薇自称能够摆脱本我的约束时，我的第一反应是质疑和不屑。

当然，后来的事，重重地回击了我的质疑。

再来说说"性本能"。

在英语里，这个词并非写作sexual instinct（生殖性本能），而是libido（器官性本能），可见，这里的"性"，并非特指生殖意义上的性，而是泛指身体器官的一切快感，比如婴幼儿吮吸咀嚼的快感、将代谢物排出体外的快感、好奇心带来的快感等，当然也包含生殖意义上的性快感。

举例说明：有人喜欢对着镜子挤黑头，这就是一种排泄的快感；有人喜欢把烟叼在嘴里，他自己或许都没有意识到，自己正在享受吮吸的快感。上述各种快感，都是人类与生俱来的原始快感，从根本上说，都是性本能的体现。

弗洛伊德认为，这些原始的快感，也就是所谓的"性本能"，是人类一切心理现象的原动力。这个观点，叶秋薇曾用原话叙述过。

性本能与本我，是密不可分、相互依存的关系。用当年初中政治老师的话来说，就是"你中有我，我中有你"。

综上所述，叶秋薇说，只要摆脱了性本能，就能摆脱本我，这句话在因果关系上是成立的。

什么是"意识"和"无意识"？

举例来说：小时候，父母带你出门时，总会想办法教你记住回家的路，你也会努力思考，自己家在什么地方，过了这个街角，下一处是公园还是商店。你当年的思考过程，就是所谓"意识"。

后来，你渐渐长大，上了小学，上了初中。放学后，你根本什么都不用想，双腿像长了眼似的，不知不觉就带你回到了家。因为，一路上的一切，你再熟悉不过了，以至于根本不用思考回家的路怎么走。这时，你步行回家的过程，就是一种"无意识"行为。

可以这么说，我们日常的思考活动分为两部分，"意识"是其中我们能够感知到的部分，"无意识"，当然就是感知不到的部分了。

关于二者，弗洛伊德曾提出过一个著名的"冰山理论"。我们都知道，假设水和冰都是纯净的，那么冰块浮在水中时，露出水面的，大约只占整体的十分之一。弗洛伊德认为，人格中的"意识"部分，就相当于露出水面的冰山一角，藏在水面之下的，就是我们无法感知的"无意识"。

对人类的心理而言，无意识所占的比重，比意识多多了。

意识行为，通常具有主动性，而无意识行为，通常是经验或习惯使然。

确实如此。但关于无意识，这种说法并不完整。在无意识中，除经验与习惯之外，还有一些是我们曾经主动意识到，却因为种种原因而忽略，从而埋进了记忆深处。

比方说，去年冬天，你的超我人格让你在路上扶起了一位跌倒的老奶奶，你把她扶到路边坐下，确认她平安无事，就放心地离开了。你看了她的脸，并短暂地存入了意识，很快又悄悄淡忘，进入了你的无意识之中。

今年春天，公司老总给母亲过生日，邀你参加。你看着老总的母亲，总感觉似曾相识。此刻，无意识中的某些部分，正在你的意识边缘蠢蠢欲动。直到老人看见你，走过来说："哎呀，你不就是上次扶我的那个好人嘛！"

此刻，在外界的刺激下，无意识中的记忆成功上位，走入了你的意识之中。你认出了老人，不好意思地挠挠头，用意识的部分思考后说："哎呀，那都是我应该做的。"实际上，你说这句话的同时，你无意识中却存在一些不同的想法。你的无意识想的是：都扶起来老总的母亲了，老总怎么也得表示表示吧？你这么想了，你自己却不知道，因为那是无意识的部分想的。

人类的性本能，一直隐藏于无意识当中，所以，我们会自然而然地被异性吸引。一个正常的男人绝对不会花时间去思考：为什么女人会吸引我呢？因为这是性本能，是毋庸置疑的本能。

所以，与叶秋薇见面后，性本能潜伏在无意识当中，在我毫不知情的情况下，已经开始对叶秋薇产生幻想了。自我和超我的人格，加上社会化的意识思考，使我有意地回避了本我与本能。我的"意识"以为，我见到她，根本没想别的，只想采访她杀人的事。

但无意识还有个特点：它虽然不会通过语言表达（这是意识的特权），却会体现在某些不经意的行为当中。比如，我看着叶秋薇时饱满的眼神、我无意识地扫视她身体的行为、我无意识地触摸鼻头的行为，都暴露了我想要占有叶秋薇的性本能。

对她而言，发现这些，真是再容易不过了。

见面后，她让我不要紧张，其实正是为了增加我的紧张，从而为激活无意识奠定基础。一番无关紧要的对话后，她质疑我的诚意，进一步加剧了我的紧张和焦虑。于是，她抓住机会，让我坦诚了自己无意识中的占有欲。此时，无意识和意识之间的界限已经十分模糊。接着，她用直白的言语挑逗我，用俯身呈现出的胸口对我进行视觉刺激，用伪装的拉链声对我进行听觉刺激。

在这些刺激的共同作用下，我的性本能从无意识中渗入了意识里。性本能进入意识之后，我的大脑理所当然地认为，这是我在外界刺激下主动思考的结果。为了配合这种结果，视觉系统就伪造了能够导致这种结果的信息。

这种伪造而来的信息，就是我所看到的幻象。

这就是叶秋薇对我进行催眠的整个过程。

最后补充两点。

第一，所有的"意识"，都是社会影响的产物。

我们会欺骗、会隐瞒、会谈论价值观和科学原理，这些都是"意识"。从这个角度来说，"意识"其实并非真正的自己，而是我们在社会中的投影。就像电视连续剧《武林外传》里，吕秀才对姬无命说的那样："你是谁？你可以叫姬无命，我也可以叫姬无命，他们都可以叫姬无命。可是，除去这个名字之后，你又是谁？"一连串的质问，最后竟然逼得姬无命自尽而死。这虽然是个笑话，但也涉及了意识、无意识、暗示、催眠等诸多概念。

是啊，抛开姓名与社会定位后，我们到底是谁呢？

我们是"无意识"。

无意识不受主观控制，因而会展现出我们最真实的一面。我们都知道，梦就是一种最为典型的不可控的心理现象，其原理是：晚上入睡后，我们意识的部分进入休眠，无意识因而活跃起来。一些过于活跃的无意识，就会悄悄渗入意识，让我们能够感知，这就是梦。

所以，要真正地了解一个人，就要了解他的梦，也就是无意识。催眠，正是一种了解梦境、了解无意识、了解一个人到底是谁的有效手段。在催眠状态下，意识的作用完全淡化，欺骗与隐瞒的能力完全丧失，心理医生们因而能了解病人的真实内心，从而发现或排除其心理障碍。

我要补充的第二点是，意识的补偿反馈机制。有一个社会实验，大致是：在街上随机采访过往人群，说出一个根本就不存在的旅游景点，问受访者是否去过。在采访者不断的心理暗示下，将近半数的受访者最后都承认自己去过那个景点。而且，其中绝大多数的人都认为，自己是很小的时候去的。

这说明，在暗示下，无意识会根据经验产生一些虚假信息，这些信息渗入意识，就会欺骗我们自己。但意识本身，却认识不到这是一种欺骗。为了让我们相信一切都是真的，它就会制造出更多的虚假信息。

想想我们自己的亲身体验吧。你有过与某人初次见面，却觉得似曾相识的感觉吗？你有过突然间觉得眼前的一切在梦境中出现过的感受吗？

这些，都是我们的心理活动在欺骗自己，这个过程，就是意识的"补偿反馈机制"。

结合例子来说：你与某人初见，但你们相当投缘，潜意识里的一些信息就自动结合起来，给意识发出信号，让你觉得，你们很早之前就见过面。某天，你正走在并不熟悉的某处，无意识中不知是受了什么刺激，突然向意识发出了"我曾梦过"的经验信号，于是你意识到，啊，太神奇了！这地方、这情景，眼前的一切，都曾经在我梦中出现过！

意识的自我欺骗，完全不露痕迹。

这也正是我会在叶秋薇暗示之下，看见幻象的原因。说白了，叶秋薇通过暗示，让我欺骗了自己。大部分无察觉催眠，也都是通过这种手段进行的。

真正的暗示高手，真的能通过引导使人产生幻视或幻听。

至于无意识究竟是通过何种方式对意识进行欺骗的，这个问题，涉及脑科学、神经心理学、生理医学等诸多领域，就不是我的能力能够解释的了。

上午八点半，我带着最新四期的《普法月刊》来到精神病院，对接待处的护士报了自己的姓名。护士打了个电话。半分钟后，一个微胖的中年男人来到我面前，伸出手说："你就是张主编吧？你好你好！我叫汤杰超，是叶秋薇的主治医师。"

"啊，你好！"我连忙跟他握了握手，充满敬意地上下打量，想看看能治叶秋薇的人，究竟是个什么模样。

"别这么看我。"他摸了摸自己的额头，用开玩笑的语气说，"也就是个名义上的主治医师，说到心理，她来治我还差不多。"

我嘿嘿笑了两声。

"会面的事，都已经安排好了。"他双脚的脚尖悄悄挪向一侧，身体却仍旧对着我，"不耽误你的时间了，我现在就带你过去吧。对了——"他把一沓文件递到我面前，说，"吴院长临走前，让我把这些交给你。"

"这是什么？"我一边接到手里，一边问道。

"叶秋薇入院时，警方提供的一些资料。"他抬起右手，放到额头的位置，又迅速放下，说，"希望能对你的工作有所帮助。"

我大致翻了翻，里面详细记录了二十多起叶秋薇声称与自己有关的死亡事件。这份资料，是叶秋薇入院时警方交给院方的，说明警方曾深入调查过叶秋薇的说法。我深吸了一口气，若有所思：如果警方真的只是把叶秋薇当作一个普通的精神病人，又怎么会调查得如此深入呢？

其中定是大有文章。

当时，大厅里开着空调，可是想到这些，我却渗出了一身的汗。

简短的寒暄后，汤杰超叫上保安，驱车带我前往四区。路上，我们有一句没一句地聊着，话题自然集中在叶秋薇身上。

我发现，只要一提到叶秋薇，汤杰超就会下意识地用右手触摸一次额头，与此同时，双肩也会不自觉地收缩一下，不到半秒，便又迅速展开。接近四区的时候，他又频繁地舔着嘴唇，右手长时间停放在后颈处。

我突然想起来，喝酒那晚，老吴向我介绍叶秋薇的时候，也不止一次地做过触摸后颈的行为。这种行为，是否有着某种深意呢？

一连串的思索过后，我猛然发现，不知从何时起，我对旁人细微的肢体动作突然变得格外敏感了。

站在叶秋薇的房门前，我已经完全没有了前一天的紧张。汤杰超输完密码，验证了指纹，照例是对着房内问了一句："叶老师，现在方便吗？我们准备进去了。"

门内，传出叶秋薇平静如水的声音："请进。"

我走进病房，把门轻轻关上。叶秋薇站在玻璃墙那边，用敏锐的目光扫了我一眼，指了指对话口的透明把手。我推开把手，拉了一张椅子，还未坐下，就听叶秋薇问："感觉怎么样？"

"你到底对我做了什么？"我反问道。

"你的双眼，现在像是退了潮的海水。"她打量着我说，"这样一来，这次谈话，就会容易得多了。张老师——"她嘴角露出不易察觉的诡诈的笑，"从昨天离开到现在，你满足了几次欲望？"

"三次。"我坦诚地回答，一面缓缓坐下，反问道，"你早就预料到了？"

"你觉得呢？"她的神色平静如机器，"放松点，我不会再触动你的无意识了，因为你现在已经做好了听我讲述的准备。"

"你说的准备——"我有着太多的疑问，"到底是什么？"

"敏锐。"她说，"恕我直言，张老师，上次见面时，你的一些无意识行为，说明你潜在的生殖欲望十分旺盛。可是同时，你说话时语气平和，眼睛想看却又不敢长时间直视我，不说话时，嘴唇总是紧闭，这些又说明，你是一个善于压抑无意识的人。"

"压抑无意识？"这两个词的组合对我来说，很有新鲜感。

"意识会压抑无意识。"她微微点头，"让我来猜猜看。你和老婆共处多年，对她早就没了兴趣，只有其他女人才会激起你的欲望。可你是个有责任感的男人，即便有心出轨，通常也只是想想罢了。责任感、生活和工作的压力，悄悄占据了你的无意识世界，使得你整个人高度社会化，而快要忘了自己是谁。"

我深吸了一口气，用上齿咬了咬下唇。不得不承认，她把我看得透彻极了。

我对老婆早就失去了兴趣，经常会对其他女人产生性幻想。这些年来，也有过一些女性朋友或是下属对我主动邀约，但每一次挣扎后，我最终都会选择守护家庭。时间一久，我连对其他女人的幻想都逐渐减少了，以至于我一度认为，自己是不是患上了某种男科疾病。

"这种压抑，会降低你对生活的兴趣，削弱你的性本能，从而削弱你的感知。"她接着说道，"如果你自己都感知迟钝，又怎么来理解我的敏锐呢？"

我恍然地点点头，对她更加敬畏。原来，我的压抑与迟钝，就是她昨天所谓的"没做好准备"。

"但现在不同了。"她的目光突然闪了一下，似乎是对我的赞赏与肯定，"随着生殖欲望的破土而出，你的无意识正逐渐活跃起来，整个人都焕然一新。你有没有感觉到，老婆那令人厌倦的身体，突然有了像其他女人一样难以抗拒的吸引力？"

"是！"我惊讶地看着她，"这是怎么回事？"

"我们初次接触某人、某事，与之相关的意识会十分活跃，活跃的意识，就会激活无意识中的性本能。"她耐心地解释说，"孩子得到一个新玩具、我们换了一份新工作、你当年初识了你的妻子，在这种情况下，我们的性本能会异常活跃。在社会中，人们把这种性本能活跃的感受，称为'新鲜感'。"

我点点头。虽然研究了这么多年心理，但我还从未通过这个角度了解什么是新鲜感。

"以你为例，婚后，老婆对你来说越来越熟悉，与她相关的很大一部分意识，逐渐转化为了无意识，隐藏在你内心深处。"她对我表现出了十足的耐心，"所以，想起她时，你的意识不再如初识时那样主动，相关联想、对性本能的刺激也就越来越弱，最后甚至完全无法激起欲望。就像人们常说的那样——熟练是兴趣的天敌。"

她的解释，直通我的内心。

"我还以为，你昨天对我做的，只是一次短暂的催眠。"我看着她，与昨天看她时的感受完全不同。

"确实只是一个小小的暗示。"她继续解释说，"但你的意识对无意识的压抑太严重了，一个小小的暗示，就能轻易地激活你深藏的生殖欲望，从而激活所有的性本能。在性本能的带动下，大脑边缘区域迎来久违的活跃，无意识中深埋的许多信息，都会因此浮现出来，徘徊在意识与无意识的边缘。"

"我明白了——"说到这里，我就不再需要她做出解释了，"这些被激活后，意识就有了深度挖掘无意识的能力。所以，当我看见老婆时，无意识中深埋已久的相关记忆，就会重新回到意识之中，从而激活对她的性本能。啊——"我深吸了一口气，不禁感叹道，"原来如此，这……这真是太神奇了！"

叶秋薇平静地点点头："与此同时，你的无意识格外敏锐。你有没有感觉到，别人的一举一动，你都能够轻易地捕捉到了？"

我想起汤杰超的举动，认真地点点头。

"很好。"她的嘴角突然微微耷拉了一下，"昨天你问起我杀人的事，现在，你已经做好听的准备了。"

我把四本《普法月刊》放在一边，翻开老吴给我的资料。里面的死亡事件，是按时间顺序从前到后排列的。

我把资料翻到第一页，第一个死者名叫谢博文。

资料上说，2009年2月9日，谢博文乘坐的车辆，在绕城高速上与一辆大货车发生了追尾和挤压。当时，谢博文坐在副驾驶的位置上，在救护车赶到前，就因为胸腔穿孔加失血休克而死。司机名叫舒晴，只受了骨伤和皮肉伤，幸运地活了下来。

资料里还显示，两人分别是叶秋薇所在大学的教授和讲师。

"张老师——"她看着我，摊开双手，"你来问，我回答，彼此坦诚，好吗？"

"行啊——"她配合的态度，以及毫不高傲的姿态，让我有些受宠若惊，我扫视了资料的第一页，抬起头说，"那就按顺序来吧，能不能先跟我说说谢博文的事？"说完，我打开公文包，取出纸笔，以便记录。

我打开笔记本，在第一页第一行写上：

2012年7月16日，市精神病院四病区二层，叶秋薇病房。与叶秋薇的第二次会面，以及第一次真正意义的访谈。

写完这些，我脑海中突然闪过一阵光亮。我突然注意到一个很有价值的问题——这种说法或许并不贴切，我大概早就注意到了这个问题，只是一直隐藏在无意识之中而已。

我放下笔，连忙摆了摆手，稍加思索，改口说："等等，叶老师，我能不能先问你一个问题？"

"你问。"

"一年前，你为什么要投案自首？"

"虽然咱们之间应该坦诚，但我现在还不能回答这个问题。"叶秋薇接下来的话让我无法反驳，她说，"因为即便我说了，你现在也不会懂。"她看了我一眼，"循序渐进，对你我都有好处。"

"啊。"对于她，我还是相当敬畏的，因而没有做出任何坚持。我思索片刻，又注意到另一个很有价值的问题："那就换个问题。叶老师，能不能先说说，你是从什么时候开始，发现自己能用精神力量去杀人的？是幼年还是成年？是天赋还是后天的学习与积淀？"

"是个契机。"她如此答道，"几年前的一个契机。"

"契机？那——"我害怕再次遭到拒绝，因而有些犹豫，"能跟我说说这个契机吗？"

"可以。"她的语气平静得可怕，"这个契机，我从没跟任何人说起过。"

"啊——"我长舒了一口气，"真想不到，我会有这份荣幸。"

我静待她开口，她却保持了很长时间的静默。虽然静默，她的神色却依旧平静如水，看不出丝毫的意识涟漪。我本能地屏住呼吸，一直等到她主动开口。

"张老师，你来见我之前，一定从吴院长那儿多少了解过我。"不知过了多久，她缓缓说道，"我丈夫的事，你一定知道些吧？"

"秦关。"我点点头，"听说他……"

"嗯。"她没让我继续说下去，"我所说的契机，就跟我丈夫有关。"

第二章

不堪回首的悲惨过往

我掀开身上的毯子一看，床上全是血，还有很多殷红的血块。

我当时完全蒙了，什么也看不见，什么也听不见，就记得满眼血红。

对一个女人来说，提起死于非命的丈夫，应该是一件很痛苦的事吧。我沉思片刻，便叹了口气说："叶老师，如果你觉得为难……"

"不为难。"她轻轻摇了摇头，"我和他是高一认识的，高二就确立了恋爱关系，后来还考了同一所大学，一起读研，直到结婚。读本科时，我们就很想有个自己的孩子，所以婚后，我们一直在努力。但是，我的身体不太好，直到2008年的7月，才第一次怀了孕。"

我看着眼前冷静而令人敬畏的女人，无法想象她恋爱结婚时的模样。

"当时，我刚刚破格成了副教授，我丈夫也出了一本含金量很高的学术著作。"她的语气不掺杂任何情感，仿佛是在说一件别人家的事，"加上怀孕，算是三喜临门吧。那段时间里，我和他都很高兴，觉得未来一片光明。不过，我们还是年轻，所以才会发生后来的事。"

我在笔记本上写下：

2008年7月前后，晋升副教授、丈夫出版学术著作、怀孕，三喜临门。叶秋薇曾因此十分高兴。

"后来发生了什么事呢？"写完这些，我停住笔问道。

"我破格晋升，很大一部分原因，要归功于参与了一个两年的科研项目。"叶秋薇看了一眼我的笔记本，接着说道，"5月的时候，这个项目取得了重大进展，从那以后，我就经常被邀请参与一些活动。成为副教授之后，这种邀请就更多了。"

"你当时，是不是有些飘飘然了？"我凭着敏锐的直觉，大胆问道。

"确实。所以我说，那时的我还是太年轻，不是说年龄有多小，而是太过迟钝，看不懂人心。"她点点头，看着我问，"你明白我的意思吧？"

"当然。"我也点点头，"都是这么过来的。"

"我记得是9月，教师节那天晚上，我参加了一个酒会。"她接着回忆说，"参加的人，大都是学校内外的科研人员，还有一些相关的政府官员。"

我继续在笔记本上写道：

2008年9月10日晚，参加一场酒会，出席者为科研人员与一些政府官员。

想了想，我又把"政府官员"改成了"非科研人员"。

"我本来想让丈夫陪我去的，不过当天上午，他接到通知，说是要代表院系参加一个研讨会，所以没办法陪我。"叶秋薇从身旁端了一杯水，喝了一小口，"我本来都不打算去了，可院里的领导打来电话，说当晚的酒会对学校很重要，让我务必过去露个面。我想来想去，就找了个朋友陪我。她是院里的讲师，虽然没有受邀，但出席也合情合理。有她陪着，我心里踏实多了。"

"你的这位朋友，名字是——"听到"讲师"二字，我已经敏感地觉察到了什么。

"她叫舒晴。"叶秋薇给出了我预料中的回答，"从大一开始，她就是我生活中最好的朋友。后来，我们还有了一些足以加深友谊的秘密。"

"秘密？"

"在学习和研究上，她有点浮躁。她博士论文的主要内容都是我代笔的，课题也是我自己的研究成果。"叶秋薇解释说，"同时，她很善于发展人脉，很懂得怎么往上爬。如果不是她，我评讲师、评副教授的事，也不可能那么顺利。"

"确实不是一般的关系。"我点点头，把这些详细记录在笔记本上。

"当晚，我和舒晴一直躲在角落里品酒聊天，她还不知道我怀孕的事。"叶秋薇继续讲述，"正想着该怎么告诉她，我就看见领导冲我挥了挥手。"

"这个领导——"

"谢博文。"

我愣了片刻，神经瞬间紧绷起来，一边写下这个名字，一边看了她一眼："请接着说。"

"他是化分学院（化学与分子工程学院）的副院长，也是我跟你说过的那个科研项目的领导者，同时，还是我从本科时就十分敬重的老师。"她的左侧嘴角和鼻头同时微微上扬，"当天傍晚的电话，就是他打给我的。我走过去，跟他打了招呼，他带我走到一个约莫五十岁的男人面前，介绍我们认识。那个男人叫徐毅江，据说有着某种深厚的背景。碍于谢博文的面子，我跟他单独聊了几句，很快就告辞，回到了舒晴身边。没多久，谢博文又走到我身边，问我跟徐毅江聊得怎么样。"

我在笔记本上写下徐毅江的名字。

"我说，那个人满口官腔，而且总盯着我上下看，让我瘆得慌。谢博文说，人家可是教育系统里的大树，是在教育部和中科院里都有势力的人。我说，那又怎样，跟我有什么关系。谢博文就问我，你想不想让X溶剂性能研究的项目早点通过审批。"说到这里，叶秋薇见我有些迷茫，就简单地解释说，"X溶剂性能研究，是我们科研组的下一个研究方向。"随后便接着讲述，"我说，当然想了。谢博文就点点头，拍拍我的肩膀说，想的话，就过去敬一杯酒。"

"当时的我，对科学充满了热情，我想，如果能对研究项目的审批有所帮助，敬一杯酒又算得了什么呢？"

"可你不是正怀着孕吗？"我用笔在本子上敲了敲，问道。

"嗯。"叶秋薇的眼睛眨了两下，"我当时也说了，我怀孕了，不能喝太多。谢博文就说，意思意思就行了。舒晴听到我怀孕的消息，很是吃惊，表情有点复杂，问我怀孕多久了，我说一个月。她脸色似乎不太好，轻轻咳嗽了一声。谢博文又拍拍我说，叶老师，你快去吧，他这种人，也不会一直待在这儿。"

我把她对舒晴的微表情描述也详细地记录到了笔记本中。

"我晃了晃酒杯，走了一步，突然感觉被绊了一下，酒全洒了出来。舒晴赶紧拿纸巾帮我擦了擦，谢博文则把自己的酒杯递给了我。我走到徐毅江身边，跟他有一句没一句地聊了起来，很快就扯到了项目审批的事。徐毅江向我保证，会想办法处理，还说了一堆恭维我的话，什么年轻科学家、中国科学事业的希望之类的。不久，他先提出了告辞，我就跟他碰了杯，抿了一小口酒。"

听到这里，一些信息片段从无意识的深渊中浮现出来，在意识中交会、排列，给我带来了一些颇有预见性的感知。

"那杯酒——"我看着她问，"恐怕有什么问题吧？"

"告别徐毅江，我只是往回走了五六步，就完全失去了意识。"讲述这些时，叶秋薇依然十分平静，"事情我就不多说了。醒来时是深夜，睡在我身边的，正是徐毅江。"

我深吸了一口气，写下"迷奸"两个字。

"我挣扎着坐起来，腹部和膝盖之间的部分几乎没了知觉，过了很久，我才感觉到钻心的疼。我当时就本能地知道，孩子没有了。徐毅江听到动静，醒了过来，把灯打开，神色有些惊慌。他说他注意我、喜欢我很久了，是真心实意的，发生这样的事，他很抱歉，但他会尽全力补偿我。我当时一片茫然，掀开身上的毯子一看，床上全是血，还有很多殷红的血块。我当时完全蒙了，什么也看不见，什么也听不见，就记得满眼血红。等回过神来，徐毅江早就不见了。我已经忘了自己是怎么离开酒店的了，我只记得，回到家，我丈夫没在家里。我从包里摸出手机，手机正处于飞行模式。我给丈夫打了电话，他的声音那么焦急，听得当时的我心都碎了。"

"事情他后来都知道了？"

"这种事，怎么可能瞒得了丈夫呢？"叶秋薇只是轻轻舔了舔嘴唇，除此之外，一如既往地淡然平静，"他把我送到医院，医生说，我以后再也不可能怀孕了。"

我深吸了一口气，感到难以理解。即便叶秋薇看得再透再开，甚至能够进行自我分析与暗示，但终究是个女人。她的这番经历，我听了都心惊胆战，她讲述时，究竟是如何做到面不改色的呢？

我叹了口气，在笔记本上写下：

流产，无法生育，丈夫知情。

她继续平静地讲述："第二天，舒晴和谢博文都打来电话，说我在酒会上晕倒，徐毅江看见后，坚持要送我回家。当晚，他们两个给我打了无数的电话，还帮着我丈夫一起找我。我的手机上，也确实有他们打来的几十个未接来电。"

"但我觉得，"我眼皮稍一耷拉，"是不是他们两个暗算了你？"

"是。"她看着我的眼睛，仿佛能看透我的内心，"但事情的来龙去脉，远比你现在想象中的复杂。去年入院前，我才真正明白了一切。"

"难道——"听到这里，我心中一惊，连忙翻了翻手中的资料，"难道这二十多人，都跟这件事有牵连？"等待片刻，见她不肯开口，我才发觉问得不妥，赶紧又说，"我明白，咱们还是循序渐进，先继续说你改变的契机吧。你说的契机，就是酒会当晚的经历吗？"

"不，没这么简单。"她说，"我说过，契机跟我丈夫有关。"

我在笔记本上写下：

二十多名死者，可能均与酒会一事有关。心理改变契机，与丈夫密切相关。

"您请继续。"我低头看了看她的脚。

"那段时间，我曾经想过死。"

"你？"我难以置信地看着她，"很难想象。"

"那时候，我只是个再普通不过的女人。"她接着说道，"发生那样的事，我很难面对丈夫。我不干净了，孩子也没了，而且彻底失去了生育能力，这样的我，对他而言还有什么意义呢？我哭着求他离开我，趁早寻找新的幸福。当然，你肯定明白，虽然我嘴上这么说，心里也这么想，但无意识深处，仍然渴望得到他的同情和接纳。"

"这是再自然不过的了。"

"所以，寻死的念头并没有持续太久。"她说，"我毕竟学过心理学，知道怎么让自己走出困境。在丈夫的安慰和鼓励下，我艰难地接受了一切。生活，似乎还能够继续向前。"

"徐毅江那边呢？"我又问。

"等我的情绪稳定下来，我丈夫向我发誓，一定要让徐毅江付出代价。可那种人，肯定不是平头百姓能轻易撼动的吧。我担心我丈夫受到伤害，所以极力劝阻，希望他跟我一起把这件事忘掉。"

"他肯定不会忍气吞声。"我长长地叹了口气。

"嗯。"她点点头，喝了口水，"他报了案。我们开始都以为，通过法律途径解决此事，一定困难重重，可接下来，事情的发展完全出乎意料。报案第二天，徐毅江就被刑拘，第四天，公诉书就被提交到了市中院，一个多星期后，案件就进行了不公开审理。"

"这——"我倒吸了一口凉气，"程序上，这未免也太快了吧？"

从事犯罪心理研究这么多年，我接触过各种各样的强奸案件。一般情况下，从立案到庭审，怎么说也得一两个月的时间。有些案件，甚至拖了一两年，都没能走到开庭那一步。

况且，徐毅江还是个有深厚背景的人，叶秋薇的案子，怎么会进展得如此迅速，迅速到不合常理呢？

我在笔记本上写道：

报案顺利，立案至开庭，仅经历半月左右。

"庭审的情况，能简要说说吗？"我随后问道。

"同样非常顺利。"叶秋薇说，"当天，法庭就做出宣判，判处徐毅江无期徒刑。"

"他提起上诉了吗？"长期的职业本能，让我习惯性地追问了一句。

"没有。"叶秋薇接下来的话，再次出乎了我的意料，"他连律师都没请，不管公诉人说什么，他都立即承认。宣判后，公诉人告诉我和我丈夫，本来可以诱导审判长做出死刑判决的，但徐毅江的不抵抗，无意间博取了审判长的同情，才会是无期的结果。"

我深吸了一口气，一时想不明白。

依据我国现行《刑法》规定，强奸罪一般情况下的量刑范围，是三年以上十年以下的有期徒刑。如果有情节恶劣、强奸多人、在公共场合强奸、轮奸、对被害人身体健康造成严重后果这些情形之一的，则可以处十年以上有期徒刑、无期徒刑或死刑。

徐毅江强奸孕妇，导致受害人流产并失去生育能力，从主观上讲，确实符合加重量刑的条件，判处死刑也并不为过。

但法庭是讲证据的地方，叶秋薇是否失去了生育能力，需要医院提供确实可信的医学证明。

以我多年的经验，与生育能力有关的医学证明很难开具。即便开具，医院和医生为了规避责任，通常也会用一些模棱两可的措辞。如果徐毅江请个资深的律师，拿医学证明的结论唯一性说事，我觉得，他不仅能免于死刑，甚至能免于无期。

可是，他居然连律师都没有请，而且对公诉人没有丝毫反驳。想到这些，再联想起立案、审理程序不合常理的迅速，我心中隐隐不安。

我想起叶秋薇之前说过的一句话：

"但事情的来龙去脉，远比你现在想象中的复杂。"

我在徐毅江的名字后面写道：

明知有机会减轻量刑，却并未申请律师辩护，异常。

"庭审如此顺利，后来又发生什么事了呢？"我沉思片刻，继续询问。

叶秋薇端坐着说："之后的那段时间里，生活暂时恢复了平静。虽然很多事情已然改变，再也回不到从前，但我和丈夫，都逐渐走出了那件事的阴影。"

我写道：

一度走出阴影。

"11月初，X溶剂性能研究项目通过审批。但当时，我状态仍旧不太好，能完成教学任务已经不错了，根本没有多余的精力参与科研。"叶秋薇拨了拨耳边的头发，"院里需要找人代替我的位置，找来找去，最后找到了我丈夫。其实，帮我成为副教授的那个研究机会，就是他以前让给我的。所以，他代替我，不能说众望所归吧，于情于理，也都说得过去。"

我"嗯"了一声，示意她继续。

她深吸了一口气，把眼睛闭上，两秒后又睁开，目光中仿佛有火在燃烧。

那是我第一次从她脸上看见明显的表情变化。

"人员齐备后，项目就进入了准备阶段。"仅过了两三秒，她便恢复了十足的平静，继续讲述道，"准备阶段通常持续两到三天，为的是让参与者熟悉仪器设备、了解研究的大致流程，以及相关的注意事项。虽然参与者都不是本科、硕士的小孩子了，但化学实验毕竟充满了危险性，准备期是必不可少的。"

"嗯，我能理解。"我拿起笔，又放下，坐直了身子说，"请继续。"

"那是11月7日，准备期的最后一天，那天傍晚，我正在准备晚饭，接到我丈夫打来的电话。他说，自己对实验的一些细节还不太熟悉，想在实验室多待一会儿，让我自己先吃。我说我等他，他也没有勉强。当时我就觉得，他的声音有些怪怪的。"

我想起老吴之前的话，紧张地问："就是那天出的事？"

"嗯。"她点点头，"我怕影响他，就一直没再给他打电话。到了晚上快九点的时候，院办给我打来了电话。看见院办的号码，我好像本能地感应到了什么，心跳得特别厉害，差点昏过去。接了电话，院办的人跟我说，叶老师，秦老师出事了，刚刚被送到二院，你快去看看吧。"

听到这里，我的心也怦怦直跳。

"当时，我两腿发软，根本没办法站起来。我蒙了一会儿，给舒晴打了电话，她一边在电话里陪我说话，一边来我家接了我。赶到市二院时，我丈夫还在手术室里接受抢救。直到夜里十一点，他才被推出手术室，转移进了ICU（重症监护室）。"

"他怎么样？那晚到底出了什么事故？"我下意识地摸了摸下巴。

"硫化氢中毒，而且吸入的浓度很高，肺部腐蚀感染，同时，中枢神经系统受到了不可逆的损伤。医生说，肺部的伤势容易治疗，但他是否能醒过来，只能看造化了。"说起亡夫的惨状，她依然无比平静，仿佛在讲述一个与己无关的故事，"医生说这些时，我一直在哭，舒晴也在哭，哭得比我还厉害。"

我在笔记本上写下：

秦关，2008年11月7日晚，于实验室内发生硫化氢中毒。肺部感染，成为植物人。

稍后，我想了想，又加了四个字：舒晴痛哭。

"你心理的改变契机，就是这件事吗？"我一边问，一边又另起一行，写下"契机"二字。

"还不是。"她看了我一眼，说，"不过快了。"

我点点头，深吸了一口气，急切地想知道她所说的"契机"究竟是什么。

"你可能知道，为了防止制毒，化学实验室里基本都装有覆盖全景的摄像头。第二天，舒晴就陪我去了学校，检查了出事那晚的监控视频。"

"怎么样？"我高度紧张起来。

"视频清楚地记录下了出事的过程。当时，实验室里只有我丈夫一个人。大概是为了检查气体发生装置的密闭性，他用水解硫化铝的方法，制出了一瓶高纯度的硫化氢气体。接下来，他竟然鬼使神差地打开钢瓶，对着瓶子吸了一口，两秒后，又厌恶而慌乱地把钢瓶扔掉。不出几秒，他就踉跄着打碎了一大堆玻璃仪器，最后倒在地上。巡逻的保安恰巧经过同一楼层，听到动静，就赶紧把他送到了医院。"

"他为什么要……"我皱起眉头，实在是难以理解，"他不知道那种气体有毒吗？"

"怎么可能不知道呢？"叶秋薇说，"那可是最基本的知识啊！"

"那这起事故后来怎么处理了？"

"警方通过调取监控，以及现场的调查取证，将事故认定为自杀行为。但没人比我更懂我丈夫，我知道，他是绝对不可能自杀的。很快，一个说法就流传开来，说我为了项目审批而接受某位高官的潜规则，我丈夫正是因此才想不开的。"

"谣言猛于虎。"我沉重地叹了口气，"你一定很不好过吧？"

"确实不好过，但谣言对当时的我来说，已经不是最可怕的了。"叶秋薇抬起右手，轻轻扶了扶眼镜，"我万念俱灰，每天唯一的事，就是在医院陪着丈夫。虽然自杀的结论没让我拿到一毛钱的保险金，但学院领导商议后，决定从X溶剂研究项目的拨款中，悄悄分出一笔给我，让我能够安心地陪伴丈夫。"

"物质困难最不讲理，这也算是解决了你的后顾之忧了。"我心中稍稍宽慰了一些。

"是啊。"叶秋薇同意了我的观点，"在纯粹的社会行为中，金钱起着至关重要的作用。有了那笔钱，我可以让我丈夫一直住在ICU里，接受最好的治疗与照顾。接下来的那段时间里，日子就是这么一天天过去的，直到改变的契机来临。"

我屏息凝神，静待她接下来的讲述。

"那是2009年的元旦前后，那天晚上，我坐在病床边，趴在我丈夫身上睡着了。我做了很长的梦，在无意识的梦里，我看见结婚蜜月时，他带着我到海边游玩，我们在深夜无人的沙滩上相拥。夜里快两点的时候，我从梦中醒来，身体里像是有团烈火在燃烧。我看着病床上的丈夫，忍不住摸了摸他的脸，又摸了摸他的脖子和胸口。"

"一个梦，让你压抑许久的生殖性本能苏醒了？"我看着她问。

"正是如此。"她微微点头，"我难以自制地抚摸他，最后颤抖着，把手伸向他的下体，可是——"她顿了顿，说，"他的下体，却没有我想象中的火热，而是缩在一起，像寒铁一样冰冷。"

我深吸了一口气，心快提到了嗓子眼里。

"那种冰冷像是有着某种能量，迅速浇灭了我浑身的火。一瞬间，我的欲望消失殆尽，与此同时，感知能力却变得无比敏锐，判断力和思维能力也达到了从未有过的清晰。"她胸口明显起伏了一下，似乎是深吸了一口气，"我能听见自己的心跳，并瞬间计算出心率。我能听见门外十分细微的窃窃私语，并瞬间判断出两人当时的心理状态。护士敲门而入，为我丈夫进行夜间的雾化治疗。她对我露出笑脸，我却从她微扬的鼻头、紧绷的嘴唇、暗淡的双眼中，一眼就看出了她内心深处的厌恶。"

我听着这些，想象着她当时的感受，逐渐出神。过了许久，我才缓缓反应过来，拿起笔，问道："你是说，从那一刻开始，你突然变得极其敏锐，甚至能轻易地读懂他人的内心？"

"我不知道你能否理解那种感受。"她耐心地解释说，"我能在不到一秒的时间里，捕捉并分析旁人身上一切细微的表情和举动，就像用眼睛看、用鼻子闻、用耳朵听那样简单。"

我把眼睛闭上两秒，试着去联想她描述的感受。她的感受我能想象，但还无法完全理解。我睁开眼，又问："这就是那个契机？"

"是。"她点头说，"那种改变就发生在一瞬间。就好像，整个人突然完成了某种进化一样。"

"啊——"我倒吸了一口凉气，"为什么会出现这样的变化呢？"

"我的自我感受是，那一瞬间的冰冷，彻底浇灭了我刚刚苏醒的生殖本能。"她如此解释说，"而生殖本能，是性本能中最为重要的部分。所以，生殖本能瞬间消失后，其他性本能也逐渐失去了对意识的掌控。"

"生殖本能消失，性本能失去掌控……"我连连摇头，完全无法理解，"这真的可能吗？"

"我知道你很难理解，我自己都很难理解。"她继续解释说，"但我要告诉你的是，从那个夜晚开始，我就再也没有主动想过喜欢吃的东西，对大多数社会活动都失去了兴趣，更重要的是，从那以后，我再也没了生殖欲望。你知道吗？从那个夜晚开始，我就彻底绝经了。"

我颤抖着手，在"契机"二字后面写道：

2009年元旦前后，生殖欲望被丈夫冰冷的身体浇灭，性本能对意识的作用逐渐降低，心理进入一个——

"一个怎样的状态呢？"我停下笔，疑惑地看着她，"性本能是一切心理活动的原动力，它的作用降低后，你为什么反倒更加敏锐了呢？"

"一个人的真实内心，会通过无意识的神色和行为传达出来，能够敏锐感知这些的，自然也是无意识的部分。"她继续耐心解释说，"我猜，大概是性本能控制力的下降，让我的无意识进入了一个奇特的状态——以至于我能感知到它……"

"感知无意识？"某些根深蒂固的观念被逐一颠覆，让我一时有些迷惑，也有些不自在，"如果无意识能够被感知，还能叫无意识吗？"

"心理是自然产物，心理学则是社会产物。"她看了一眼窗外，停了一会儿，说道，"所以，何必纠结于心理学中的概念呢？意识和无意识，原本就只是能否被感知的区别，二者之间，本身并没有十分清晰的界限。"

这句话说服了我，也使我认识到，就连叶秋薇自己也并不十分清楚三年前那次变化的原因。毕竟，有关无意识的问题，绝非一两句话能讲清楚的。

这个话题，已经没有讨论下去的必要了。

我把"契机"二字后的内容补充完整：

2009年元旦前后，生殖欲望被丈夫冰冷的身体浇灭，性本能对意识的作用逐渐降低，心理进入一个能够感知（或部分感知）无意识的奇特状态。感知、洞察力突然敏锐。

我对着这句话看了许久，又抬头看了看她，思索片刻后说："那次变化，也许我需要时间来理解。先不说这个了，能不能说说那次改变之后的事？"

她看了我一眼："那次改变，不仅改变了我的未来，也改变了我的过去。"

"改变过去？"我对这个说法很感兴趣。

"就在当晚，我对很多已经发生过的事，有了全新的认识。"

"就像你和你丈夫的遭遇。"

"没错。"她用右手轻轻地摸了摸左手上臂，"护士离开后，我看着躺在床上纹丝不动的丈夫，大脑失控般地飞速思考。一闭上眼，那段时间里发生的每一件事、每件事中的每一个人、每个人身上的每一个细节，都从记忆深处自发地喷涌出来，将我和丈夫此前的种种遭遇，拼凑出另外一副模样。"

"你是说，你发现了那些事情当中的可疑之处？你发现了什么？"我想弄清楚的问题实在是太多了，"你是因为这个才开始杀人的？那二十多人，难道都有所牵连？你……"

"张老师，"她轻轻摆了摆手，"这些问题，下次见面再说吧。"

"下次？"我抬起头，望见窗外的翠绿槐枝，听到时而掠过的鸟鸣，这才发现自己身处现实。

此前的几十分钟里，叶秋薇的讲述，让我不知不觉中进入了她的世界，让我仿佛亲历了她几年前的生活。

我放下笔，舔舔嘴唇，揉了揉眼，如梦初醒。

她站起身，从餐桌中央的果篮里拿起一个苹果，缓缓走到窗边，头也不回地说："汤医生应该快要叫你了。"

"你怎么知道？会面有时间限制？"我抬头四处观察了一下，但没在房内发现任何可以计时的东西。

"没有计时设备，我只是在揣测。"她回答说，"我很了解他，所以，从你进门的那一刻起，我就开始在心中模拟他的心理变化。一开始，他很放松，因为你毕竟跟我见过一次了，而且是个资深的犯罪心理学者。但过了一会儿，他百无聊赖，开始联想他面对我时的种种经历与感受，情绪也逐渐紧张起来。为了消除紧张，他开始尝试和保安人员进行言语上的交流，但与我有关的语言交流，以及交流中不断出现的自我暗示，反倒进一步加重了他的担忧与焦虑。他开始想象你我在房内见面的情景，你是否吃了什么亏，受到我的摆布了吗？他纠结了很久，想起你是吴院长的朋友，心中很不安。如果你在他的陪伴下，在我的病房里出了什么事，他该怎么向吴院长和社会交代呢？前两年，有位探访者在他的陪伴下，遭到一位病患的袭击，受了重伤，院里因此给了他一个很重的处分。从那时起，习惯逃避责任，就成了他的死穴。一想到你若出事，他很可能会受到严厉处分甚至丢掉工作，他就再也等不下去了。这一系列的心理过程，十几秒之前刚刚结束。"

"嗬——"我觉得她在虚张声势，"你是说，在跟我谈话的同时，你还能模拟并揣测另一个人的心理？这也太……"

话还没说完，警报般的嘀嘀声响起，门外传来汤杰超的声音："张老师，已经快半个小时了，你没事吧？要不今天就到此为止吧。吴院长明天就回来了……"

他的声音有些虚浮，最后一句话，则明显暴露了他害怕承担责任的心理。我深吸了一口气，无语地看着叶秋薇，越发觉得她神秘莫测。

我收好纸笔，看了一眼身旁的四本《普法月刊》，问道："叶老师，这四本书……"

"放在那儿就行了。"她咬了一口苹果，"会有人送进来的。"

"我还有点不明白，你说你对美食没有兴趣，为什么还要吃水果呢？"

"因为生理需要啊。"她看着我，第一次露出了明显的笑，"虽然性本能削弱，对食物没了兴趣，但理性的意识告诉我，进食是保持其存在的基本条件。我不是因为本能而进食，是为了意识。"她又咬了一口苹果，"你出去之后留意一下，看汤医生是不是如释重负，下次见面时告诉我。"

我本想跟她来个正式道别，但她背对着我，默不作声。我纠结片刻，还是默默走出了病房。一出门，我就看见汤杰超面色发白，十指在腹部紧扣，还在不停地舔着嘴唇。见到我不出三秒，他的脸上瞬间就露出红润，紧扣的双手也自然垂下，还轻松地拍了拍我的肩膀，嘴唇也不再紧绷，而是展现出露齿的笑。

这些变化，显然都是无意识的如释重负。

我是从什么时候开始，有了如此敏锐的观察力和判断力的呢？

走到楼梯边缘时，我回头看了看叶秋薇的房间。那一刻，我觉得，她像是我的老师，而对汤杰超的观察，则是一次简单的课后作业。

走出四区，看着满目的灿烂阳光，我突然感觉，自己灵魂中的某一部分，已经被彻底锁在了那间病房里。

离开精神病院，我先去了一趟社里，将两次会面的情况做了个书面总结，顺便计划了一下叶秋薇的事与9月主课题的对接。

当时，我一边思索，一边随手翻动那份死亡资料。正是在这一过程中，我逐渐觉察到一丝异样。

叶秋薇曾坦承，她在酒会上晕倒，是受了谢博文和舒晴的暗算。那么，第一起死亡事件，也就是舒晴和谢博文遭遇的那场车祸，显然是在叶秋薇的某种干预下发生的，是她对两人的报复。

但，即便她能够通过暗示制造一起车祸，却未必能准确预料到车祸的后果。事实正是如此：在那场车祸里，只有谢博文死亡，舒晴则幸运地活了下来。

如果我是叶秋薇，一定会通过别的方式，再次对舒晴进行报复。可是，我翻遍了整份资料，都没能再看见舒晴的名字。

那么，舒晴如今是死是活？如果已经死亡，为什么没有被记录在这份资料里？

难道她还活着？

想到这里，我再也坐不住了，赶紧去了一趟叶秋薇所在的Z大。几经打听，我来到化分学院的一间阶梯教室门外。教室里，一个温柔的女声正慢条斯理地讲解化学知识。我站在门边，悄悄朝里面看了一眼，心顿时怦怦直跳。

讲台上的女老师，坐在一张轮椅上。

我在门外一直等到正午。十二点一下课，学生们便蜂拥而出。两分钟后，我走进教室，轻轻咳嗽了一声。女老师正在收拾东西，看了我一眼，没有吭声。

"您好。"我站在门口，问，"请问是舒老师吗？"

"啊，您好。"她抬起头，拨了拨鬓发，好奇地看着我，"是我。您有什么事吗？"

"哦。"我一边走向讲台，一边自我介绍说，"我叫张一新，是一家杂志社的编辑，最近正在做一个专题，有些事情想向您请教一下。"

"哦——"她松了口气，对我笑了笑，"最近是有几家校外的化学期刊联系过我，想不到还找过来了。"她把轮椅转向我，"你们是《前沿化学》，还是《材料化学周报》？"

我走到她身边，尴尬地笑笑，说："我不是做化学期刊的，是做《普法月刊》的。"

"法制杂志？"她前一秒还礼貌地笑着，下一秒便如触电般僵在原地，"你……"

"我想了解一些关于叶秋薇的情况，不知道……"

"吃饭了舒老师——"一个二三十岁的女人推门而入，看见我，迟疑片刻，又看向舒晴，"舒老师？"

"小曼，你到大阶梯那儿等我一会儿好吗？"舒晴双手相互搓揉，故作轻松地说，"杂志社采访的事，很快就处理好。"

趁她和小曼对话的空当，我仔细地打量了她。她看上去非常年轻，完全不像三十过半的人。瓜子脸、大眼睛、高鼻梁、透明的嘴唇，加上精心收拾的梨花头，是个标准的美人。那天，她穿了一件淡粉色的雪纺连衣长裙，裙摆一直垂到脚踝的那种。

我盯着裙摆底部看了半天，也没能看见她的双脚。

小曼走后，她看着我，压低了声音说："对不起，张老师，你走吧，我恐怕帮不了你。"

"你跟叶秋薇的关系很好吧？"我看了一眼门外，也小声说，"她的事，你一定最清楚不过了。"

"你是从哪儿知道的？"她瞪大眼睛看着我，瞳孔微微收缩，"不管你是听谁说的，那都不是真的。我和她只是同事的关系，她的事我并不了解。"说着，她的身体向远离我的方向微微倾斜。

"可是她说，你们从本科开始，就算得上是闺密了……"

"你见过她？"她倒吸了一口凉气，下意识地用左手捂住嘴，又迅速放下，"什么时候？"

我想了想，坦诚地说："最近，我正在做她的访谈。"

"张老师，"她深吸了一口气，突然间平静下来，摇摇头说，"对不起，我真的帮不了你。"她看着我，几度欲言又止，最后意味深长地说，"张老师，我只能给你个善意的忠告，离叶秋薇远一点，也不要再追查她的事，否则，你肯定会后悔的。"

老实说，舒晴的话，一度让我有些动摇。

那天下午，我想了很多，心中越发不安：自己才和叶秋薇见过两面，两次的时间加起来，也就半个小时左右。可是，我却感觉，自己已经深陷在她的世界里无法自拔。

冷静下来想想：她毕竟是个住在精神病院最深处的人啊。

也许我应该听舒晴的劝告，自此远离叶秋薇，通过常规途径——如继续采访普通犯人——完成课题，然后安心工作，按月完成课题，照顾好家庭，过着一如既往、平淡而平安的生活。

又或者，我可以不听劝阻，继续接触叶秋薇，从而深入了解这个神秘莫测的女人，了解她极端到难以想象的精神世界，完成一次无须远行的探险。

我一直纠结到傍晚。有几个瞬间，逃避叶秋薇的想法主导了我的意识，但很快，无意识中的一些信息，又渗入意识并完成制衡，使我重新陷入纠结。

最后，我从书柜里翻出大学时代的通信录，找到了当年系主任的电话。电话接通后，我瞬间就听出了他的声音。

"哪位？"

"陈老师，我是张一新。"

"张一新？"他停了两秒，继而哈哈大笑，"哎呀，是你小子！这么些年了，跟人间蒸发了似的，上次的同学聚会也没去。怎么样，这些年都还顺利吧？怎么突然想起给我打电话了？"

接下来，自然是一番寒暄。寒暄过后，我就道出了自己的纠结，希望他能为我指点迷津。

"小张，"他思虑许久，回答说，"我不了解你这些年经历了什么，所以很难体会你目前的心境。在我看来，两种选择都没有错，但我不能贸然地帮你做出决定，那是对你的不负责。这样——"他沉默片刻，说道，"你为什么不带着这个问题去睡一觉，在梦里问问自己呢？"

当夜，我做了一个长而复杂的梦，梦醒之后，我惊讶地发现，自己已经不再纠结。

我决定去见叶秋薇。

第三次见叶秋薇，依然是汤杰超接待的我。在病房门前，我提出，这次想在病房里多待一会儿。汤杰超干脆地拒绝了我的提议。

"不行，张老师。"他的态度非常坚决，"院里有规定，最多三十分钟，一分钟也不能多。"

我只好微微点头，轻轻咬了咬嘴唇。任何形式的时间限制，总能给人以无形的压力。

我走进病房，关好门。叶秋薇正坐在窗边，认真读一本《普法月刊》。那天，她穿了一件收身的黛色短袖T恤，配一条天蓝色的宽松休闲裤，比前两次看上去多了不少活力。

见我进来，她抬起头，扶了扶眼镜，示意我先坐下。我坐到玻璃墙边，推开对话口，她则不慌不忙，又看了一分多钟，才拉着藤椅坐到我对面。

期待已久的会面来临，我却不知该如何开场了。

"张老师，"她端正地坐在藤椅上，双腿前伸，左脚搭在右脚的脚踝上，显得十分放松，"你的犯罪心理版块做得不错。"

我微微一笑，说道："昨天我出去时，汤医生确实显得很焦虑。看见我，他面色从白到红，双手从紧扣到自然下垂，嘴唇从紧闭到张开，这些，都是如释重负的表现吧？"

"嗯。"她面无表情地看着我，"咱们可以接着往下说了，你来问，我来答，彼此坦诚。"

我做了个深呼吸，感觉浑身充满了力量。我打开死亡资料，翻到舒晴和谢博文遭遇的车祸，说："那就直入主题，先说说谢博文吧。你为什么要杀他，又是怎么制造了那场车祸？"

"从心理状态骤变的那个夜晚开始吧。"她说，"我之前说过，那晚的契机，不仅改变了我的未来，也改变了我的过去。许多过去未曾注意到的细节，全都突然钻入了我的意识。"

"关于谢博文，你都回想起了什么？"

"酒会那晚，是他给我下了药。"

"你是怎么发现的？"我打开笔记本，写上谢博文的名字。

"我最先回想起来的，是他那晚的一个举动。还记得吗？我跟你说过，酒会那晚，他让我去给徐毅江敬酒时，先后两次拍了我的肩膀。"

"这代表了什么？"

"这种行为本身，倒是没有什么异常。这种行为，通常发生在上级对下级、内行对外行，或者长辈对子女之间，这既是一种关怀，也是一种表明主导或支配地位的行为。"

我拿起笔，不由得想起第一次来到四区时，老吴对我的一个举动。当时，过分的寂静让我有些紧张，老吴看了出来，拍了拍我的肩膀，向我介绍了隔音设施，打消了我的疑虑。现在想来，他拍我的肩膀，就是一种内行对外行的关怀，同时也无意间表现了他的主导地位。在职场中，老人对新人，也常常会做出类似的举动。

我在谢博文的名字后面写下：

两次拍打叶秋薇肩膀，关怀与支配地位。

"然后呢？"我抬起头问。

"按理来说，在那种情况下，他做那样的动作，真的再正常不过了。可是——"她举起右手，伸开手掌对着我，说，"手是最为敏感的肢体之一，所以也能表现最复杂的心理。他拍我的肩膀时，并没有完全伸开手掌，而是下意识地蜷缩着。"

"蜷缩着？"我抬起手，轻轻抓了抓头皮，"那又代表什么？"

"代表紧张、迟疑，以及对我的不坦诚。"她解释说，"在无意识行为中，如果一个人十分坦然，他的手掌就会自然张开。很多人在紧张时会找个东西抓在手里，就是为了给蜷缩手掌找个理由。"

我赶紧在谢博文的名字后面写道：

拍肩膀时手部蜷缩，紧张、迟疑、不坦诚。

"你就凭此判断出，是他给你下了药？"

"没这么简单。"叶秋薇摇摇头，"人的心理很复杂，不能单凭一个举动来判断。"

"嗯——"我点点头，放下笔，右手手臂前伸，做了个请的姿态，"请继续。"做完这个动作，我才发现，自己伸出去的手掌完全张开，手心对着的，正是叶秋薇的方向。

"虽然无法肯定，但这个细节把我引向了对他的怀疑。"她接着说道，"这种怀疑，很快就让我回想起更多的细节。他劝我敬酒时，提到了徐毅江对项目审批的重要作用。如果一个人对某件事情非常重视，那么向别人讲述这件事时，他就会凝视对方，通过表现自己的真诚，让对方相信自己的说法。可是，他当时没有凝视我，反而把目光转向别的地方——"

"说明他当时，并不是真的在意这件事。"我若有所思地看着她，"叶老师，我能不能打断你一下，有个问题我很好奇，这些微表情和肢体语言象征的意义，你是如何得知的呢？相关研究我也接触过一些，但你了解得也太全面，而且——"我想了想说，"也太过突然了。"

"确实太过突然了。心理学读研期间，我读过很多这方面的书。"叶秋薇解释说，"但之前，我很难理解和运用书中的知识。骤变之后，某些感知能力被突然激活，曾经一扫而过的知识，瞬间全都涌入了我的意识。从那时起，别人的一举一动、一颦一笑，对我而言，比言语更容易理解。"

我倒吸了一口凉气，垂眼沉思。

远古时期，人类大概都是靠表情和动作交流的吧。后来，语言成为新的交流工具，原始的交流方式因而退化，藏进了人类的基因深处。

"那次骤变，激活了你的一些原始能力。"我点点头说，"可以这么理解吧？"

"你怎么理解都可以，关键要看效果。"她接着回忆说，"还是酒会那晚，我还回想起，谢博文把自己的酒杯递给我时，脸上出现过一种一闪而过的表情。"

"什么表情？"我急切地追问。

"一秒内连续眨了三次眼，最后紧闭了大约半秒，之后，又下意识紧绷了嘴唇。我当时是个孕妇，而且险些摔倒，他却连个礼节性的安慰的话都没说。"她不等我发问，就解释说，"眨眼和闭眼，说明他不愿看到我，或者一些即将发生的与我相关的事。嘴唇紧绷，说明他压力陡增。我因此判断，他可能提前知道我那晚会遭遇什么。"

我深吸了一口气，下意识地闭上眼。

"你看，视觉阻断行为。"她看着我说，"当人们不愿意接受某些事情时，就会下意识地这么做。"

她轻易地看穿了我的内心，让我觉得很不自在。我本能地回避了她的目光，低下头，才发现自己的左手正紧紧抓着笔记本边缘，右手则紧握着那支我用了一年多的中性笔。我意识到，自己虽然低下头，试图遮掩紧张与不安，但无意识的手部动作，却更充分地暴露了这一点。

那一刻，我更清楚地认识到，自己在叶秋薇面前，确实没有任何遮掩情绪的必要。

"叶老师，"我鼓起勇气，有些尴尬地看着她，"请继续。"

"除此之外，我还回想起了十几处细节，就不跟你一一细说了。"她看了一眼我的双手，露出一个十分隐蔽的笑容，"总之，契机来临的那晚，我几乎是本能地知道，我酒会当晚的经历，谢博文难脱干系。但是，我当时还不太适应那种状态，尽管直觉是那么强烈，我仍然有些没底。"

"你需要见到他，当面判断。"我明白了她的意思。

"对。"她给了我一个赞许的眼神，"我必须见他一面，才能做出最准确的判断。但那时，我已经突然变得非常理性。我知道，自己不能直接去找他，那样太过明显。我必须等，等到一个自然到来的见面机会。"

"出于礼貌和道义，他总得去探望你丈夫吧？"我紧跟她的步伐。

"嗯。"她端起杯子，喝了口水，"元旦过后，就是那年的腊八节。那天上午，他代表科研组去医院探望我和我丈夫，顺便给我带了一盒粥。在那之前，我从未怀疑过他，所以他对我也不怎么设防。聊了不久，我就装作不经意地说起酒会那晚的事。"

我捏了捏下巴，期盼地看着她。

"他不停地安慰我，拍了拍我的肩膀。他的手掌依然没有完全伸开，只是不如酒会上那么明显——他不再紧张，但依然有什么瞒着我，或许，还带着对我的愧疚。"

我一边点头，一边记录下她提到的每一个细节。

"有个情况我还没跟你说过。"她接着说，"那件事过后好几天，我丈夫才去报的案。所以调查时，已经无法通过医学手段查明我昏迷的原因了。警方也怀疑过那杯酒，但根本没法寻找证据。法庭上，徐毅江承认了对我所做的一切，但表示自己并不清楚我昏迷的原因。法庭采信了他的这一说法，认为我的昏迷，是孕期的虚弱导致的。"

"有点牵强。"我摇了摇头。

"确实牵强，但我能感觉得到，无论是公诉人、徐毅江，还是审判人员，都希望能迅速结束审判。"

我悄悄咬了咬舌头，知道其中必有隐情，但为了不打断她的回忆，并没有就此发问。

"所有人都默认了我昏迷的原因，但我知道没那么简单。"她继续回忆说，"那天，我挤出眼泪，用疑惑又委屈的语气，对谢博文说，谢老师，我那晚到底为什么会晕倒呢？你说，是不是徐毅江给我下了什么药？"

"他怎么说？"我急切地追问。

"他依旧是安慰我，说，小叶，过去的都过去了，你不能一直活在悲痛里，你要打起精神，秦关还需要你的照顾……如此之类的话。"她端起杯子，却没有喝水，"我假装陷入执念，在他面前自言自语说，一定是下了什么药。接着，我开始一个接一个地列举药品的名字，并悄悄观察他的反应。"

我紧张地听着，又拿起笔，准备随时做记录。

"常见的口服型麻醉药，还能溶于酒的，我想来想去也就那么几种。而且，都是读博的时候，谢博文作为博导为我讲解的。"她呼吸均匀，声音平静得如同话剧旁白，"我扶着额头，假装焦虑地说，谢老师，你帮我分析一下，是苯巴比妥？东莨菪碱？阿托品？每说出一种药品，我就停顿两秒，轻轻敲几下桌子。"

"为什么敲桌子？"

"分散他的注意力，降低他的戒备意识。"她解释说，"我2004年就学过，但还是第一次用到。"

我点点头，根据谐音，将她提到的几种药品记录下来，问道："那他有什么反应？"

"他一直在拍我的肩膀，试图安慰我。可是，当我提到东莨菪碱的时候，他的手却突然僵住了，最终也没能拍到我的肩膀上。接着，他后退两步，坐到我对面的一把椅子上，继续说着安慰我的话。"

"他从你身上感受到了威胁，所以试图跟你保持距离。"我凭着感觉猜测说，"对吗？"

"基本正确。"她点点头，接着描述说，"当时，我心里已经有数了。不过为稳妥起见，我决定再试探一次。随意聊了一会儿后，我打乱顺序，加入新药，重新说了六七种药品的名字。之前，他无论是看我，还是看别的什么东西，目光都是平视的。可是，当我再次提到东莨菪碱时，他却突然低下头，并迅速把脚收进了椅子底部，左脚还缠到了椅子腿上。"

"我明白。"好不容易迎来一个了解的动作，我连忙接过话说，"隐藏双脚、蜷缩身体，都是遭遇威胁的表现。"

"接着，我假装漫不经心地问，谢老师，东莨菪碱的化学式怎么写？他抬起头，眼中流露出明显的惊恐。但一秒之后，他就刻意眨了眨眼，制止了惊恐的自然流露，笑了笑说，哎呀，好久不接触那种东西，我给忘了。"

"试图撇清关系，还撒了再明显不过的谎。"我不自觉地笑了笑，继续引用书中了解到的知识，"越是撇清关系，越是心虚的表现。叶老师，这种说法对吧？"

"对。"她说，"之后，我又找机会试探了几次，他的反应全都在预料之中。我已经能完全确定，他在给我的那杯酒里，加了大剂量的东莨菪碱。"

我把她试探谢博文的过程详细记录下来，沉思片刻后，好奇地问："叶老师，你说的那个什么东浪……什么碱，到底是什么东西啊？"

"一种生物碱，能抑制大脑皮质的功能，效果迅速，而且明显。"她解释说，"知道古时候的蒙汗药吧？主要成分就是这种东西。"

我恍然地点点头，做了简短记录，接着问道："确定是他下的药之后，你就决定要报复了？"

"没有。"她给出一个让我颇为吃惊的回答，"我当时，根本没想过要让他死。"

"那为什么……"

"因为舒晴。"她眼睛迅速地眨了两下，"通过暗示杀人的想法，是因为她才出现的。"

我低下头，在笔记本上找到舒晴的名字，深吸了一口气，又缓缓呼了出来。

我抬起头，不由得想起舒晴美丽的容颜，以及那番意味深长的忠告。

第
三
章

阴谋交织的大网

我当时就明白过来，发生的一切，似乎都是一个预谋已久的计划。

如果我想象中的那个庞大阴谋真的存在，

其他参与者，一定会采取某种行动。

许久，我才从沉思中回过神来，说："请继续吧，说说舒晴。"

叶秋薇看着我，目光无比深邃，透着一股难以名状的力量，仿佛要把我吸入她的双眸之中。

我被她看得极不自在，本能地回避了她的目光，同时下意识地抬起右手，想要抚摸自己的额头。手抬到一半，我又赶紧强迫自己放下。可是放下之后，我又忍不住搓了两下大腿。

我知道，自己的一切心理活动都在叶秋薇面前暴露无遗，但还是不断试图掩饰。也许，隐藏真实的自己，也是一种本能吧。被人完全看透，就好像不穿衣服走在大街上，让人总想找个地缝钻进去。

跟叶秋薇面谈，真的很慌、很累。

"叶老师，"我终于忍不住说，"能不能别这么看着我，我觉得很不舒服。"

她停止了凝视。

"说说舒晴吧。"

"嗯。"她说，"那些日子里，她经常到医院里陪我、安慰我、鼓励我，听我说感受，陪着我哭。当时，我很庆幸能有这么一个朋友。说实在的，没有她，我或许早就想不开了。可是——"她话锋一转，接着说道，"腊八那天晚上，从她再次走进ICU的那一刻起，一切都变了。"

她沉默片刻，继续讲述："那晚八点，她带着自己做的腊八粥来到医院。我打开门，她像往常那样抱了抱我，之后紧紧握住我的手。可与此同时，我却发现，她的目光更多地停留在我丈夫身上。接下来，我又发现，每当看向我丈夫时，她的眼睛就会格外明亮。"

"你是说，她和你丈夫……"我惊讶地瞪大双眼。

"人们看见自己喜欢的东西时，眉毛会上扬，瞳孔会放大，通过瞳孔的光线增多，眼睛看起来就会明显变亮。虽然当时她一脸哀伤，眉毛也耷拉着，但像闪光灯一样突然变亮的双眼，还是让我迅速明白，她那晚到ICU去的根本动力，不是我，而是我丈夫。"

我再次深吸了一口气，感觉事情越来越复杂。

"当时我很震惊，震惊到顿时浑身僵硬。我本能地闭上眼，瞬间回想起此前与舒晴之间发生的一切。接着，我更加震惊地发现，这么多年来，无论是以前到我家做客，还是那段时间到ICU探望，她看我丈夫时的眼神，永远都是那么明亮，像个恋爱中的小女孩。"

我记录下来，急切地问："然后呢？"

"然后，我的大脑好像失控了一样，与她相关的更多细节，源源不断地喷涌出来。"叶秋薇接着说道，"我注意到，酒会那晚，谢博文让我去敬酒时，我说自己怀孕了。当时，舒晴的瞳孔剧烈收缩，显得非常惊恐，同时，她还下意识地垂下右手，用力捏了捏自己的大腿——那是在强迫自己做出某种重大决定。"

我再次想起舒晴那张美丽的脸，背后一阵寒意。

"我说我怀孕一个多月，她一向白里透红的脸瞬间惨白，而且轻轻地咳嗽了一声。咳嗽声略带混浊，说明她正在压抑呼吸——这是极度不安的表现。不安，要么源于恐惧，要么因为愧疚。"

"是因为愧疚。"我用不太肯定的语气说。

"确实是愧疚，还有剧烈的内心挣扎。"叶秋薇喝了一小口水，"还有更多细节，我就不浪费时间跟你一一解释了。总之，她当时的表现说明，她应该也是事前知道，我那晚会遭遇什么。"

我有种直觉：酒会那晚，叶秋薇已经陷入了某张精心编织的大网中。

"为了进一步确认自己的判断，我一边喝粥，一边流下眼泪，自责地说，晴，都怪我，要不是那次酒会，秦关也不会想不开，是我害了他。如果能让他醒过来，我宁愿用自己的命来换。我本以为需要多次试探，才能百分之百确定，可是，舒晴的反应，却让我始料未及。"

"什么反应？"我十分好奇，究竟是什么样的反应，能让骤变之后的叶秋薇始料未及。

"她一开始在强忍感情，后来见我哭得厉害，实在忍不住，也抱着我哭了起来。我从她的哭声中，听见了满满的愧疚与忏悔。她一边哭，一边含混不清地说了一句'对不起'。"

"啊？"我眉头一皱，"她直接承认了？"

"她是个很感性的人。"叶秋薇说，"我猜，愧疚之情一定在她心里憋了太久了，所以突然爆发时，她的嘴就有点不听使唤。她说完对不起之后，迅速又改口，结结巴巴地说，对不起，秋薇，我……早知道会这样，我那晚就不该让你去参加酒会的。接着，她又用十分清楚的声音，再次说了一句对不起。"

"唉——"我长长地叹了口气，"解释、重新强调，都是为了掩盖那一句真情流露啊。"

"没错。"叶秋薇悠长地吸了一口气，"舒晴是除了我丈夫以外，我一直最信赖的人了。所以，你大概能够想象出我当时的心情。我感觉自己的世界瞬间崩塌了，紧接着，我又想到了更多更可怕的事。"

我一边试着想象她的心情，一边沉重地做着记录。

"从所处的位置判断，能在酒会上出脚绊我的，只有舒晴。"她接着说，"让我不明白的是，如果我没有邀请她，她根本不会出现在酒会上，又如何帮着谢博文算计我呢？难道说，这些都是提前设计好的？"

我点点头，示意她继续。

"我当时就明白过来，我丈夫被调开、院长打电话让我务必出席、我找舒晴陪我，以及后来发生的一切，似乎都是一个预谋已久的计划。甚至，徐毅江在法庭上的不抵抗、审判程序不合理地迅速、我丈夫莫名其妙地自杀，也都是这个计划的一部分。"

我早就深有同感，因为此前发生的事，实在有着太多不合情理的地方。一件事如果不合情理，就一定是掺入了过多的人为因素。

进一步想，如果徐毅江强奸案的审判进程也是计划的一部分，那么，能让公检法机关甚至徐毅江自己都积极配合的，一定不是什么简单的计划。

想到这里，我头皮一阵发麻，身上瞬间起满鸡皮疙瘩。

"想通这些，我感觉自己又变了很多。"叶秋薇继续面无表情地说，"对一个极度理性的人来说，伤害、丧夫甚至死亡，都不是最可怕的，最可怕的是，深陷泥沼而不自知。"

"更何况，还是最信任的人亲手把你推进去的。"我一边记录一边问，"你决定怎么做？报复？杀人？"

"不知道你能否理解，我杀人不是为了报复，而是为了查明真相。"她说，"如果是报复，在试探过谢博文之后，我就应该萌生杀心了，但我没有。我杀人的原动力，不是感性的愤怒，而是查明一切的逻辑冲动，是一种理性的力量。"

"从根本上来说，这是好奇心，依然属于性本能吧？"我提出质疑。

"你现在怎么理解不重要，我也不多解释。"她不置可否，"总之，我想要查明真相。但是，没有明确的方向，我很难直接从谢博文、舒晴那里得到有价值的信息。腊八那晚，经过一夜的思考，我决定让谢博文死。"

"为什么？"我问了一个后来自认为很白痴的问题。

"如果我想象中的那个庞大阴谋真的存在，谢博文显然是个重要的参与者。"她解释说，"如果他死了，那个计划一定会多少受到影响。我就能通过他周围的人和事，寻找新的线索。"

在我看来，这种思维方式有些奇怪，但细细一想，除此之外，叶秋薇也确实别无选择了。毕竟，她当时要面对的，是一股强大而隐蔽的社会力量。

"明白了。"我沉思片刻，翻开死亡资料，"说说那场车祸吧，你是怎么做到的？"

"做出决定之后，我开始制订计划。起初，我想过直接动手，生物毒素、杀人溶尸、蒙面袭击……全都考虑过，但最终都放弃了。我决定等待机会，而不是鲁莽行事。很快，机会就来了。"

我在笔记本上写上"机会"两个字。

"腊八过后，谢博文一定是有了戒心，再也没去过医院。舒晴则完全没有察觉，还是经常到医院陪我，有时还会带我出去散心。"叶秋薇回忆说，"腊月中旬的一天，她说D市郊区的一个小庙很有灵气，要带我去为来年祈福。我跟你说过，她很感性。所以路上，她一边开车，一边就聊起了我们的从前。她细数了我们在一起的难忘经历，有件事，顿时让我心头一震。"

"什么事？"

"一起不算严重的车祸。"叶秋薇说，"那是研一的时候，我和她，还有一个叫许愿的女生，一起到北郊看油菜花田，也是她开的车。有段路，我们走过四五次，所以没怎么在意路况。突然，舒晴惊叫一声，猛地踩下刹车，车头瞬间栽了一下，接着重重撞到了什么硬物上。当时，我们都没有系安全带，同时，不知道为什么，副驾驶的安全气囊没有打开。坐在副驾驶位置上的那个女生，头重重地撞到了挡风玻璃上，当时就流了好多血。我下车一看，以前平整的路面，不知道什么时候出现了两个两米见方的深坑。"

"那个许愿……"

"颅骨骨折，还伤到了脑皮层，后遗症挺严重的。"叶秋薇喝了口水说，"这件事对舒晴的影响很大。后来，她经常跟我说，她当时看见了那片阴影，但以为是新铺的柏油，离得近了才发现是坑。她偏感性，所以观察力不是很强，而且从远处看，那两个坑，跟新铺的柏油路面确实非常像，否则，就算舒晴看不出来，许愿也总该发现的。"

我把这件事详细记录下来，示意叶秋薇继续。

"她主动提起了那场车祸，但又很快打住，把嘴唇完全收进了嘴里——她始终都没能走出那件事。大概两分钟后，我看见前方路面上出现了好几块阴影——那是为了修补路面而新铺设的柏油。当时，我就感觉机会来了。我指着那些新柏油，叹了口气说，唉，看起来确实很像大坑啊。舒晴在我的提醒下看了一眼，手突然一抖，差点撞上临道的车。"

"那件事对她造成的阴影还真不小。"我抬起手，下意识地用笔磕了磕牙，问道，"你决定利用这一点？你当时就有了十足的把握吗？"

"万事开头难，第一次，怎么可能会有十足的把握呢？"叶秋薇说，"但我意识到，那是个难得的机会，我必须做些尝试。其实做尝试时，我心里根本没底。"

"你都做了什么尝试呢？"我问。

"我知道机会难得，所以必须做足准备。首先，我努力回忆了研一那场车祸发生时的细节。我注意到，车祸发生时，天很晴、很蓝，我们三个一边聊天，一边听着王菲的《红豆》，许愿的头部开始流血时，歌才唱到了一半。这个细节让我很振奋，因为在那之前的一年里，《红豆》一直是舒晴最喜欢的歌，几乎每天都要听，但车祸之后，她就再也没听过了。"

"逃避精神创伤。"我点点头，"这是心理最基础的自我保护形式吧。"

"是。"叶秋薇胸口出现了一次比平时稍稍明显的起伏，"不过，任何机制都可以被利用。"

"你就用一首歌制造了车祸？"我问了第二个后来认为非常白痴的问题。

"哪有那么容易。"叶秋薇平静的表情下，藏着一丝复杂的笑意，"我需要做的准备工作太多了。"

我不好意思地笑笑，恭敬地请她继续。

"祈福那天的路上，我不动声色地计划好了一切。"她接着为我讲述，"我们都捐了不少香火钱，希望来年一切顺利，希望我丈夫能早日醒来——在这一点上，我毫不怀疑舒晴的诚恳。临走时，小庙的住持叫住我们，说我们捐的香火多，心意真，菩萨深受感动，托他邀请我们参加来年正月十五的祈福活动。"

我扫了一眼死亡资料的第一页：谢博文和舒晴遭遇车祸的时间，正是2009年的2月9日，农历正月十五。

"那时候，舒晴每天晚上都会浏览一个社交网站。回来后，我就以校外某化学期刊编辑的身份加了她，跟她交流了一个晚上。专业的化学知识，让她对我很有好感。之后，我到处寻找车祸的图片、视频资料，每天晚上，都通过那个账号进行分享。"

"目的是唤醒舒晴潜意识中关于车祸的信息？"

"是，但不能完全唤醒，只是稍加暗示。"她解释说，"那些信息，只有在涌入意识的瞬间，才会对意识产生迅速有效的干扰。如果完全唤醒，就会失去对意识的刺激作用。我的目的，是让那些信息进入一种'前意识'的状态，漂浮于舒晴的意识与潜意识之间，以便随时为我所用。之后，我又换了另一个账号，以化学爱好者的身份，再次加了她，并用新账号分享了一些与驾驶有关的文章。我分享的文章内容主要有两种，一种是认为女性驾驶员存在短板，易出事故，另一种是强调高速公路上易出事故。"

"暗示。"我深吸了一口气，"真是高明的暗示。"

"最有效的暗示，就是不动声色。"她继续说道，"但我也明白，仅凭这些，还不足以让车祸信息进入舒晴的'前意识'。所以，正月十四那晚，我做了一个非常冒险的决定。"

"什么决定？"我已经完全沉浸在她的计划之中。

"我去见了许愿。我希望通过她或者她的家人，对舒晴进行一次直接刺激。"

"确实很冒险。"我对她的决定感到惊讶，"在这种刺激下，她很可能会主动回忆那场车祸，甚至回想起潜意识中的细节。如果让她打开心结，你之前所做的一切，可就前功尽弃了。"

"是。"她说，"但如果不提前进行一次直接刺激，想瞬间唤醒她的创伤记忆，理论上成功率并不高。我考虑了很久，也没能想出更好的办法，何况，我当时心里也没什么底气，干脆就决定放手一搏了。"

"心理微妙，很难把握，确实也需要冒险。"我一边飞速记录，一边随口问道，"那个许愿……她怎么样了？"

"因为那场车祸，记忆力和逻辑能力变得很差，有时连句话都说不明白，性格也逐渐孤僻。她退了学，也没法工作，去年还一直跟着父母住，在父母开的小超市里整理货物。"

"她的家人，没有找舒晴的麻烦？"

"舒晴给了他们一笔钱，具体多少我不清楚，但事情就此平息了。"

我沉思片刻，说："说说正月十四那天晚上的事吧。"

"我带礼物去了许愿家里，只坐了一小会儿就走了。"她回忆说，"临走时，他们一再挽留我，我说，叔叔、阿姨，其实我今天来，不光代表我自己，还代表舒晴。这些年来，她一直活在愧疚里。她很想来看看许愿，却没有勇气。她知道不可能得到你们的原谅，她也一直没能原谅自己。最后我说，叔叔、阿姨，一个人的不幸，就别让两个人承受了。"

"你想让他们主动联系舒晴。"我猜测说，"事情后来是如何发展的呢？"

"我后来才知道，那天深夜，许妈妈试过给舒晴打电话。可是，舒晴却为了第二天祈福的事，早早就关机睡下了。"叶秋薇说，"第二天一早，她来到医院，准备接我去参加祈福。我对她说，自己突然哪儿也不想去了，就想在医院陪着丈夫——她自然不会勉强。聊了一会儿，我又说，要不你叫谢院长陪你去吧，咱们答应过菩萨的，不能只去一个人啊。"

"就凭这一句话，你就能肯定谢博文会去？"我不禁问道。

她缓缓解释说："舒晴带我去祈福，无非是想逃避罪恶感的折磨。潜意识里罪恶感越重的人，就越是笃信鬼神。所以我知道，她一定会找人陪她去，完成对菩萨的承诺。除了我和我丈夫，她最信任的人就是谢博文了。而且你想想看，他们两个不久前还一起暗算过我，有着同一份罪恶感。所以，于情于理，她都会去找谢博文。"

"谢博文就一定会去吗？"我拿笔尖轻轻点着笔记本，"我是说，他不是已经对你有戒心了吗？"

"对我有戒心，对舒晴可没有。"她继续解释说，"而且，还在读研时，我就知道他对舒晴有想法，面对舒晴的单独邀约，他怎么可能拒绝呢？"

我思量着点点头："请接着往下说。"

"舒晴本来打算在路上陪我吃早饭的，既然我不想去，她就下楼去给我买了早饭。她拿了几张纸币出门，包则留在了ICU里。趁着那十几分钟，我打开她的手机，把我的来电铃声，改成了《红豆》的副歌部分，我几天前就制作好了那段铃声，存进了她的音频文件里。"

"万事俱备了。"听到这里，我突然有些紧张。

"还差一样——我还不知道，自己到许家拜访，是否起到了效果。"她缓缓拿起杯子，安静地喝了一口水，停顿片刻，又接着说道，"十几分钟后，她带着早饭回到病房，非要看我吃下去再走。我不动声色地吃着早饭，她则给谢博文打了电话，谢博文想都没想，就答应了她的邀请。打完电话，她翻了翻手机，突然咦了一声。我还以为她发现了手机铃声的改动，谁知道她说，哎，什么时候有个未接来电啊，接着，她把手机举到我面前，说，秋薇，你认识这个号码吗？"

"那就是许愿母亲的号码？"

"是。"叶秋薇点点头，"但我没急着说。直到十几分钟后，她离开ICU的瞬间，我才起身叫住她，说，那个号码，好像是许愿妈妈的。她愣了一下，问我该怎么办。我说，事情早就过去了，你千万别多想。"

"越这么说，她就越会多想。"我出神地看着叶秋薇，越来越能感受到这个女人的可怕。

"没错。一个未接来电，会让她的心绪无比复杂。她会想起从前、想起许愿，思索许妈妈打电话的意图，就是不会去想研一的车祸——如你所说，心理的自我保护机制，使得意识不可能主动回想带有创伤性的记忆。但我知道，那些记忆、所有相关细节，都会迅速浮动到她的潜意识边缘，成为所谓的'前意识'。接下来，只需要一个最终暗示，就会喷薄而出。"

"这个最终暗示，就是《红豆》。"我随手写下"最终暗示"四个字，问道，"能说说具体经过吗？"

"她离开后，我就打了辆车，赶到高速匝道口。不到二十分钟，她的车就进了匝道，我则让司机远远跟随。当时，我虽然已经做了很多准备，心里却依然没底。路上，我还是觉得不妥，就又给舒晴发了一条短信。"

"什么短信？"

"很简短，原话是：晴，路上小心，别再分不清柏油和坑了。"

我倒吸了一口凉气："这么做，就是为了让她分不清？"

"这句话本身没那么大的作用。但是，在创伤记忆突然浮现的那一刻，却能够干扰她的本能反应。"叶秋薇说，"二十分钟后，她的车离那几块新柏油大概还有半公里远。我当时有点慌，颤抖着拿起电话，拨出了她的号码，同时让司机减慢车速。那时候，我不知道接下来会发生什么，甚至不知道自己究竟在干什么。可是很快，想象过无数次的场面就真实发生了。电话拨出去不到三秒，舒晴的车就突然减速，猛地冲进右侧的货车道，整个右侧车身瞬间就被相邻的大货车轧平了。"

我看着死亡资料，身上一阵刺骨的寒意。

"之后呢……"过了半天，我才恍恍惚惚地问，"你当时是什么感觉？"

"有过一丝后悔，但很快就被理性掩埋了。"她面不改色地说，"车祸发生后，司机把车停在应急车道，似乎想下去帮忙。但最终，他只是打了个急救电话，就迅速驾车离开了。我说自己不舒服，就让他在下一个收费站下路了。"

"他们两个的情况……你是什么时候知道的？"

"当晚。"她说，"白天回到医院之后，我一步也没离开过ICU。到了晚上，护士来给我丈夫做雾化时，说，叶老师，今天上午，前边拉回来两个人，一男一女，听说都是你们学校的教授呢。我装作吃惊地问起情况，护士说，男的路上就不行了，女的保住了命，但左脚和右侧膝盖以下，回来就给截了。"

我想起舒晴坐在轮椅上的样子，心中百感交集。

"叶老师，"默默感慨的同时，我也有了新的疑惑，"谢博文死、舒晴残疾，这难道也在你的预料之中？"

"怎么可能？"她换了个坐姿，依旧显得十分放松，"我只是个有点特殊的人，又不是神仙。我只能试着去制造车祸，至于后果如何，不是我能掌握和应该考虑的事。"

"可为什么——"我翻了翻死亡资料，不解地问，"这上面没有舒晴的名字呢？你为什么——没有再想办法杀她？你不想让她死吗？"

"张老师，"她突然坐直了身子，"你觉得，我第一次做得缜密吗？"

我轻轻揉着眉毛，沉思许久，微微摇头："有些纰漏。舒晴活下来，会成为一个巨大的隐患。她肯定会发现你改动的手机铃声，也迟早会知道你拜访许家的事。一旦对这些有所怀疑，她就会注意到更多细节，从而——"说到这儿，我思路一转，恍然地点点头，"哦——你是说，正是因为察觉到了你和那场车祸的关系，她才有了防备之心？"

"当时，我所担心的正是这些。"她说，"所以第二天上午，我就去看望了舒晴，她当时虽然极度沮丧，但好歹恢复了不少精神。我安慰她，跟她简单聊了聊，得知她的手机已经在车祸中彻底损毁。而且，车祸时的情景，她基本都不记得了——旧的创伤记忆浮现，但新创伤来临，而且更加严重。"

"许家那边呢？"我知道她还会有所行动。

"当晚，我就再次去了许家，用假装不经意的言语，引起他们对舒晴的怨恨。最后，我问他们有没有联系舒晴，他们狠狠地说，以后再也不想跟那个女人有任何关系了。"

"所以——"我又猜测说，"是因为舒晴的威胁消除，所以你决定让她活着？"

"我不会做任何草率的决定，只能先不动声色地观察。"叶秋薇说，"出事之后，我每天都会抽出时间去看她，那时，她只是绝望、沮丧，对我依然毫无戒心。可是一个月后，我突然察觉到了她的变化。"

"变化？"

"一夜之间的变化。"她强调说，"我记得很清楚，那是3月中旬。17日晚上，我去陪她，还能轻易看透她的内心。可是18日一早，她就像是换了个人，突然让我有点看不透了，同时，简单的暗示，似乎也很难影响到她的情绪了。"

我不自觉地咬了咬笔："难道，她跟你一样……"

"不——"叶秋薇打断我说，"通过几天的观察，我发现她只是学会了保护自己，并不懂得进攻。尽管如此，我还是感受到了严重威胁，决心让她死。但之后，我想尽办法，都没能置她于死地。"

"她开始怀疑你了？"我又猜测道。

"没有。"叶秋薇肯定地说，"对我，她依然不会主动设防，她突然增强的自我保护意识是被动的。就好像，有人在她的内心深处，建了一堵防火墙。"

我眼皮一抖，听出了话里的玄机。上本科时，有位老师曾说过，心理自保意识突然增强，通常与个人的经历、自发的心理变化有关。叶秋薇却说，"有人"在舒晴心中建起一堵防火墙。由此看来，她或许已经知道了舒晴产生变化的原因。

"这么说——"好不容易看透一次叶秋薇，我的声音里满是自得，"有人在暗中保护她？"

"嗯。"她对我的看透并不惊讶，至少没有表现出惊讶，"这个以后再说，还是循序渐进吧。"

我点点头："那就说说谢博文吧。叶老师，你之前说，希望通过谢博文的死发现新的线索。说实在的，这种思维方式，我到现在都没能完全接受。不过，你一定有自己的逻辑方式和道理。那么，能不能说说，谢博文死后，你又发现了什么。"

她指了指我手上的死亡资料："你把资料翻到第二页。"

我照做。资料显示，第二名死者名叫丁俊文，1967年生人，本科学历，生前在Z大应用化学研究所担任库管员。2009年4月1日，丁俊文被妻子从自家窗口推出，坠楼身亡。后经鉴定，其妻患有偏执型精神分裂症，案发时不具有刑事责任能力，故而被送入市精神病院接受治疗。

我抬起头，看了一眼叶秋薇，毫不怀疑这是她所为。对她而言，利用一个精神病人杀人，想必是件再容易不过的事吧。

"叶老师，"我把笔记本翻了一页，写上丁俊文的名字，"接下来，就说说这个丁俊文吧。你为什么要杀他，又是如何做到的？"

她意味深长地看了我一眼，站起身，从桌上拿起一个苹果，缓缓走到窗边。没等我开口，嘀嘀的警报声便响起，汤杰超的声音从门外传来："张老师，今天就到此为止吧，已经三十五分钟了。"

我深吸了一口气，收拾好资料，出神地看着叶秋薇的背影。

"叶老师——"我决定跟她来一次正式道别，"谢谢你的配合，明天我再来拜访你。"

她一直看着窗外，始终没有搭话。

离开精神病院，我仍然沉浸在叶秋薇的故事里，难以自拔。她告诉我的一切，是那么真实，却又那么不可思议。

我原本打算回社里处理工作，却鬼使神差地把车开往了Z大的方向。

安静祥和的校园里，究竟隐藏着多少秘密呢？

沿化分学院主干道前行时，我看见了舒晴的身影。她独自坐在院系办公楼对面的湖边，手捧一本厚书，依旧是一袭掩脚的长裙。我把车停在路边，思索着该如何开场，才不会让她直接赶我走。

一分钟后，那个叫小曼的女孩出现在湖对岸，手里拿着两只甜筒。她沿木桥走到舒晴身边，把一只甜筒递给她。舒晴把书合上，对她灿烂地笑。

看着舒晴的笑脸，我叹了口气，悄悄离开了湖畔。当时，我满脑子都是叶秋薇的事，心绪多少有些烦乱，便找了个地方把车停好，在校园里走了一会儿。走到一片果林时，我看见一位皮肤黝黑、鬓发斑白的老大爷，便上前试着问道："师傅，跟您打听个人呗？"

老大爷一边浇水，一边回头看着我："谁啊？"

"您知道叶秋薇叶教授吗？"

他把水管扔到树坑里，擦了擦汗说："你们这些小报记者啊，都几年了还抓着不放！不就是为了项目跟当官的睡觉了吗？有什么好一直查的？要我说，你还真别看不起人家，人家可是为了科学事业奉献了一切啊！"

听到这里，我便明白，想从局外人口中打探实情，实非明智之举。

上午十点，我回到社里，领导问我课题的完成情况。我把自己采访叶秋薇的事跟他一说，他顿时来了兴致，让我说说详情。听完我的描述，他显得很兴奋，拍拍我的肩膀说："好，小张，你听我说，这个采访要继续下去！咱们可以分几期，做成系列专题，这是个非常吸引眼球的题材，一定要做好。这样吧，9月的课题我找别人来做，你什么都不用管，就专心研究叶秋薇的事！咱们社里的情况你也知道，这可是个翻身的好机会。"最后又神神道道地问我，"她没有同时接受别人的采访吧？"

我说："没有，我是唯一一个她愿意见第二面的人。"

"好样的！"领导又拍了拍我的肩膀，笑呵呵地说，"我这边也有点人脉资源，需要用就随时跟我说，记住，一定要把这个专题做好！"

领导离开后，我长舒了一口气。没了主课题的压力，我突然感觉浑身轻松，感知能力又敏锐了许多。下午，我带着老婆、儿子去了市郊的游乐园，看着他们久违的真实笑容，我突然很想流泪。这些年来，我一直拼命工作，想给他们我认为最好的生活，可那真是最好的生活吗？

这种想法产生了连锁反应，进一步增强了我的感知和观察力。那一刻，我打心底想要谢谢叶秋薇，对于第四次会面的期盼，也越来越急切。

第四次会面时，老吴已经从外地返回。早上一见面，他就使劲拍了拍我，笑道："老张，你行啊，把镇院之宝都给征服了。"

我也不多解释，跟他玩笑几句，就让他赶紧带我去见叶秋薇。路上，我跟他商量，说能不能别限制会面时间。本以为他会爽快地答应，谁知他摸摸脑袋，说了句："看情况吧。"

我叹了口气，知道没有讨价还价的余地。

那是个阴天，天很闷，雷声滚滚。走进病房时，叶秋薇已经把窗子关上，打开了空调。那天，她穿了一件四分袖的白衬衣，配一条紧身牛仔裤，与前两次的恬静、第三次的活力相比，多了几分性感。

我一边拉开对话口，一边试图打个招呼："叶老师，看来是一场大雨啊。"

她给自己倒了半杯水，坐到玻璃墙边，平静地说："开始说丁俊文的事。"

我以为我们已经很熟了，但那一刻，才发现只是我的一厢情愿。我小心翼翼地坐下，准备好纸笔，做了个请的手势："那就开始吧。你注意到他，是不是和谢博文的死有关？"

"嗯。"她点头说，"车祸第二天，谢博文的尸体就经过处理，被送回了家里，在家里布置了灵堂。按他们老家的风俗，人死之后，至少要守灵三天。他儿子在国外，回来需要时间，他老伴的情绪也极不稳定。作为他的得意门生，我就主动提出为他守灵。"

"能说说具体的考虑吗？"我拿起笔问道。

"一方面，可以找机会在他家中寻找可疑细节。"她说，"另外，像我昨天所说，如果我想象中的那个庞大阴谋真的存在，身为重要参与者和知情者的谢博文死去，势必会对那个计划造成影响。如此一来，其他参与者，一定会采取某种行动的。"

我看了一眼死亡资料，明白了她的意思："你发现的其他参与者，就是丁俊文？"

她沉思片刻，说："这件事，要从我在谢家发现的一份《研究报告》开始。"

不知道为什么，听到这里，我突然回想起舒晴的忠告。

见我有些发愣，叶秋薇沉默下来，用X光般的目光盯着我。我顿时有种被看穿的感觉，便连忙停止回想，松了口气说："请继续。"

"灵堂是车祸第二天晚上布置好的。"她似乎毫不在意我的走神，"那晚，从许愿家离开后，我就径直去了谢家。晚上快十点，该露面的人都露过了，房子里只剩下我和谢博文的老伴。老太太就跟我商量说，她休息前半夜，让我睡后半夜。夜里十二点多，她睡得沉了，我就悄悄走出灵堂，开始仔细搜索每一个房间——他们家我去过几次，还是比较熟悉的。"

"之后呢，你都有什么发现？"

"直到凌晨一点多，我都一无所获。"她回答说，"书房的书籍资料翻了个遍，有些还仔细读了读，卧室的抽屉、厨房的橱柜甚至灶台下面，全都没放过，但没有发现什么可疑的地方。我跟老太太约好两点换班，快两点的时候，我就准备去叫醒她。叫她之前，我去上了个厕所，当时，马桶似乎出了问题，只出了一点水就不再出了，按了几次都是一样。我当时也没想那么多，只是想打开水箱检查一下，谁知道水箱里居然藏着一个厚厚的防水袋。"

"你说的那份《研究报告》，就在里面？"我顺着她的话说，"放在马桶水箱里，看来不是什么太光彩的东西。"

"嗯。"她说，"我轻声地把防水袋取出来，打开一看，题为'M成瘾性的实验研究报告'。我觉得很奇怪，因为此前，我从来没听说过M有什么成瘾性。正疑惑时，老太太好像是醒了过来，我赶紧又把报告装好，重新放进了水箱里。"

"M是什么东西？能简单说一下吗？"

"一种并不常用的化合物，具体性质我也所知不多。我只知道，它能促进细胞对某些物质的吸收，理论上是可以做药品辅料的，不过相关的研究并不成熟。"

"明白了。"我把她对M的描述简单记下，"请继续，接下来发生了什么？这份报告和丁俊文有什么关系呢？"

"老太太醒来之后，径直去了卫生间。为了不惹她怀疑，我就掩着门，继续坐在马桶上。她在外面站了一会儿，忍不住推门而入，见我还没结束，像是松了口气，抱歉地说，小叶，不好意思啊，我有点急。我点点头，站起身，缓慢地把手伸向冲水开关，她连忙说，不用冲了，一会儿我来，又笑着加了一句，节约用水嘛。"

"这么说，藏在水里的那份研究报告，她是知道的？"

"她当时明显有点慌。"叶秋薇分析说，"而且，谢博文虽然是从农村走出来的，老伴却是三代的城市人，虽然上了年纪，但特别优雅的那种。我之前去过谢家几次，早就发现她有一定程度的洁癖，怎么会刻意不让我冲水呢？同时，她说让我不要冲水时，脸上浮现出了明显的厌恶。最重要的是，他们家的马桶很新，应该是不久前刚换的，用的是六升的大容量水箱，浮球也没有刻意调低，从这点来看，两口子并没有节水的意识和习惯。"

她说的每一个细节，我都做了详细记录。

"之后呢？你是怎么做的？"我继续问道。

"当然是不动声色。"她说，"我在灵堂坐了一会儿，老太太进来说，小叶，你要不介意，就去书房的沙发上睡一会儿吧，那个沙发挺舒服的。"

"让你睡沙发？"我随口分析说，"正常来说，就算不让你睡她的卧室，至少也得给你找个床吧。"说着，我突然反应过来，"明白了，她确实有很严重的洁癖啊。"

"是。"叶秋薇继续说，"我依然照做，抱着她给我的旧棉被去了书房。其实当时我很兴奋，完全没有困意，就锁上书房的门，看能不能找到关于M的更多资料。"

"你找到了？"我急切地问。

"没有。"她回答说，"书房里没有任何关于M的资料，但这也更加说明，马桶水箱里那份资料有古怪。凌晨快三点的时候，我逐渐有了困意，就和衣躺到了沙发上。刚躺下，我突然听见吱呀一声，并立即明白，那是防盗门的开门声。"

"没有敲门声？"我敏感地问。

"没有。所以，我好奇地开了个门缝，就看见了丁俊文的身影。"

我顿时紧张起来。

"据我所知，丁俊文平时和谢博文来往不多，怎么会大半夜过去呢？"叶秋薇继续回忆，"我觉得不对劲，怕他发现我，就赶紧把门缝合上。过了大概三分钟，防盗门的吱呀声再次响起，应该是丁俊文离开了。"

"他带走了那份研究报告。"我肯定地说。

"没错。"叶秋薇喝了口水，"之后，我一直没合眼。到了快早上五点的时候，我去灵堂看了看，老太太睡得很沉。之后，我打开马桶水箱，那份研究报告已经不见了。"

"可是——"我道出心中的疑问，"你也说了，你当时没有来得及细看那份报告的内容，而且对M的具体性质并不清楚，为什么会认定这份报告以及取走报告的丁俊文，都和你的遭遇有关呢？"

"你说得对，单是一份奇怪的研究报告，并不能说明问题。"她回答说，"引起我高度怀疑的，是报告的日期。"

"日期？"

"我有个习惯，看一份研究报告，先看研究过程中的重要日期。"她解释说，"当时，我虽然只翻了几秒，但记住了三个日期：研究立项，是2007年的6月；从理论进入实验，是2008年的2月；完成报告，则是2008年的5月。"

"这些日期说明了什么呢？"我依旧不解。

"你听我慢慢说。"她平静而极具耐心，"2005年9月，我丈夫开始进入应化研究所工作。一开始，他只能混个基本工资，很少有机会参与重大项目。2006年年初，Z大申报的一个国家级项目获批。当时，有人向身为组织者的谢博文推荐了我丈夫，谢博文也向我丈夫发出了邀请。但我丈夫跟我商量之后，说自己想专心留在研究所里发展，把机会让给了我。"

虽然我对学术领域不太了解，但也大概明白，秦关是牺牲了自己，换来了妻子的前途。

"我知道他都是为了我，所以，我也一直在寻找机会帮他。"叶秋薇继续说，

"2007年5月，谢博文说，他将会兼任一个省级项目的领导者，地点在应化研究所。我想办法弄到了参与人员的拟定名单，上面没有我丈夫的名字。后来，我就独自带重礼去了谢家。两天后，谢博文就找借口踢掉一个人，把我丈夫招了进去。"

我无语。我一直以为科研领域会相对干净一点，叶秋薇的话又给我上了一课。

"请继续。"我沉思片刻后说，"你丈夫进入那个项目之后，又发生了什么？"

"那个省级项目，从2007年6月开始，到2008年5月结束。"

我扫了一眼笔记本上的记录，眉头一皱："跟M成瘾性研究的时间进度一致？那个项目的主要内容是什么？"

"明胶改性聚合物方面的，不是什么新东西，没有难度，就是比较麻烦。"她解释说，"很多项目都是做了又做，换汤不换药。"

我没听明白，便换了个角度问："也就是说，那个项目，跟M成瘾性的研究，并不是一回事了？"

"没有任何关系。"她肯定地摇摇头，"而且那段时间，我根本没听说过有什么关于M的研究。再说了，谢博文兼顾两个项目，已经分身乏术了，怎么可能再同时参与第三个项目呢？"

"可那份研究报告藏在谢家，肯定跟他有什么关系。"我极度疑惑，干脆放弃了思索，问道，"能说说你当时的想法吗？你从中察觉到了什么？"

她往前微微挪动，轻轻扶了扶眼镜："说说我当时的直觉——被藏在水箱里，丁俊文深夜前去取走，都说明那份报告有着某种重要价值，为了保存这种价值，报告的日期绝对不会是伪造的。照此推断，那一年时间里，谢博文除了负责两个台面上的项目之外，还直接参与了第三个项目，而这第三个项目——M成瘾性的研究与实验——应该是在某种秘密情况下进行的。"

听到"秘密"两个字，我背后顿时一阵寒意。

"丁俊文的出现，说明他也是秘密项目的知情者。"她继续分析说，"可是，他只是个托关系进所的库管员，并不具备科研的能力和资质，要那份报告有什么用呢？他很可能只是个跑腿的，那个秘密项目，还牵扯到更多的人。"

我突然联想起叶秋薇想象中的那个庞大阴谋。

"牵扯到更多的人……"我下意识地念叨着这句话。

她又补充了一句："可能还牵扯到我丈夫。"

"你丈夫？"

"在研究所的前两年里，他和丁俊文几乎没什么来往，但明胶项目进行的后半年，丁俊文却开始频繁地去我家串门。两人谈话时，还经常找借口把我支开。我当时并没有太当回事，以为是男人之间的话题。可回想起来，才觉得没那么简单。"

我也觉得没那么简单。

"但归根结底，这些都只是我一瞬间的联想与推测。"她随后说道，"想继续调查下去，就必须找到可信的证据。天一亮，我就赶回家，把我丈夫的书和研究资料全都搬了出来，一页一页地仔细查找，一直找到中午，总算发现了我想要的证据。"

我拿起笔，准备随时记录。

"在他2007年12月17日的工作笔记里，我找到一段与M有关的文字。文字简述了M的物化性质，并简短分析了人类长期注射或服用M导致成瘾的可能性。文字最后，是一句让我难以理解的话。"

"什么话？"我急切地追问。

她深吸了一口气，眉毛向内收缩，轻轻咳嗽了一声，右手下意识地伸向颈窝。手伸到一半，又突然改变了方向，端起了桌面上的水杯，又把水杯放下——她显然不是想喝水。

那是她第一次在我面前展现出如此丰富的内心变化。

不到一秒，她就迅速恢复了平静，不动声色地说："那句话是，秋薇，我所做的一切，都是为了你。"

沉默许久，我叹了口气，说："抛开这句话，从笔记的内容来看，你丈夫应该也是M成瘾性研究项目的参与者。"

"嗯。"她点点头，"如此一来，他和谢博文、丁俊文之间，就有了直接联系。但至此，我依然十分迷茫，无法将自己的遭遇与这些线索联系起来。"

我接过她的话说："所以你必须继续调查，而当时唯一明确的线索，就是那份研究报告以及取走报告的丁俊文。"

她继续回忆："当天下午，我就去了一趟研究所，找到档案室的一个朋友，以学校新报项目需要参考为借口，让她给我列了一份研究所五年内的项目申报名单。名单上没有出现与M有关的任何内容。我就悄悄问她，所里有没有进行过什么不公开的研究。"

"她怎么说？"

"她当时吓了一跳，叫我不要乱说，因为非公开项目要么涉及国家机密，要么涉嫌违规违法。不过，她最后还是肯定地告诉我，说研究所上次有机密项目，还是2000年以前的事。"

我稍加思索，说："至此，调查下去的唯一可能，就是接触丁俊文了，你直接去找他了？"

"如果他也是那个庞大计划的参与者，主动找他就是自投罗网。"她说，"我不会做那么冒险的事，我要让他主动来找我。"

"主动找你？"我问，"怎么做？"

"用暗示。"她说，"化学教给我的宝贵思想之一，就是一切反应皆能被催化。心理变化也是一种反应，只要了解了一个人的内在性质，你就能催化他做出任何行为。"

"所以第一步，是先了解丁俊文。"我瞬间明白了她的意思。

"没错。"她接着说道，"发现查询档案这条路走不通时，我就迅速明白，必须让丁俊文主动接近我。为此，我和档案室的那位朋友闲聊了一个下午，旁敲侧击地打听了一些丁俊文的情况，有一条消息让我十分振奋。"

我赶紧记录下来，请她继续。

"那位朋友告诉我，丁俊文很喜欢上网，而且整天泡在一个国内知名论坛里。"她解释说，"人在现实生活中是高度社会化的，但网络会过滤自我，展示出一个人相对真实的一面。所以，想了解丁俊文，只需要了解他在网络中的表现即可。我继续跟那朋友聊天，发现她也喜欢上那个知名论坛。接着，我从她口中得知了丁俊文的论坛ID。傍晚，我照顾好丈夫、交代好护士，就去了医院旁边的网吧，开始查询丁俊文在论坛中的言论记录。"

"有什么发现？"我继续问。

"他是个很有意思的人。在现实中，他只是个库管员，估计连复杂一点的化学式都不会写，但在网络里，他像个资深学者。他的每一次发言，都极尽公正、严谨与诚恳，并且从未出现过明显的常识性错误。这一切，有意无意地把自己塑造了一个德高望重的化学家形象。不过——"她话锋一转，接着说道，"他毕竟缺乏足够的专业知识，话题一深入，就说不出实质性的内容了，只能跟着凑热闹。"

我挠挠头："这是出于什么心理？"

"轻微的幻想症。"她分析说，"虽然他只是研究所的内勤，但这份工作，会让他的朋友把他当成科研领域的人，久而久之，在朋友面前，他也会以科研人员的身份自居，这会给他带来强烈的自豪感，时间久了，就会积累成一种不真实的自尊心理。"

我飞速记录着她的分析。

她接着说："但在工作中，他周围全是专业的研究人员，就连我那位管理档案的朋友，也是硕士毕业，并且早已开始读博。在这种环境里，他自然会产生深刻而真实的自卑心理。自尊与自卑的强烈反差，使得他难以面对现实，陷入极度压抑的状态。心理的自我保护机制，会为这种压抑寻找一条出路，这种自发的出路，通常就是幻想。"

听到这里，我停下笔，不禁想到了自己：大学毕业时，恰逢家中变故，我不得不面对来自社会各方的巨大压力。那两年，我一直看不见未来，时刻处于高度压抑的状态。正如叶秋薇所说的那样，在极度的压抑中，我开始幻想，幻想自己是社会中的强者、幻想自己拥有权力与财富。正是妻子（当时还是女友）的不离不弃，以及对这种幻想的疏导，才让我熬过了那段艰难岁月。

我回过神，听见窗外沉闷的雷鸣，轻轻叹了口气。

对于素未谋面的丁俊文，我突然有了一种"同是天涯沦落人"的同情。

稍后，我定了定神，试着问道："这种心理状态该怎么利用呢？击碎幻想？"

"不。"她微微摇头，"正相反，要迎合。我刚才说了，在网络中，话题稍稍一深入，他就插不上嘴。他急需一个机会在网络中证明自己，从而进一步维持自尊与幻想。我要给他这么一个机会。"

"怎么做？"我下意识地把身体往前挪了挪，迫不及待地问道。

"M。"她说，"丁俊文虽然不懂化学，但一定接触过M成瘾性的研究，更何况，那份报告可能还在他手上，即便不懂，他也可以查阅。据我所知，国内外还从未有过类似的研究。所以，丁俊文无意中成了专家，实实在在的专家。只要我稍加引导，他就绝对不会放过证明自己是专家的机会。"

我抬起眼，小心翼翼地看着叶秋薇，感受到一种莫名的恐惧。

第四章

神秘的研究报告

很快，我们就翻到了伪造的《M成瘾性的实验研究报告》。

看到报告的第一眼，丁俊文停止了一切动作，

甚至停止了呼吸，像个雕像一样凝固在原地。

"我找一位做网络的朋友，弄来一个已经使用两年的论坛账号，这个账号的很多留言都是跟化学、生物学有关的。之后，我在论坛的化学版块发了一个帖子，题目是，关于一些非常用化合物的性质，学妹诚心求教。之后，我一直耐心等待丁俊文的出现。果不其然，在帖子发出二十分钟后，丁俊文进帖回了四个字，坐等探讨。"

　　"之后呢？"

　　"我在帖子里列举了几种新型化合物，帖子很快就热闹起来。化学虽然重实验，但理论上的分歧也不少。我列举了六七种化合物，丁俊文一直没能插上嘴，只是以学者的姿态对一些回答进行无关痛痒的点评。我耐心地等到晚上十点，才列举了M。M真的不太常用，有些人根本就不知道它的存在。所以关于M，留言回答的人少之又少。十点半左右，丁俊文大概是经历了一番思想挣扎，终于就M的性质进行了回复。他回复的内容，和我丈夫工作笔记中关于M的记录基本一致。"

　　丁俊文就这么轻易地上钩了。

　　"他的回答有理有据，得到了大家的认可，我也适时表达出了仰慕之情，其他探讨者亦是如此。丁俊文显然很受用，一再说这不算什么，还问我有没有更多值得探讨的问题。我思虑再三，决定再次冒险，就留言问，M理论上可以做药品辅料，但在实践中，是否会存在某种危险，比如导致细胞癌变、影响脏器功能等。丁俊文一一否定了这些。我最后问道，那么，M是否会影响中枢神经系统，又是否存在致人成瘾的可能呢？"

　　"他怎么说？"我很想知道答案。

她用异样的神色看了我一眼："他的回答让我有些意外。他说，M绝不存在致人成瘾的可能。"

"他在撒谎？"我不假思索地问。

"未必。"她思索片刻，解释道，"按照常理，有幻想症的人，应该不会放过任何拉近幻想与现实的机会。退一步说，即便他想要隐瞒M成瘾性的研究，大可不必回答，或者含糊其词，为什么要给出确切的否定呢？"

"也许他的思维方式比较特殊。"我猜测说，"有明显心理障碍的人，有时不能按常理揣测吧？"

"我当时也考虑到了这种可能，但仅仅是可能。"她接着说，"要知道，任何非面谈的交流，都存在不真实的因素。所以，仅仅通过网络，很难揣测一个人的真实意图。"她顿了顿说，"我必须让他找我面谈。"

"怎么做？"

"我原本打算回复说，我一位同学说自己见过《M成瘾性的实验研究报告》呢，报告里提到，M存在致人成瘾的可能。"她继续回忆，"但一番深思后，我担心公开的回复会引起其他人的注意，如果因此打草惊蛇，那就得不偿失了。正犹豫时，丁俊文给我发来私信，让我不要再公开谈论关于M成瘾性的内容。"

我叹了口气，有些纠结，轻声自语道："竟然自投罗网了。"

她面色平静，嘴角扬起一丝笑意："是啊，我也没料到他会这么谨慎——他的这种谨慎，反倒是一种极不谨慎。他的反应让我明白，与M成瘾性有关的研究中，一定有什么见不得人的东西。如此一来，他就要被我牵着走了。"

我知道她接下来会做什么，因而有些担心："你想让他知道，你丈夫那里可能有M成瘾性的相关资料，从而让他主动找你。可是，你很可能会因此把自己置于危险境地——如果M真的和那个庞大计划有关，你丈夫又留下了与之相关的资料，计划的操控者们，恐怕是不会轻易放过你的。"

"这种事，不可能不存在风险，我只能尽量降低风险。"她解释说，"而且，对付一个有幻想症的人，不需要明说，只需旁敲侧击地暗示就行了。我私信回复他，我真的对M很感兴趣，而且听一位同学说，她见过《M成瘾性的实验研究报告》。他迅速回问我那位同学的情况。我说，我同学在Z市读研，研究报告是在一位导师那里看到的。他又问我同学所在的学校，我告诉他，我同学在C大（本地另外一所综合性大学）。"

"C大？"我一时不解，"为什么这么说？"稍后，我又反应过来，"哦——我明白了，这么做，既能引起他的重视，又避免了他对你丈夫的直接怀疑，确实是高明的暗示。不过，你把C大牵扯进来，可能会让局势更加混乱，甚至会牵连到无辜的人啊。"

"有时候，想要摸鱼，就得先把水搅浑。"她不紧不慢地说，"之后，他又问起我那位同学以及同学导师的具体情况，我含糊地回了几句，就再也没有理他。"

我明白，这是为了让丁俊文陷入没有出路的思索与幻想，从而进一步加重他的疑虑，迫使他露出更多马脚。叶秋薇的心思，已经缜密到令人发指的程度。

我抬头看了她一眼，深吸了一口气，又迅速低下头，心中隐隐不安。稍后，我平复了情绪，在笔记本上做了记录，继续问道："他什么时候去找了你？"

"第二天。"她说，"第二天临近中午，他去ICU看望了我丈夫，之后非要请我吃饭。席间，他一直在试图摸我的底，说什么'秦老师有没有留下什么未完成的研究，如果有的话，可不能埋没了''你和秦老师在工作上是不是经常相互扶持''秦老师有没有参与过所里的机密研究'之类旁敲侧击的话。我说，我丈夫出事后，他的东西我从来没动过，都在书房里存着呢，有时间是应该整理一下了。过了一会儿，我又说，丁哥，你跟我丈夫熟，工作上又经常接触，要不下次去我家一趟，帮我整理一下他的资料吧。"

"整理资料时，你可以故意让他注意到笔记本上关于M的内容，从而把话题引入M成瘾性的研究上，当面试探他的反应。"我分析说，"可是，如果仅凭笔记本上关于M性质的内容，贸然提起M的成瘾性，很可能会让他察觉到，你就是在网上发帖的那个人。"我转了转笔，"你是怎么做的？"

"伪造一份《M成瘾性的实验研究报告》。"她说，"但无须完整，只要做好封皮和大纲，外加一点M物化性质的内容就行了。如此一来，我就能顺理成章地提起M成瘾性的话题，同时，也能表现出自己的不知情。最后，我还要想办法让他带走伪造的报告，以及我丈夫的笔记，展示出我的坦诚，让他彻底放下对我的警惕。"

谈话至此，窗外的雷声由闷到明，闪电过后，大雨倾至。叶秋薇关了空调，打开窗户，深吸了一口外界的空气。

看着她的背影，我连续做了好几个深呼吸。她的缜密，让我产生了一种难以名状的恐惧。那一刻，我差点起身去按呼叫铃。但犹豫许久，我还是强迫自己留在椅子上，两分钟后，我总算稍稍平静，对着对话口说道："叶老师，请继续吧，说说丁俊文到你家里之后发生的事。"

她回过头，对着我观察片刻，一面微微点头，一面坐回藤椅上。后来我才明白，她大概早就觉察到了我的心理变化，开窗静立，正是在给我调整的时间。

她扭头看了一眼窗外的雨，接着说道："见我有意邀约，丁俊文就开始频繁地到医院探望。三天后，我做好伪造的报告，向他发出邀请。那天午后回到家，我径直带他进了书房，故意试了好几把钥匙，才打开我丈夫的书柜。我们把书柜里的资料全都搬到地上，一份一份地查看、整理。每次发现一份不太了解的文件，我就会询问丁俊文。很快，我们就翻到了伪造的《M成瘾性的实验研究报告》。"

"丁俊文当时是什么反应？"我拿起笔问道。

"停止了一切动作，甚至停止了呼吸，像个雕像一样凝固在原地。"

"冻结反应。"我点点头，"研究报告的出现，对他而言，是一种突如其来的威胁。"

"不是普通意义上的冻结反应。"她说，"冻结的状态，至少维持了五秒。"

我在笔记本上写下"冻结五秒"，随即问道："怎么解读？"

"说明事情可能比我想象的更为复杂。"她分析说，"一种威胁，无论大小，最多让人冻结一到两秒，这是本能反应，不是想装就能装出来的。持续五秒的冻结，说明他当时感受到的威胁不止一种，而且几种威胁之间，存在某种联系——因果或是递进。"

看来，事情确实非常复杂。我不禁觉得好奇：在看到研究报告的一瞬间，丁俊文都想了些什么呢？

叶秋微轻轻咳嗽一声，打断了我的思索，随后接着说道："五秒之后，他回过神来，迅速把报告拿到手里，再次冻结了一秒。片刻后，我叫了他一声，挪到他身边，把报告的题目念了出来，刚刚想要有所行动的他，立刻出现了第三次冻结。"

"之后呢？"

"我把报告拿过来，随手翻了翻，自言自语说，奇怪，这是什么报告，我怎么从来没见过啊。M的成瘾性——我用疑惑的语气问，丁哥，所里有过这个研究吗？他迟疑两秒，肯定地摇摇头，说没有。我一边轻轻敲打地板，一边用不经意的语气自语，从来没听说过M有什么成瘾性啊，M会有成瘾性吗？话音未落，他就再次说了一句，没有。这次毫不迟疑。"

即便是我，也明白两句"没有"所表达的意义截然不同。

迟疑，是思索过程（意识）的外在表现，面对简单问题的迟疑，即面对简单问题的思索（意识活动），通常会带有社会目的性，随后给出的回答，自然也会带有欺骗或隐瞒的成分。而不假思索的本能回答，通常是无须怀疑的真话。

也就是说，丁俊文知道研究所里进行过M成瘾性的相关研究。但是，研究结果显示，M确实不存在致人成瘾的可能。

我想不明白：若如此，那份研究报告又有什么意义呢？

我只能听叶秋薇循序渐进地说下去："叶老师，请继续。"

"你应该能明白，我就不多解释了——"她对我观察片刻，接着说道，"从丁俊文的反应来看，他是研究的知情者，他还知道，M确实并不存在致人成瘾的可能。我当时也觉得很奇怪，耗费一年的M成瘾性研究最终失败，那份报告又存在何种价值呢？我相信，一切不合理的表象背后，总会存在一个合理的理由。我决定暂时不想那么远，继续观察丁俊文的反应。"

她顿了顿，我赶紧请她继续。

"经过一番挣扎，他最终平静下来，掩盖了情绪，继续帮我整理资料。不久，我们开始翻看我丈夫的工作笔记。丁俊文把2007年6月到2008年5月之间的几本笔记都拿到自己跟前，一页一页地翻看。不久，他大概是注意到了关于M物化性质的记录，就问我，叶老师，秦老师的这些笔记，你都看过吗？我说没有，他似乎松了口气。"

"松了口气？"我不太理解丁俊文的这一反应。

"大概也不想让我受更多牵连吧。"她一带而过，接着讲述，"大概过了两分钟，他的手机突然响了起来，有意思的是，他看了一眼号码，第四次出现了冻结反应。"

我看着她，几秒后才反应过来："这个人，对他是一种威胁来源，很可能也和整件事有所牵连。"

"没错。"她喝了一小口水，"当时，我突然有了主意。趁他在书房打电话，我借机去客厅倒了两杯水，并在他的水里加了一点呋塞米（一种高效利尿药）。几分钟后，我回到书房，他已经打完电话。他确实渴了，很快就喝完大半杯水，五分钟后就匆忙地去了厕所。趁这个时候，我打开他的手机，迅速翻了翻，并记下了他之前接到的号码。通话记录显示，他当时经常和那个号码联系，却没有把号码加入通信录。"

我把这些记录下来，对她说："看来，这个号码就是下一个重要线索。"

"对。"她胸口明显地起伏了一下，"我不能明问，只能暗查，所以至此，丁俊文对我来说，已经没有什么利用价值了。"

"所以你就决定让他死？"看着一脸平静的她，我有些心惊胆战。

"一来，是为了继续打乱他们的计划。"她脸上闪过一个奇怪的表情，"二来，我也是为了自保。"

"自保？"

她坐直了身子，认真地说："我很快就发现，自己低估了他。"

"低估？"

"那天傍晚，丁俊文离开时，说是要把几份未完成的研究报告带回所里向领导汇报，其中自然包括我伪造的那份。晚上，我又回了一趟家，发现记有M物化性质的工作笔记也不见了，应该是丁俊文趁我离开书房时，悄悄藏到了身上。"

我胸有成竹地问："你离开书房，除了想给他下药，也是为了给他拿走笔记的机会吧？"

"是。"她说，"之前我就说了，我要让他顺理成章地带走伪造报告和笔记，以消除我对他的潜在威胁。可是，他并未因此打消疑虑，反而加重了对我的猜疑。"

"为什么？"我想不通。

她略加思索，继续说道："那天深夜，为谨慎起见，我又去了一趟网吧，刚登录论坛，就看见了他的新留言。他再次问起我那位'C大同学'的事，并意味深长地警告我，关于M成瘾性的研究十分危险，让我想办法删掉帖子，以后也不要再提及相关内容。"

"看来，他知道的还真不少。"我倒吸了一口凉气，"你是怎么回复他的？"

"我没有回复，想看看他接下来会怎么做。不久，他又发来一条信息，问，你是Y老师吗？"

"Y老师？"我猛地一惊，"你觉得，Y是暗指你的姓氏吗？"

"谨慎且高明的试探。"她对丁俊文的行动颇为赞许，随后又分析说，"如果Y确实是在暗指我，那么，他显然已经开始怀疑我了。见我一直没有回复，他又给我发了一条信息，说，不管你是不是Y老师，为了你的安全，都请不要再提M成瘾性的事，这很危险。"

我猜测说："他让你感受到了极大威胁，所以你决定杀了他？"

"事情的发展远超出我的想象。"她说，"两天后，C大的一位化学教授出了事——好端端的一个人，突然割腕自杀了。校方封锁了消息，是一位老同学无意中当作秘闻说给我听的，他是C大化工学院的一个助教。他说，那位老教授平时总是乐呵呵的，根本不像是会自杀的人。他还告诉我，那位老教授姓杨。"

我一愣："这么说，Y也有可能暗指这位老教授了？"

"有这种可能，但我没办法确定。"她停了两秒，十分细微地叹了口气，"得知这件事之后，我迅速联想到了我丈夫。"

说到这里，她停下来看着我。我翻了翻笔记，很快明白过来：秦关主动吸取剧毒气体、杨姓教授割腕自杀，两件事，有着太多的相似之处。

"那位杨教授也接触过M成瘾性的研究？"我问。

"我查了整整两天，才找到一点蛛丝马迹。"她说，"2003年，杨教授曾经在一不学术期刊上，参与发表过一篇探讨M药理特性的文章。文章主要是探索与推想，内容很浅，但我还是坚信，正是那篇论文，以及我和丁俊文在网上的交流，导致了杨教授的自杀。"

我倒吸了一口凉气。之前想象中的那张大网，已经开始若隐若现。

"你后悔吗？"我又问。

"不后悔。我当时完全被理性控制着，已经很难单凭感性产生情感了。"她回答说，"这件事让我明白，丁俊文在整个计划里，似乎也起着十分重要的作用。这坚定了我把他引向死亡的决心。"

我点点头，沉思片刻，说道："那接下来，就说说他的死吧。资料里说，是他的妻子把他推下楼的，他妻子有偏执型精神分裂症，我相信你有足够的能力利用这样一个病人。能不能说说过程？"

"偏执型精神分裂——"她微微摇头，"正常人和纯心因性的精神病人之间，根本不存在明显的界限。她的'病'，是我引导出来的。"

我放下笔，惊讶地看着她："你是怎么做到的？"

她端起杯子，把玩了一会儿，轻轻抿了一口："事情要从明胶改性聚合物项目的后半年说起。"

她并不急于往下说，而是放好杯子，端坐着看我。我翻动笔记，重温她第一次杀人的经过，而后推测说："那段时间，丁俊文经常去找你丈夫，两人谈话时，还总会把你支开。频繁而单独的拜访，既不是很礼貌，又容易引起你的怀疑。丁俊文肯定明白这个道理，所以有时，他也会带上妻子，对你们进行比较正式的拜访吧？"

尽管她依旧面无表情，但我能感觉到她对我此番推测的满意。

"是。"她说，"当我下定决心要让丁俊文死时，瞬间就想起了他老婆。他老婆叫吕晨，是个挺漂亮的女人。我第一次见到她，是2007年的平安夜。那晚，我和我丈夫邀请他们两口子到家里吃饭。见面后，只说了几句话，我就觉得吕晨有点问题。寒暄过后，两个男人在客厅闲聊，吕晨则进了厨房，说要帮我做菜。一开始，她还显得十分谨慎，只刷刷盘子、摆摆素菜什么的。等我开始炒热菜，她就开始指指点点，而且语气强硬，不可违抗，像'你必须怎么怎么做''先放醋绝对不行''这样根本没法吃'之类的话。"

"第一次见面就说这么失礼的话。"我看了看死亡资料，"看来，她确实有偏执型的人格障碍——"

"张老师，"叶秋薇打断我，认真地说，"分析心理，绝对不能主观臆断。仅凭几句话，是无法判断人格的，更不能断言人格障碍。我当时只是感觉，她在做菜这件事情上，的确比较偏执，或许，她真的比我会做菜呢？你要牢记，分析他人心理的首要前提，是自己保持高度冷静。"

我惶恐地点点头："明白了，我会谨记的。"

她也点点头，接着说道："那时候我的性格很软，很怕得罪人，所以她怎么说，我就怎么做，她对我的表现非常满意——若非如此，我后来也不可能轻易地利用她。那晚，饭吃到一半，丁俊文突然说起学历问题——这大概有助于他的幻想。他恭维我和我丈夫，我们也想办法恭维他，他很受用，吕晨却很不自在。她只是忍了片刻，便滔滔不绝地说起中国教育和科研领域的落后和丑陋，说学历与能力完全无关，说教育系统里没一个干净的人。"

我一边听着，一边在笔记本上写道：

吕晨，偏执型人格，严重。

"我那时的性格真的很软。"叶秋薇继续说，"虽然学过多年心理学，却根本不知道该如何应对这样的人。为了不得罪她，我只能顺着她的意思，说教育与科研领域确实黑幕遍地之类的话。我丈夫出于礼貌，也一直没有反驳她。倒是丁俊文，似乎早就习惯了老婆的性子，跟她在饭桌上辩论起来。吕晨没说过他，狠狠地捶了他两下，便起身离开餐厅，生气地坐到客厅沙发上，脸涨得通红。"

"这已经是非常明显的偏执了吧？"我不禁自言自语说。

"是。"叶秋薇说，"我坐到她身边，握着她的手安慰她，继续用好话哄她。她当时的偏执还不算严重，所以对我没什么敌意，反倒因为我的顺从，对我产生了一种十分特殊的好感。等她消了气，丁俊文不免觉得有些尴尬，便道了歉，带她匆忙离开了。"

"你第二次见她是什么时候？"我问。

"2008年的2月14日，情人节，是她主动联系的我。"叶秋薇回答说，"那天晚上，明胶项目的科研组在研究所里进行一次至关重要的实验，我在家里看书等我丈夫。晚上十点，吕晨给我打了电话，说是丁俊文出去跟别的女人约会了，说得非常难听。但据我所知，丁俊文当晚应该是去了研究所帮忙。我拗不过吕晨，只好去了一趟丁家。她跟我说了很多，细数了她丈夫几年来的每一次'出轨'，以及她跟踪和调查丈夫的经过。谈话过程中，她儿子好几次冲入客厅，让她不要再说，换来的却只是她的责骂。最后，我一再保证，会帮她留心丁俊文的行踪，她才依依不舍地放我离开。"

"没来由地怀疑配偶不忠，也是偏执型人格的典型特征。"我用平白的语气叙述道。

"是。"她继续回忆，"那晚，我丈夫快凌晨一点才回到家里，不过还是给我带了花。我说起吕晨的事，他肯定地告诉我，丁俊文当晚一直在研究所里。而且据他所知，丁俊文是个非常顾家的人，从来没有过拈花惹草的行为，如果有，男人之间不会不知道的。"

我认同最后这句话：即便如我，在受到女性邀约后，也总会忍不住向身边的同性朋友炫耀。如果丁俊文真的招惹过别的女人，秦关一定会有所耳闻的。

她接着说："几天后，丁俊文单独去了我家。我也是为了他们家庭考虑，就说起吕晨怀疑他出轨的事，还质问他究竟有没有出轨。他当着我的面对天发誓，自己从来没有沾惹过别的女人，还说了一句话，一句让我印象深刻的话。他说，吕晨有点神经质，大概是因为以前受过伤害。"

"受过伤害？"我拿起笔问。

"据丁俊文说，她母亲病逝得早，她是跟着父亲和继母长大的。继母脾气很坏，经常对她打骂，父亲惯着继母，从不保护女儿。后来，她考上了公费的研究生，却在报到前的几天，被通知研究生资格作废。她坚信是本科时一个同学顶替了她，那个同学的父亲是本地教育系统的高官。"

我回忆起教科书里的内容："幼年缺乏肯定和关爱，长大后又遭遇戏剧性的挫折，确实很容易导致偏执型的人格障碍。她也挺可怜的。"

"初期的偏执型人格障碍，除了会影响人际交往之外，并不影响作为人的社会功能。所以，丁俊文从没想过带她去看心理医生。她的偏执状况，随着时间的推移不断加深。等我决定杀掉丁俊文时，第一时间就想到了她。2009年3月下旬，再次见到她时，我发现她已经处在精神分裂的边缘。"

我突然产生了一种压抑感，眼中充斥着一股温热。我猜，我的潜意识正对吕晨抱以最真切的同情。

叶秋薇缓缓抬起手，护住颈窝，轻轻咳嗽了一声，我的同情便立刻消失了。

"请继续。"我随后说道，"说说利用她的过程吧。你是如何对一个有严重心理障碍的人进行暗示的？"

"杨教授自杀事件发生后，丁俊文大概是暂时放下了对我的怀疑，不怎么往医院去了。"她说道，"我不能轻举妄动，只好从长计议，耐心等待机会。让我没想到的是，没过多久，他就主动把机会送给了我。"她略加思索，继续回忆，"那是2009年3月24日，晚饭过后，我坐在我丈夫身边读一本书，丁俊文突然来到病房，神色焦虑而匆忙。当时，我还以为他发现了我身上的疑点，因而有些紧张，便故作镇定地问他有什么事。他的回答让我意识到，杀他的最好机会就在眼前。"

我理所当然地做出猜测："他终于发现了吕晨的精神异常，想找你帮忙。"

"对。"她眼中闪动着满意的光，"他说，吕晨的精神似乎不太正常，总是无缘无故发脾气、找家人的麻烦，有时候甚至会莫名其妙地自言自语——直到那时，他依然没有意识到，吕晨已经有了精神分裂的趋势。"

"自言自语——"我深吸了一口气，"很可能是幻听导致的吧，这已经属于准精神分裂的症状了。"

"没错。"她说，"我知道自己必须抓住这个机会，当即就答应了他的请求。在我的授意下，第二天一早，丁俊文就以探望我和我丈夫为名，带吕晨去了医院。"

我明白：心理偏执严重的人，会否认自身存在的问题，因而对任何形式的心理治疗都存在抵触情绪。接触和治疗这种患者，通常都要在患者无察觉的情况下进行。

叶秋薇顿了顿，接着说道："寒暄几句后，丁俊文就借故离开了病房。面对吕晨，我依然保持着一年前那样的软性子，她显然对此很有好感——偏执的根源在于自卑，所以，偏执者喜欢能力或处境比自身差的人，喜欢会示弱的人。我夸张地描绘了我和我丈夫的遭遇，以及那些事带给我的无助，让她认为我是天底下最可怜的女人。她依然保留着大部分的社会功能，主动握住我的手安慰我。等确定她对我不会产生怀疑和敌意，我就开始引导她说自己的事。"

"恐怕不怎么顺利吧。"我下意识地说了一句。

"比你想象的要顺利一些。"她解释说，"一年前的几次见面，让她对我产生了良好的印象——偏执者很难改变对他人的印象。还有，2008年情人节那晚，她曾经向我进行了意犹未尽的倾诉，再次见到我时，倾诉的惯性可能依然存在。"

我点点头，请她继续。

"在我的引导下，她很快就打开了话匣子。她说，秋薇，你知道吗？这一年以来，丁俊文又找了好些女人。每次我问他，他都会编一堆理由，后来连理由都懒得编了，直接骂我，骂我是神经病，还打过我。说完这些，她凑到我耳边，小心翼翼地说，秋薇，有件事我一定要跟你说：丁俊文最近已经开始想要害我了，他总想找医生检查我，还蛊惑那些医生，说我有精神病。他肯定是想串通那些医生，把我关进精神病院，这样他就能为所欲为，想找谁就找谁了。我跟你说这些，是想让你在必要的时候帮帮我，证明我根本没有病，你可千万别让丁俊文知道。我就是死，也不能让他的阴谋得逞。"

"正是最后这句话，激发了你的灵感？"我试着问。

"是。"叶秋薇顺了顺发梢，接着说道，"不过为谨慎起见，我必须进一步确定她的心理状况。说话的同时，我拿起一本书，在身后轻轻翻动，发出轻微的唰唰声。吕晨听见声音，满脸欢喜地看着我，说，真的吗？谢谢你，秋薇。"

"机能性幻听。"我的语气不免有些沉重，"精神分裂的典型症状。"

叶秋薇点点头："之后，我又进行了多次试探，发现除了机能性幻听之外，她并不存在其他精神分裂的症状。所以我的判断是，她正处于偏执型人格障碍向偏执型精神分裂的过渡阶段。我所要做的，就是加速她的过渡，并在这一过程中，强加给她一些观念。"

我倒吸了一口凉气。那一刻，叶秋薇在我心里与魔鬼别无二致。

不知过了多久，我总算平静下来，坚定了访谈的决心，继续问道："接下来是怎么做的？"

"首先要加深她对丁俊文的恨。"她说，"我必须认真考虑，所以25日那天，我只是听她倾诉，没有贸然行动。上午十点，丁俊文带她离开，后来又打电话问我成果如何。我把吕晨的病情描绘得很严重，但也保证会尽自己所能。3月26日，我约吕晨出来逛街，中午吃了火锅。吕晨说她不能吃辣，因为宫颈有炎症。我赶紧抓住机会，问起炎症的起因，她坚信是自己以前爱吃辣椒导致的。我用一种神神道道的语气说，会不会跟丁哥有什么关系呢？之后，我又举了一大堆朋友的例子，证明男人出轨对妻子健康的严重影响。那天，饭吃到一半，吕晨就涨红了脸，咬牙切齿，把筷子掰断扔到地上，一副恨不得把丁俊文撕碎的样子。"

我知道，偏执者的观念很难改变，而一旦因为某种契机改变，就会比之前更加根深蒂固。叶秋薇利用吕晨对丁俊文的怀疑与敌意，将吕晨"辣椒导致炎症"的想法，顺理成章地改变成"丈夫出轨导致炎症"，如此一来，吕晨对丁俊文的敌意，就会比之前更加强烈。

"接下来呢？"

"从其他方面继续挑拨她对丁俊文的恨，面对一个偏执的人，这实在是太容易了。"她接着说，"我甚至认为，只要恨意足够，即便我不再干预，她迟早也会对丁俊文下手的。不过为了抓紧时间，我还是进行了持续的干预，我要让她完全进入精神分裂的状态。"

我急切地让她继续。

"人格障碍和精神分裂之间，真的只有一线之隔。"她说，"逛街那天，一有机会，我就会想办法弄出异常声响。几乎每一次，她都会产生机能性幻听。到了傍晚，她问我晚上想吃什么。我觉得时机成熟，就用虚音说，不如吃饺子吧——此前，我已经特意跟她强调过，说我最讨厌吃的东西就是饺子。她奇怪地看着我，说，你不是不喜欢饺子吗？我故作惊讶地说，我什么时候说要吃饺子了？"

"暗示。"我下意识地摸了摸额头，"你在暗示她，让她以为自己产生了评论性幻听。"

"是。"她说，"当偏执者分不清楚真实与幻觉，精神分裂的症状就会加重。她当时大概也觉察到了不对，一个劲地自言自语。之后，我又找机会做了几次同样的事。第二天，她就打电话给我，说她脑子里有时会出现其他人的声音，那个声音不仅知道她在想什么，还总会对她的想法做出回应。她说，她感觉那个声音好像是我，她认为，我和她能够心灵互通。"

我再次倒吸了一口凉气。在叶秋薇的暗示和干扰下，吕晨已经开始出现精神分裂的中度症状。

我想了想说："如此一来，想控制她的思维就更简单了。"

"评论性幻听的出现，会逐渐引发思维失控感，最后发展成思维被控制感，也就是所谓的'影响妄想'。"她说，"我所要做的，是继续对她进行暗示，在她心中构建出我想要的影响妄想。"

通过暗示在偏执者心理中构建特定的影响妄想——这个想法既让我觉得新奇，又令我不寒而栗。

"怎么做呢？"我的声音里透着别扭。

"27日那天，我再次把她约了出来。"她回忆说，"我们没有逛街，而是找了个茶馆聊了整整一天。她相信自己能和我心灵相通，能听见我的想法，我笑着说不可能。接着，在聊天过程中，我通过微表情和肢体语言分析她的心理，不时地用虚音描绘她的想法，并加以反向的引导，而后否认那些话是我说的。"

我听得不是很明白："这个过程，能举例说说吗？"

"比如——"她想了想说，"在说到一部电视剧时，吕晨说她很讨厌女主角，但我看得出来，其实她心底是喜欢这个女主角的，她只是嫉妒——偏执者病态的嫉妒。所以我就用虚音快速地说，你说你不喜欢她，其实只是嫉妒她，为什么不说你喜欢她呢？听到我的话，吕晨重重地拍了一下桌子，大声说，闭嘴，我就是不喜欢她，做作下流。我假装吃惊地看着她，问，晨姐，你在说什么？她被我的表情骗到，因而认定是自己再次出现评论性幻听。她极度不安地对我说，秋薇，那个声音又来了，听起来很像你，但不是你。那个声音不光知道我的想法，对我指指点点，还想控制我的思维。"

我想要做记录，却不知从何下笔，便试探着问："也就是说，你通过这种方式，引导她出现被控制的感受？"

"这是个细活儿，必须有足够的耐心。"她接着说，"类似的过程，那天我重复了不下二十次，直到傍晚，我终于让她相信，她的思维正受到某种外力的干预。晚饭时，她终于出现了第一次自发的影响妄想。她悄悄告诉我，刚刚窗外经过的一个行人，想让她和丁俊文离婚。"

听到这里，我心中一阵慌乱，感到极度不安，甚至还有那么一点恶心：如果吕晨及时接受正规治疗，其偏执症状绝对是可以痊愈的。叶秋薇却为了自己的计划，将这个原本就十分可怜的女人带入万劫不复之地。

即便是"纯粹理性力量"的驱使，叶秋薇就没有丝毫的怜悯之心吗？

那一刻，我下意识地把脚尖挪向右侧，差点起身去按呼叫铃。叶秋薇看了我一眼，起身拿起一个苹果。我挣扎许久，居然又奇迹般地平静下来，虔诚地说："叶老师，不好意思，我刚才有点难受。可以继续吗？"

"确定要继续吗？"她把苹果拿在手里轻轻搓着，"今天，吴院长似乎有意给你放宽时间。"

后面这句话，似乎也是一种暗示。我点点头，语气坚定："我不能浪费他的好意，请继续吧。"

她放下苹果，平静地坐回藤椅，仿佛讲述从未被我打断："影响妄想自发出现，但离完整构建还有一段距离。每个精神分裂病人，都有一套独特的影响妄想体系，我要帮吕晨构建一个体系。我们在茶楼吃了晚饭，席间，我开始给她讲我'朋友们'的故事，都是夫妻之间的事。比如，丈夫家暴、出轨，妻子不堪忍受，下毒将丈夫杀害；夫妻发生争执，妻子在推搡中将丈夫推下高楼，等等。其中，我还给她讲了这么一件事，说是我一个朋友W，婚后不久就跟丈夫产生矛盾，她丈夫为了摆脱她，竟然到精神病院找了熟人，把她鉴定成重度精神病患者。最后，W被关进了精神病院，她丈夫又找了年轻女人，逍遥快活。最后，W在精神病院受尽折磨，崩溃而死。"

我记了几笔，问道："W的故事，正是在暗指吕晨吧？"

"当然。"她面无表情地说，"所以她才会感同身受，产生对丁俊文的无比恐惧。我当时就看到了她的恐惧，就赶紧抓住机会说了更多的事。我说，我以前跟W关系特别好，自从她死在精神病院，我就经常梦到她，她总是在梦里跟我说，如果她能活过来，一定不会放过她丈夫。话没说完，吕晨就紧紧抓住我的手，说，秋薇，我听见W的声音了，她在警告我，让我不要重蹈她的覆辙。"

我非常同情吕晨，但尽可能不在叶秋薇面前表现出来。

"她激动地抓住我的手，说一定是W的灵魂与她产生了感应。"叶秋薇接着说，"我又说了一些W的事——很多都与她十分相似，以此加深她的感受。做完这些，我松了口气，知道事情已经成功了一半。"

"一半？"我问，"我还以为，做完这些，吕晨就会去杀丁俊文了。"

"还不够。"她微微摇头，"纵使影响妄想深重，终究也只是妄想罢了。想让吕晨付诸行动，就必须让她的妄想与现实接轨，让她在现实中发现触手可及的威胁。"

"就像导火索，像《红豆》。"我点点头，"你需要给她一个突如其来的刺激。"

"对。"她说，"我先耐心等待了两天，看她是否会采取行动。我做得越少，暴露的危险性就越小。但连续两天，她都没有做任何出格的事。31日中午，丁俊文打电话询问我治疗的情况，我决定点燃导火索。"

"怎么做？"我完全推测不出她的下一步行动。

"我对丁俊文说，吕晨的情况比较复杂，我不是专业的精神医生，实在无能为力。"她说，"我建议他带吕晨接受专业的心理治疗。为了表现我的热心，我总结并打印了一份涵盖精神治疗的医院的名单，并标注了可以重点考虑的几家。31日晚上，我把名单交到丁俊文手里，嘱咐他放好，千万不能让吕晨发现，不然的话，可能会刺激到她。"

"啊？"我没听明白，"你的计划，应该是用这份名单刺激吕晨吧，为什么不让她发现呢？"

她露出一丝复杂的笑："这么说，是为了让丁俊文在吕晨面前表现出紧张。吕晨原本就认为丈夫想要害她，感觉到丈夫的紧张后，一定会产生各种偏执的联想。丁俊文根本不知道该如何对付精神分裂患者，他会受不了妻子的偏执与纠缠，最终妥协，把名单拿给妻子看。他或许还寄希望于耐心的开导，能让吕晨明白自己的病症——面对一个偏执者，这无异于痴人说梦。"她顿了顿说，"最后，你想一想，丈夫向自己刻意隐瞒精神病医院的名单，对吕晨来说意味着什么呢？"

我恍然大悟："她会更加坚信丁俊文想要害她。那份医院名单，就是妄想与现实的契合点，也是点燃吕晨的导火索。"

说完，我翻开死亡资料，再次读了读丁俊文的死讯：

2009年4月1日凌晨五点，丁俊文被妻子从自家窗口推出，坠楼身亡。后经鉴定，其妻吕晨患有偏执型精神分裂症，案发时不具有刑事责任能力，故而被送入市精神病院接受治疗。

我深吸了一口气："一切都在你的预料之中。"

她面无表情地说："一切都有因可循。"

我翻了翻死亡资料，看着后面一连串陌生的名字，背后凝起刺骨的寒意。老吴特意给我延长了面访时间，我能感觉到，我也打算不辜负他的好意。但是，我把死亡资料翻到第三页，刚看见第三个死者的名字，就忍不住合上了资料。

我当时的感受，是刻骨铭心的恐惧。

走出病房，老吴显然察觉到了我的异样，还特意找大夫对我进行了心理疏导。那天，离开精神病院不久，我就开始后悔没有多待一会儿。我把车停在路边，打开死亡资料，翻到第三页，再次看见了第三个死者的名字：

陈曦。

我曾与这个陈曦有过一面之缘。

那是2006年的冬天，有消息称，省第三监狱发生了一起越狱事件，记者们闻风而至，我也奉命前去采访调查。在采访过程中，我注意到一名年轻女记者，她外表冷静沉着，言辞却无比犀利，句句切中要害，展现出与年龄不符的老练与成熟。

一位做电视新闻的朋友告诉我，女记者名叫陈曦，是省电视台综合频道的，出过书，在本地传媒界是个名人。

后来，我还特意买了一本陈曦的书，书名是《隐痛》。书的前半部分，记录了她的成长历程——她自称患有某种遗传性疾病，这是她从小到大的隐痛。书的后半部分，则记录了她揭露各种黑幕的真实经历，穿插着对社会顽疾的看法——她把自己的感受进行引申，认为我们的社会也存在各种遗传性疾病，这是社会的隐痛。

那本书写得很不错。

关于她，死亡资料里是这么说的：

陈曦，女，生于1980年5月，生前为省电视台综合频道记者，2009年5月18日夜，于家中死于急性心肌梗死。医学及解剖学检验表明，其临死前，血液循环系统中儿茶酚胺含量剧增，应为导致心肌梗死的直接原因。

我用手机搜索了"儿茶酚胺"四个字，这才知道，这个看上去有些奇怪的名词，是肾上腺素、去甲肾上腺素和多巴胺的统称。我虽然不了解医学，但也多少听说过肾上腺素的作用——过量肾上腺素会导致心脏器质性病变——心肌梗死就是其中一种可能。而肾上腺素的剧增，通常跟外界的刺激有关。也就是说，陈曦的死，是某种刺激导致的。

是叶秋薇通过某种暗示进行的精神刺激。

她究竟做了什么，能对一个沉着冷静的女记者造成致命刺激呢？再者，她又是通过什么注意到陈曦的呢？陈曦和那个庞大阴谋有着怎样的关系？难道，丁俊文在叶秋薇家里接到的那个神秘电话，正是陈曦打给他的？又或者，如同丁俊文的暴露一样——丁俊文的死打乱了那个庞大计划，身为参与者的陈曦因而有所行动？

这些疑问，恐怕只有等到第五次会面才能解答了。

思索停滞后，我逐渐感受到隐约的悲痛，许久之后我才明白，这悲痛源于丁俊文一家的遭遇。无论丁俊文做过什么，无论吕晨多么偏执，家破人亡都不该是他们应得的下场——孩子毕竟是无辜的。

丁俊文的儿子现在过得如何呢？再者，一直以来，我都只是在听叶秋薇讲述，从未求证过她言论的真实性。丁俊文的儿子，是否会告诉我一些不一样的东西呢？

在同情心和好奇心的驱使下，我一路摸索，总算打听到一些有用的信息：丁俊文的儿子名叫丁雨泽，当时正在本地的M大读应用心理学，三本。

我联系了领导，请他动用人脉，帮我联系到了M大的校领导。我对校领导说，自己正在做一个精神病人的专题研究，想要了解一下丁雨泽父母的事。看在社领导的面子上，这位校领导把消息转达给了丁雨泽，丁雨泽没有犹豫太久，就答应了在学校餐厅跟我见面。

几句寒暄后，我发现丁雨泽言行自然、积极乐观，完全不像个青年时代失去双亲的人。他大概是看出了我的疑惑，很快就主动提起了父亲的死。

"出事的时候我正读高三，还有两个月就要高考了。"他回忆说，"那段时间，我爸妈天天吵架——问题出在我妈身上，我爸总是惯着她。那天睡前，我就有种不祥的预感，感觉要出大事。凌晨四点多我就醒了，在床上翻来覆去，从没那么烦乱过。快五点的时候，我突然听见我妈发疯地喊叫——那也不是第一次听到了。我推开房门，突然听见我爸大叫了一声——我以前从没听他发出过那么恐惧的喊叫。几秒之后，我听到一声沉闷的撞击，大脑当时就一片空白。我浑身不停地抖动，推开我爸妈的房门，房间里只有我妈一个人。"

"你找到你父亲了吗？"我习惯性地追问，话一出口，又开始后悔如此发问。

丁雨泽的嘴唇迅速抖动了一下："看了，我趴到窗口，看见楼下一滩血，我爸在血中间，有些部分已经离开了身体。当时，我腿一软，差点也跟着掉下去。我妈从后面抱住我，指甲把我掐得生疼。我坐到地板上，她也坐到地板上。她死死搂住我，说不是她把我爸推下去的，是另一个人（我猜是叶秋薇编造的那个W）让她这么干的，她控制不了自己的行动。"

几句描述，让我的心情无比沉重："我还以为你会很避讳……"

"避讳是一种常见的心理障碍，我现在没有什么严重的心理障碍。"他说，"不过一开始，我确实出现过很严重的心理问题，如果不是叶阿姨，我都不知道自己会不会活下来。"

我一愣："叶阿姨？叶秋薇？"

"你认识她？"他有点意外，也有点兴奋。

我想了想说："我跟她可是老朋友了。"

"这么巧。"他松了口气，对我露出友善的笑容，"我爸妈的朋友都不多，叶阿姨算是跟我们关系比较好的了。出事之后，我妈很快就被精神病院的人带走了。一连几天，我都没说一句话。叶阿姨每天都去陪我、开导我。她的开导很有用，很快就扭转了我的心态。"

我毫不怀疑——帮助一个失去双亲的青年走出心理阴霾，肯定比利用暗示杀人要容易一些吧。

"但是，那件事的影响肯定不会一下子完全消除吧？"我问。

"是啊。"他说，"高考时，我就把两份答题卡涂错了，不然也不会来读三本。我不想复读，叶阿姨也不建议我复读。她说，换个环境，会让我更快开始新的生活。我父亲留下了一笔钱，叶阿姨帮我办理了遗产继承手续——如果没有她，那笔钱恐怕就要被我姑父弄走了。"

我带着复杂的意味说："对你来说，叶老师就像一位人生导师，像个短暂的亲人。"

"不。"他说，"在我心里，她一直都是我的亲人。我爸妈一直都有很严重的心理问题，从小到大，我在家里总是谨言慎行，如履薄冰。倒是叶阿姨的陪伴，给了我真正的亲人般的温暖。在所有人都嫌弃我的时候，她像亲人一样陪在我身边，帮我克服生活上的重重困难。她是我的亲人。"

"你对她的精神病怎么看呢？"

"我们老师说，对心理研究过于深入的人，很容易出现心理问题。"他猜测道，"叶阿姨的学识很深，可能正是因此才出的问题吧。"

"她出现问题之后，你去见过她吗？"我又问。

"见过一次。"他说，"她让我好好学习。"

我陷入良久的沉默。

"张——我就叫你张叔叔吧。"丁雨泽又说，"等你再见到叶阿姨，请转告她，我很好。这个学年结束，我就有希望升到一本的专业了。"

我不知是该欣慰，还是该唏嘘。那一刻，我有点分不清虚实与真假。丁雨泽向我描述了一个完全不同的叶秋薇。这个叶秋薇，与精神病院最深处的那个，真的是同一个人吗？

或许，叶秋薇从未想过要让我真正了解她。

正因如此，我对第五次会面的期待更加迫切了。

第五章 初次试探的杀意

死亡资料里说，陈曦死于急性心肌梗死。

可她是如何发病的呢？

向来健康沉稳的她，为何会死得如此突然？

第二天，在前往四区的路上，老吴对我说："我没说错吧老张，就算是你，也没法待四十分钟以上。我昨天还想着，说不定你能突破极限，跟叶秋薇聊上个把小时。"他的语气里满是朋友间的嘲笑，还带有明显的后怕，"谁知道啊，你昨天从进门到出门，一共用了三十九分半，差半分钟就破纪录了。"

"纪录？"我有些好奇，"四十分钟？是谁的纪录？"

"老汤。"老吴说，"叶秋薇入院后的第三天，老汤按照惯例跟她进行了一次面谈，算是为心理评估提前做准备。那次谈话，不多不少，正好持续了四十分钟。从那以后，老汤再去见叶秋薇，没有一次能超过四十分钟。再后来，他还会戴着耳塞。"

"对他也算挺仁义了。"我故作轻松地笑笑，"我是说，有些人只是跟叶老师说了几分钟话，结果命都没了。"

老吴一脸沉重，沉默了一阵说："为了防止意外，这次见面的时间，就不给你延长了。"

这次，我没有极力争取。在内心深处，我大概也不希望跟叶秋薇聊得太久吧。第四次会面时几度出现的心理不适，至今都还时隐时现、挥之不去呢。

那天，叶秋薇换回了第一次见面时穿的那条波希米亚连衣百褶裙。一进门，我就产生了一种奇怪的感觉，觉得她是个多年未见的老友，而我和她之间，似乎刚刚完成了某种轮回。在这种奇妙感觉的干预下，我下意识地打消了此前的顾虑与戒备，对她产生了更多的好感与好奇。

她的暗示真是无处不在。

吸取了上次的教训，我没有跟她打招呼，而是直接说道："叶老师，丁雨泽让我转告你，他现在很好，而且明年有机会升上一本。"

她坐到玻璃墙边，依然面无表情："丁俊文死后，吕晨很快就接受了精神鉴定。为避免她再次伤人，没等到法院审理，公安机关就将她转移到了这里的三区。一夜之间失去双亲，年轻的丁雨泽肯定是无法承受的。亲友们嫌弃他，没人愿意管他，我正可以借机深入丁家，寻找新的线索。"

她把自己对丁雨泽的照顾，说成是别有用心，我却坚信这是出于她内心深处的善良。

但这不是此次谈话的重点。我沉默片刻，问道："那么，你发现了什么？你是通过什么线索找上陈曦的？"

"关于金钱的纠纷。"她说，"按照政策，吕晨入院治疗的费用，应当从政府的专项资金支出。但你知道，这种款项往往很难落实，所以最后，压力就落到了丁雨泽的头上。作为儿子，他肯定希望母亲能够接受正规治疗，为此，他请求过一些亲戚，但没人愿意帮他。"

"人之常情。"我叹了口气，感同身受，"谁会进行没有回报的投资呢？"

"我计算了我丈夫的治疗费用，挤了一笔钱出来，准备先帮他渡过难关。"她接着说，"就在当天，他跟我说起一件事，说他姑父在帮他整理父亲的遗产时，好像发现了一笔数额不小的钱。他姑父试图隐瞒这笔钱的存在，还连哄带骗地想让他放弃存款和遗产继承权。好在丁雨泽也不小了，并没有被完全骗住。"

我一时浮想联翩：一笔数额不小的钱，看来，那个若隐若现的庞大阴谋中，还存在不小的利益因素。

"我咨询了律师，帮丁雨泽保住了那笔钱。"她说，"继承手续都是我带着丁雨泽办的，你知道那笔钱有多少吗？"

"多少？"

她淡然地说："将近八百万，相当于丁俊文一百多年的工资和奖金。"

我心中咯噔了一下，一股无形的压力铺天而来。片刻之后，我定了定神，问道："这笔钱跟陈曦有关？"

"丁雨泽也很吃惊，因为他从来没听父亲提起过这笔钱。"她说，"我们查了明细，发现这些钱不是一次性到位的，而是在2008年6月和8月之间，分五次转入账户的，前两次都是三百万，第三、四、五次，分别是一百万和两次三十多万。汇款来源是无法查询的。我跟丁雨泽找了整整一天，连丁俊文的手机短信都看了又看，也没能发现与这些钱相关的记录——丁俊文对此好像非常谨慎。"

我把她提到的数字一一记录下来，一边急切地请她继续。

"我意识到，这笔钱一定跟那个计划以及M的成瘾性研究有关，但想要通过银行查明款项来源，根本就不可能。"她接着说，"不过两天以后，我就从丁雨泽那里得到了一个振奋人心的消息，他对我说，一个女人曾半夜登门，说自己出钱向他父亲买了一件东西，他父亲却一直没把东西交给她。"

"是陈曦？是那份研究报告？"我忍不住猜测。

她看了我一眼，并不急于回答："丁雨泽说，那个女人去得很匆忙，而且戴着口罩，在屋里摸索了十来分钟就离开了。不过，他一眼就认出来，她是省电视台的记者陈曦——丁雨泽喜欢读书，也很喜欢陈曦的《隐痛》，写作文时，还经常借鉴其中的语句，他甚至参加过她的签售会，跟她说过话、握过手。最重要的是，丁雨泽认识到了这个女人的重要性，在她离开时，记住了她的车牌号。第二天，我找熟人查了那辆车的信息，登记人名叫贾云珊，而陈曦的丈夫——她在书中提到过——名字是贾云城。"

"但仅凭这些，还不能确定那笔钱跟陈曦有直接关系吧？"我思索着问，"对了，通过银行，应该能查到汇款人的信息吧？"

"我说了，想通过银行查明款项来源，根本就不可能。"她不紧不慢地解释道，"拿到那笔钱之后，我第一时间就让丁雨泽到柜台打印了详细的入账回单。但回单上只能显示出汇款人的姓名、银行及所在地。前两次汇款，都来自一个叫李刚的人，第三次来自一个叫王伟的人，后两次，则来自一个叫王勇的人。"

李刚、王伟和王勇，都是中国最普遍的名字。对一个普通百姓来说，想通过这种名字查到具体的人，确实可以用"根本就不可能"来描述。

进一步想，为什么五次汇款的三个人，都是这种名字呢？当然可以解释为巧合，但也有另外一种可能：这些名字并非汇款者本人，而是一种中间渠道。其目的，正是掩饰汇款者的真实身份。

从整件事的隐秘程度来看，这种可能性相当大。

"汇款人隐藏得很深，陈曦就成了唯一能够追查的线索。那么——"我一边说，一边翻动之前的笔记，"哎，叶老师，你之前说，丁俊文在你家里接到过一个电话，那个电话……"

"注销了，同样无从查起。"她说，"陈曦是台面上的唯一线索。"

"那接下来，你是如何顺着这个线索继续调查的呢？"

她继续分析说："丁雨泽告诉我，吕晨的疑心非常重，丁俊文的所有银行卡，包括工资卡在内，都是由她保存管理的。她被带走后，那些卡自然也都由丁雨泽继承。我帮丁雨泽查了那些卡的明细，除了工资收入、生活开销以外，就是一些小数额的理财收支，全都有据可查。如果陈曦没有说谎——她确实为了购买什么而向丁俊文付过一笔钱，那么这笔钱，肯定没有打到吕晨掌握的那些卡上。"

凭着直觉，我相信陈曦的确是付了钱的。

她接着说："陈曦夜访丁家时，戴着口罩、开着别人的车，而且只逗留了十几分钟，显然是不希望暴露自己的身份。尽管如此，她还是冒险去了丁家，说明那件东西对她来说非常重要。丁俊文知道这些，一定会向她要个好价钱。照此推断，那五笔汇款中，应该至少有一笔来自陈曦。"

"陈曦买的那件东西，就是那份研究报告吗？"我不禁问道。

"除了那份神秘的研究报告，一个库管员身上，还能有什么有价值的东西呢？"她说，"从他连夜从谢博文家取走报告，就足见那份报告的价值了。问题来了，既然他收了陈曦的钱，为什么没把报告给她呢？"

我一时有些发愣："对啊，为什么？"

"唯一的解释是，陈曦不是那份报告的唯一买家。"她解释说，"丁俊文死后，我每天都会在丁家待上很久，名义上是陪伴开导丁雨泽，但真正的目的，是寻找那份研究报告。但我翻遍了整个丁家，都没能发现那份报告的影子，连我伪造的那份都没找到。"

我倒吸了一口凉气："丁俊文把报告给了别人。"

"给了那些付给他六百万或者七百万的人。"她说，"陈曦的《隐痛》还算畅销，但这不足以给她带来巨额的财富。我查过，《隐痛》卖了将近十万本，版税收入大概三十万。陈曦的丈夫贾云城是个警察，收入稳定但没有暴富的可能。而且，两人都生在普通家庭。两个三百万和那个一百万，不大可能来自陈曦，除非她背后还有其他人——但从她没能得到报告这一点来看，这种可能性不大。"

我理了理思路，说：“所以你推测，同时有多人出钱买那份报告，丁俊文收了所有的钱，却只把报告给了其中一方。陈曦没有得到报告，又得知丁俊文的死讯，这才连夜冒险去了丁家寻找。”

“但归根结底，我跟你说的这些，都还只是可能性极大的推测。”叶秋薇继续回忆，“我必须调查更多的信息，以确认自己的猜测。”

“怎么做？”我问。

“我匿名请了私家侦探，帮我调查了陈曦2007、2008两年经济上的大动作。”她说，“侦探很专业，一天就查到了我想要的信息。他告诉我，陈曦夫妇的住房是贾云城家出钱买的，婚后，夫妻俩没有任何大的金钱支出。但2008年8月，陈曦突然卖掉了娘家陪送的一辆德系轿车，卖了二十多万。侦探从二手车寄售商那里了解到，陈曦当时似乎急需用钱。对一个家人没病没灾又出过书的知名记者来说，这有点说不通。侦探最后告诉我，陈曦似乎是瞒着丈夫卖的车。”

“这么说，她卖车很可能是为了给丁俊文钱。”我分析说，“卖车，说明她当时已经拿不出钱，这么说，她很可能已经付过一笔钱。”我思路逐渐清晰起来，“就是丁俊文收到的第四笔汇款，三十多万。之后，她又卖车付了第二笔钱，就是丁俊文收到的第五笔汇款，同样是三十多万。”我感到难以理解，“那份研究报告究竟有多大的魅力，能让她在没收到东西之前就两次贸然打款呢？”

叶秋薇喝了口水，顿了顿说：“一开始，我也很疑惑，但那个侦探很尽职，又告诉了我另外一些有价值的信息。”

“什么信息？”我不禁往前坐了坐。

“他说，这个陈曦，有购买新闻资源的历史和习惯。”

我凝眉沉思。

毕竟在纸媒行业做了多年，我对传媒界还是有些虚虚实实的了解的。我早就听过这样的传言：在一些重大新闻的调查和采访过程中，很多媒体工作者都会从知情人那里购买重要信息或是关键性证据。付出是有回报的，一场具有影响力的新闻调查，会带来比投入高数倍甚至数十倍的经济价值。

“他是怎么知道这些的？”我随后问道，“你让他调查了吗？”

“很多深度的新闻资源，都是这些私家侦探提供的。”叶秋薇解释说，“他们深入某些领域调查，取得有价值的信息和证据，然后卖给媒体工作者。这一过程，早就形成了一条颇具规模的产业链。还有人建立了专门的论坛，供侦探们进行客户信息的分享与交易。我请的那位侦探说，在很多这样的论坛里，他都见过陈曦的名字。"

我一时沉默。确实，现代社会中，人类已经是彻头彻尾的经济动物，但凡能和利益挂钩的角落里，总能找到形形色色的产业链，就像脓血中充满了形态各异的链球菌。

我想了想说："所以，侦探的话让你怀疑，陈曦想得到那份报告，是因为关于M成瘾性的研究存在极大的新闻价值。"

"重点不在这里。"叶秋薇说，"重要的是，在侦探的启发下，我想到了不动声色地接触陈曦的办法。"

我顿时明白了她的意思："你要假扮新闻卖家。"

"没错。"她说，"我弄了一套专业的变声设备，又通过不同的人，在周边不同县市，买了一些未过户的手机号。做足准备后，我给陈曦打了电话，说想跟她做笔交易。她当即就表示自己没兴趣——这是自然，她的兴趣肯定都在《M成瘾性的实验研究报告》上。就在她准备挂电话的瞬间，我下定决心说，《M成瘾性的实验研究报告》，你难道也没有兴趣吗？"

我想象着两人对话的情景，觉得一定很有意思："她当时肯定吓坏了吧？"

"没有，她可不简单。"叶秋薇微微晃动了一下，"她只沉默了一秒，就故作疑惑，说根本听不懂我在说什么。"

"她在试探你？"我觉察到一丝异样，"有这必要吗？这未免太过谨慎了吧？"

"正是这种过度的谨慎，让我突然明白了一些事。"叶秋薇说，"此前，她通过他人账户给丁俊文汇款、她夜访丁家时戴口罩试图掩饰身份——我一直认为这些都是理所当然的，从没想过分析这种谨慎的原因。但那一刻，我突然明白了，她极力想要得到的那份研究报告，对她而言，或许也是一种潜在的威胁。"

我有种茅塞顿开的感觉："所以，她汇款时的匿名、夜访丁家时的遮掩和匆忙，都是为了撇清自己与这些事的关系？没错，如果不是丁雨泽恰巧认出了她，恐怕直到现在，你也没办法把她和M成瘾性研究的事联系起来。"

"是的，可以推想，她围绕这件事所做的一切，一定都是慎之又慎，极力让自己置身局外。但是，丁俊文的死乱了她的阵脚，促使她在慌乱中去了丁家。正是这极为冒险的一步，让她此前所有的谨慎功亏一篑。"

我不禁叹了口气："说到底，还是因为你设计杀了丁俊文，她才会暴露自己。虽说人算不如天算，但没有人的参与，天算也不会如此巧合。"沉思片刻，我接着说道，"不感叹这些了，叶老师，请继续吧。你通过电话和陈曦取得联系之后，又发生了什么？是什么导致你对她起了杀心？"

"嗯。"叶秋薇端坐着，眼神十足空灵，"等觉察到她谨慎背后深藏的恐惧，我就知道该如何抓住她的心。我说，陈记者，我不是在开玩笑，你也不必怀疑我的诚恳，如果真的信不过，我可以出来跟你见面。"

"为什么这么说？"我问。

"她害怕别人知道自己与M成瘾性研究之间的关系，所以绝对不会出去跟我见面。而我说这些话，则能最大限度地展示自己的坦诚——这是稳赚不赔的行为。同时，在与M有关的事件中，跟她打交道的人，一定都和她同样谨慎。我第一次打电话就提出见面，是一种愚蠢而冒失的行为，会让她下意识地把我当成外行，从而降低对我的警惕。"

我看着叶秋薇，不知该说些什么。我从没想过，一句简单的话语背后，居然可以有如此复杂琐碎的考虑。

"她的反应如何？"

"预料之内。"叶秋薇说，"她在那边沉默了一阵，大概是在猜测我的身份、我是如何找上她的、她向丁俊文购买研究报告的事都有谁知道之类的问题。为了打消她的疑虑，我继续说，陈记者，我知道你很想得到那份研究报告，那份报告我见过，并且可以想办法弄到手。我没有别的意思，只是想跟你做笔交易。你的事，我不会跟任何人说，那样对我也没好处。"

"她怎么说？"

"仍旧是试探。她说，我不知道你究竟是什么人，但我可以明确地告诉你，我对你说的那些事完全没兴趣，请你不要再继续骚扰我了。"

我用手摩擦了两下嘴唇："我怎么觉得，她对你不光是谨慎，还有些敌意。"

"一语中的。"叶秋薇看着我，眼神里带着赞许，"你说得很对，她对我带有敌意，她下意识地把我当成了敌人。而这种情况，只能说明一个问题，她知道自己的确存在敌人，这些敌人，可能正是她谨慎与恐惧的来源。"

我琢磨了一下："敌人——比如报告的其他买家？"

"我知道这是个获取线索的好机会，如果她真的知道自己的敌人是谁，我就必须引导她说出来。"叶秋薇说，"我当时想了很久，决定赌一赌。我说，陈记者，我知道你在怀疑我的身份，我也不想瞒你。这么说吧，你应该知道，那份报告不止你一个买家。丁俊文不光收了你的钱，还收了其他买家的钱——一笔远超你支付能力的巨款。所以，他早就把报告给了别人，你再怎么努力寻找，都是徒劳。"

"她是什么反应呢？"

"我不知道究竟是哪句话刺激了她，总之，我话音未落，她就乱了阵脚，慌乱中说了一句，他……他真的把报告给了E厂？"

我倒吸了一口凉气，头皮有些酥麻。

E厂，或者叫E制药公司，是本地生物化学制药领域的龙头企业，其出产的药品广销全国各省。据说，E厂有着深厚而复杂的背景，本地许多政商都牵扯其中——当然，也只是坊间的传闻罢了。

我稍后分析说："她既然知道竞争对手是E厂，就该明白自己胜算不大。但她为那份报告付出了太多，明知无望，却又不甘心。在她心中，一直燃烧着一团孱弱的希望火苗，你的话，直接浇灭了这份虚幻的希望，所以，她才会自乱阵脚。"

"嗯。"叶秋薇说，"新的线索，意味着新的疑惑。如果她不是故意在误导我——从她自然流露的惊慌来看，这种可能性不大——那么，丁俊文收到的前三笔钱，应该都是E厂支付给他的。七百万，一个制药公司，为什么要付这么多钱，买一份化合物成瘾性的研究报告呢？"

"无非是两种原因。"我不自觉地靠在椅背上，"要么，那份报告对E厂构成了威胁，要么，报告类似于某种秘方，对药品的研究、生产有着极大的帮助。"

"这两种可能性最大，但未必能涵盖所有原因。"她并不同意我的判断，"因为疑点实在是太多了，比如，为什么E厂早在2008年6月、7月就付了款，丁俊文却直到2009年2月才从谢家取走报告交给他们？此前，为什么报告一直被藏在谢博文家？在M事件中，谢博文、丁俊文和我丈夫之间，究竟是何种关系？谢博文在我家接到的那个电话，究竟是来自E厂，还是来自陈曦？"说到这儿，她松了口气，"当时，无数的疑问涌入脑海。我推测，陈曦应该知道更多的内幕，我必须趁热打铁，引导她说出更多有用的信息。"

我把叶秋薇提到的几个疑问——记录下来。

"但我必须保持谨慎。"她接着说，"陈曦毕竟是个知名记者，见过世面，见识过形形色色的人，绝对不会像舒晴和吕晨那样容易对付。她会不会意识到我在引导她？她承认了自己和研究报告之间的关系，会不会因此对我产生更多戒备？这些，都是我要迅速考虑的问题，我必须做出恰当的反应，让对话继续进行。我稍加思索，说，陈记者，从一开始，你就该明白自己毫无胜算，E厂对那份报告的渴望，丝毫不比你少。"

"她怎么说？"

"她始终在推测我的身份。"叶秋薇说，"我故意提到E厂对报告的渴望，正是想引导她的推测。"

我执笔思量："E厂对报告的渴望——这句话给人的感觉，好像是你对E厂的了解很深，而且很像是E厂内部的人。"

"我就是要让她这么想。"她嘴角滑过一丝狡黠，"如果让她相信我是E厂的人，那么关于E厂在M事件中的作用，她就不会刻意回避。"

我不明白："可是，E厂是她的对手和敌人，是她在这件事上谨慎和恐惧的来源，她会和敌人继续对话吗……"

"如果是敌人的叛徒呢？"叶秋薇打断我，"曹操多疑，却也相信黄盖的诈降，何况一个不到三十岁的女记者呢？从心理学的角度来说，敌方或对手中出现叛徒，人们的第一反应总是幸灾乐祸，而幸灾乐祸会降低心理戒备，从而容易对敌方的叛徒产生好感与信任。相反，人们对于己方出现的叛徒，则往往是毫无根据地愤怒。这也正是历史上，诈降与反间计屡试不爽的心理学原因。"

和叶秋薇谈话有一个好处，就是总能时不时地获取新知。我期盼地看着她，对她和陈曦接下来的对话充满好奇。

"陈曦是什么反应？"

"预料之中。"叶秋薇说，"她沉默两秒，用紧张的语气问，你是E厂的人？！我嗯了一声，随即让她放轻松，说，我虽然是E厂内部的人，也参与了E厂和丁俊文之间的交易，但这次通话，只代表我个人。话说到这里，陈曦也不再遮遮掩掩。她听出了我的言外之意，回道，这么说，你的个人立场，和E厂的立场并不相同了？"

"有点意思。"我说，"她说话也像个高手。"

"一个被我低估了的高手。"叶秋薇话中有话，"我回答说，也并非立场的不同，而是需求不同。E厂想要什么，你应该比我清楚——说完这句话，我静默片刻，期盼她主动谈及E厂购买报告的目的，但她始终没有开口。于是我接着说，至于我想要什么，也不用跟你明说了吧？"

我琢磨着两人的对话，感觉像是在看一部谍战剧。

叶秋薇继续讲述："她考虑了片刻，问，你真的能弄到那份研究报告？我说，不然为什么要联系你呢？她在那边笑笑，说，可是直到现在，你一直都没有说出任何实质性的内容，甚至E厂的事，都是我先提起的，你凭什么让我相信你？我问她想知道什么样的实质性内容，她说，如果你真的是E厂内部的人，还参与了与丁俊文的交易，那就告诉我，E厂给丁俊文付款的详情——时间、金额、方式，以及出款账户的信息。"

我摸摸头发："正合你意。"

"我当时也这么认为。"说这话时，叶秋薇的声音里，带着一股难以言说的意味，"前三笔钱的汇款时间，我记得清清楚楚，于是告诉她，第一笔钱是6月7日转的，三百万，户名是李刚。她嗯了一声，问，还有呢？我说，第二笔也是三百万，转账时间是一个星期以后，也就是6月14日，户名也是李刚。她又问了一句，还有呢？我想都没想，脱口而出，说第三笔的转账时间是6月29日，一百万，户名是王伟。她再次问道，还有呢？我犹豫片刻，说没有了，就这三笔，一共七百万。她顿了顿，低声念叨了一句，居然有这么多……"

"她——"我一愣，"她不知道交易的详情？她在从你口中套取信息？！"

"那一刻，我才发现自己小看了陈曦，在我引导她的同时，她也在引导我。"叶秋薇分析说，"在那次对话里，可能存在两种情况。第一种情况，如你所说，陈曦是因为乱了阵脚，才会下意识地提到E厂。之后，我自称是E厂的人，她就用隐蔽的激将法，引导我说出E厂给丁俊文汇款的详情，这应该也是她一直想知道的信息。如果我说了出来，她就会继续引导我说出更多她想要了解的事，如果我说不出来，也就证明我在撒谎，她就不会再和我谈下去了。"

一个能通过暗示，从叶秋薇口中套取信息的女记者。我深吸了一口气，不禁对陈曦肃然起敬。

叶秋薇继续分析："第二种情况，她提到E厂的那句话，并非乱中出错，而是故意为之。其目的，正是引导我谈及自己的身份。从一开始，她就在不停地猜测我的身份。就E厂而言，我的身份无非有两种可能——E厂内部的人，或者是与E厂无关的人。陈曦至少要弄清楚这一点，才会继续跟我谈下去，所以她提到了E厂。她要根据我对E厂的态度，判断出我的大致身份。之后，就如同第一种情况，要么她引导我说出她想要知道的信息，要么，她戳穿我的谎言。"

"还是第一种的可能性更大吧。"我深吸了一口气，忍不住感叹说，"如果是第二种，那陈曦的城府未免也太深了。"感慨完毕，我接着问道，"你报出了交易的详情之后，她对你产生了信任吗？你又从她口中套出什么有用的信息了吗？"

"完全没有。"叶秋薇说，"她感慨之后，便陷入了长久的沉默。我一直在等待，等得越久，就越觉得不安。大概二十秒之后，我决定打破沉默，可是刚要开口，她就把电话挂了。我再次把电话打过去，她再次挂断，后来我发现，她应该是把那个号码拉进黑名单了。"

"为什么？"我一头雾水，"你准确地说出了E厂与丁俊文的交易详情，按理来说，她应该会对你产生信任啊，为什么直接不理你？"

"我当时也想不明白，只是隐隐觉得，自己可能犯了什么不易察觉的错误。当天晚些时候，我换了个号码，再次拨通了陈曦的号，她接了电话。我们都保持沉默，等待对方开口，半分钟后，她把电话挂了，并且把第二个号码也拉入了黑名单。"

"接下来呢？你又联系上她了吗？"

"没有。"叶秋薇说，"但很快，我就觉察到了不对劲的地方。"

"怎么说？"

"陈曦这边出问题之后，我一边谨慎观望，一边又把调查重点放回了丁俊文这边，希望能在丁家发现新的线索。"叶秋薇扶了扶镜框，一缕阳光照到镜片上，与她锐利的目光融为一体，"几天后的一个早上，我步行前往丁家。路上，我觉得有人在跟踪我。那是个中年男人，戴着棒球帽和红绿格子的防污口罩。为了判断他的意图，我故意带他兜了个圈子，他时隐时现，但一直没离开我太远。不过，快到丁家所在的小区时，他就突然不见了。"

我听得有点紧张。

"当晚，我把给陈曦打过电话的两张卡分别装入手机，想看看陈曦会不会改变主意，主动跟我联系。结果，我没看到陈曦的号码，却看到两个来电短信提醒——同一个陌生号码，当天早上七点半左右，分别给那两个号打了一次电话。我瞬间回想起来，早上七点半，正是我带着那个疑似跟踪者兜圈子的时候。"

我眉头紧皱："是那个跟踪者打给你的？他是陈曦派去跟踪你的？陈曦是怎么怀疑到你身上的？"

"虽然两个号码都没过户，但同时接到同一个号码的来电，绝对不是巧合。"她说，"如果是那个跟踪者打的——这种可能性很大。那么，他显然是受了陈曦的委托，想要确定用变声器和陈曦联系的那个人，到底是不是我。那一刻，我意识到自己暴露了，至少已经受到了陈曦的怀疑。那是心理骤变以后，我第一次感受到明确的威胁。"

我也能感受到这种威胁。

"你决定如何应对？"

"要先把事情弄清楚。"她说，"第二天一早，我再次步行前往丁家，并且把和陈曦联系过的两个号码，分别装入两部手机中，而且都调成了静音。离开家不久，果然又有人跟上了我。虽然他换了打扮和穿戴，甚至有意改变了步伐和跟踪方式，却改变不了习惯性动作。我一眼就看了出来，他就是前一天的跟踪者。路上，我一直在偷偷观察手机。七点三十五，第一个号码所在的手机亮了起来，正是前一天那个号码打来的。我接了电话，挡在身前，偷偷回头看跟踪者。他正躲在角落里，把电话放在耳边。我挂了电话，继续往前走。不到一分钟，第二个手机也亮了起来。我直接挂断，并迅速回头观察，那个人在不远处看了我一眼，紧接着便反向离开了。"

"他知道自己暴露了，但与此同时，你的反应也暴露了自己。"

"没错。"她点点头，"不过，既然陈曦专门派人跟踪、调查我，就说明她对我的怀疑已经很深。是否暴露已经不重要了。无论如何，陈曦的存在，对我而言都是一种隐患、一种莫大的威胁。"

"所以你决定杀了她。"我叹了口气，"我还是不明白，她究竟是怎么怀疑到你的呢？"

叶秋薇看了我一眼，继续讲述："当天，我无心查找线索，也无心陪伴丁雨泽，不到中午就回了家。我把和陈曦接触的点滴细节都回忆了一遍，但想不到任何的明显错误。刚过中午，我的手机——我一直在用的那个号码，就收到了陈曦的短信。她说，叶教授，打开天窗说亮话吧，你不是想跟我做交易吗？我建议咱们做这样一笔交易，你我都别再相互利用，守护好自己秘密的同时，也为对方的秘密守口如瓶。很公平，你说呢？"

　　"她已经成了你明摆的威胁。"我把短信内容记录下来，"所以你决定让她死。"

　　叶秋薇平静地说："任何生物都是利己的，人也一样，因互有把柄而建立的关系，通常是最为脆弱的关系。人们更喜欢相互出卖，而非相互保护。"

　　我合上笔记本，打开死亡资料："资料里说，陈曦死于急性心肌梗死。我真的很好奇，你是如何导致她发病的。"

　　"刺激。"叶秋薇干脆地说，"她是被吓死的。"

　　我倒吸了一口凉气，背脊一阵寒意。

　　叶秋薇究竟做了多可怕的事，才会把一个城府颇深的女记者吓死呢？

　　突如其来的一句"吓死"，瞬间勾起了我内心深处的恐惧，各种恐怖电影的经典镜头，不受控制地在我脑海中浮动穿梭。我本能地环视四周，目光所不及的每个角落里，似乎都藏着难以名状的物质与神秘力量。病房内瞬间阴森下来，连窗口斜射进来的阳光，都突然变得冷峻。

　　"喀……"叶秋薇轻轻咳嗽了一声，把我从自我暗示中惊醒。

　　我松了口气，挠挠脑袋，不好意思地笑笑："大白天的，突然听你这么一说，还真的有点害怕。"随即，我定了定神，问道，"你是怎么做到的？像陈曦这么冷静沉稳的人，得多大的惊吓，才能把她吓死呢？"

　　"每个人都有致命的心理弱点，只是有些人表现得比较明显，有些人则隐藏得比较深罢了。"叶秋薇解释说，"正如你所说，陈曦是个冷静沉稳的人，对付这样的人，一般的暗示很难奏效，必须找到她的致命弱点。可是，她当时已经发现了我的意图，我不可能通过直接接触她或者她的亲友对她进行深入剖析。"

　　"《隐痛》。"我用近乎肯定的语气猜测说，"你是通过她的书分析她的。"

　　她不动声色地继续讲述："那段时间，为了掩饰去丁家寻找线索的目的，我经常陪伴和开导丁雨泽。他很喜欢陈曦的《隐痛》，跟我交流时，还经常引用书中的内容。我也因此了解到，《隐痛》记录了陈曦的成长经历，以及成年后经历的几次重大新闻调查，是一部带有自传色彩的作品。"

我点点头："确实是这样。"

"当时，陈曦还不满三十岁，却有着很多中年人都不及的沉稳。把她变成这样的，除了工作的历练外，应该还有社会身份暗示的因素。"

"社会身份暗示？"我还是头一次听说这样的词。

"一个人社会身份的塑造，并非他自己的事，而是一种全社会参与的暗示行为。"她解释说，"比方说，一个天性懦弱的人参军后，会逐渐表现出勇敢和坚毅。从心理学的角度而言，这是因为全社会都认为他应当勇敢和坚毅，他自己也会逐渐产生这种想法。无形而又无处不在的暗示，会掩盖他本我的懦弱，塑造一个勇敢的自我。随着自我塑造的不断加固，勇敢会代替懦弱，成为他表现在外的性格——但这并非他真正的性格，而是社会暗示造就的身份性格。也许某一天，在某种极端情况下，他本我的懦弱会突然浮现，一个原本坚毅果敢、被众人视为依赖的人，突然就成了毫无勇气的懦夫。"她顿了顿说，"有些人则恰恰相反，平日里温暾软弱，关键时刻却能挺身而出。就像很多文学、影视作品想要表达的那样，在日常生活中，人们都活在虚幻、虚伪的自我之下，只有遇到极端情况，才会表现出本我——也就是人们常说的人性。"

这番话引起了我长久的沉思。

"你说得对。"我过了一会儿才做出回应，"我们平时表现出来的性格，很大程度上也是自我的一部分。我以前从来没这么想过，但你说得很对。只有在极端情况下，人才会暴露本我，那时暴露的，恰恰是人真正的内在。"

"所以，千万不要被表面现象蒙蔽。"她对我露出细微而神秘的笑，"而且你还要明白一点，人性并非只在极端情况下暴露，在日常生活中，被自我压抑得透不过气的人们，也会找机会展示本我的。"

"嗯。"我瞬间就领会了她的意思，"就像前段时间的新闻，一向温文尔雅的教授潜规则女学生，人们说他人面兽心。这话很形象。人面，就是全社会加给他的自我性格；兽心，则是人性，是真正的他。"

"看来无须我过多解释了。"叶秋薇平静地说，"继续往下说。如果留心观察和推断，你会发现，人们展示本我的方式各不相同，有些方式为社会所不齿——比如你提到的那个教授，有些则能得到社会的认同——比如向伴侣倾诉内心。决定寻找陈曦的心理弱点后，我就开始考虑一个问题，像她这样表现出超越年龄的沉稳的人，会通过什么方式展示和释放本我呢？"

我觉得很奇怪。听完这句话，我想到的不是陈曦，而是叶秋薇本人。像她这样能轻易洞悉他人内心甚至自称摆脱了本我束缚的人，是否需要释放本我呢？又会通过何种方式释放本我呢？

我一边想着，一边下意识地看了她一眼，微微眯起了眼睛。

"张老师，"她也看着我说，"需要给你腾出时间来思考吗？"

"不。"我摸了摸后脑，"不好意思，有点走神，请继续吧。嗯——你认为陈曦展示自我的方式，就存在于《隐痛》这本书中？"

"是这本书本身。"她说，"丁雨泽跟我说过，陈曦的父母早年就已离异，陈曦是跟着父亲长大的。在缺乏母爱的家庭中长大的女孩，通常会相对理性，情感也会比较压抑。陈曦成年后的沉稳、冷静，可能正源于此。我还知道，陈曦的丈夫是一线警察，经常到外地办案，照此推断，无论他与陈曦的感情如何，两人掏心交流的次数都不会很多。陈曦在《隐痛》里说，自己平日里总是四处奔波，也没有长时间相处的女性朋友。结合这些来看，一个与丈夫、朋友都不能长期相伴、情感习惯性压抑的女人，会通过什么方式展示真正的自己呢？对单纯的情感压抑者而言，偷腥带来的不安与激情、陷害他人带来的罪恶满足感、独自一人逃离社会，都是常用的宣泄方式。但是，在知名记者、舆论卫士这些社会身份的暗示下，陈曦的自我中，一定带有十分强烈的责任感。所以我认为，她展示并释放本我的方式，一定不是伤害他人，而是伤害自己。"

"伤害自己？"我一边写下这几个字，一边问道，"怎么说？"

"自我伤害，一直都被认为是净化灵魂的有效方式。"她继续说，"在一些极端的宗教思想中，人们通过伤害自己的肉体，释放灵魂中的罪恶；平日里压抑的女人，通常渴望带有伤害性质的性行为；古时的高僧们为了精神的纯净，数十年坐苦禅而不弃。这些，都是追寻本我过程中的自我伤害。"她沉默片刻，又说，"而在较为温和睿智的思想中，自我伤害往往更注重于心灵，比如对听众忏悔、公开自揭伤疤、坦诚自己内心深处的罪恶欲望，等等。这种精神自我伤害的极致，就是写一本极端坦诚的自传，比如卢梭的《忏悔录》。"

我若有所思。

卢梭是18世纪法国著名的思想家，在晚年写就的自传体著作《忏悔录》中，他将自己一生所做的不道德甚至丑恶的行为，无论大小，全都详加记述，展示在公众面前。这种不顾社会形象、完全正视本我的行为，迄今都十分罕见。

从社会的角度而言，这确实是一种自我伤害。

但我并不明白叶秋薇举这个例子的目的。

她看出了我的疑惑："陈曦平日里的沉着冷静，都只是社会身份赋予她的自我性格。想要抓住她的致命弱点，就必须了解她真正的内心。她情感压抑，同时又被责任感牢牢束缚，一定会通过伤害自己来宣泄本我——对她而言，精神自我伤害的最合理方式，就是在书中展示真正的自己。"

"但归根结底，这些都只是你的感受和推测。"

"所以，我当天中午就去买了一本《隐痛》，先看了前言的部分。"她说，"陈曦在前言里说，写这本书的最初目的，是公开一些重大新闻的调查过程，当时定下的书名，就是《一线新闻调查》。应约完稿后，编辑们一致认为，最好能通过一个鲜明的主题将每段故事串联起来。陈曦考虑了将近一周，有一天，她无意中翻出了自己儿时就医时的照片，由此才想到了用'遗传病'这个主题。她患有某种遗传病，这种病虽然不会轻易导致生命危险，却会带来其他方面的不适。这种不适，如同隐隐约约的痛，困扰着她的整个成长过程，直至成年才逐渐改善。正是因为这种终生难忘的感受，她最终决定将书名取为《隐痛》，并在前面加入了自己成长经历的部分。"

"你对《隐痛》确实研究很深。"我说，"可是，这部分前言说明了什么呢？"

"还不够明显吗？"她微微叹息，对我略显失望，"人们做任何事、产生任何想法，都有着长时间的潜意识基础，绝不会是临时发生的。每一个细微的举动，都有深层的心理原因。陈曦说自己无意中翻出了儿时就医的照片，你以为真的就是无意吗？"

我有点明白了："你是说，陈曦在潜意识里，早就有过在书中添加成长经历的想法——关于这一点，她自己甚至都没有察觉。翻出儿时的就医照片，正是在这种潜意识的影响下发生的，并非偶然。"

叶秋薇点点头："张老师，心理活动的根本动力是什么？"

"性本能——"我一边思索一边回答，"也就是本我的展现与宣泄。你是说，陈曦之所以会出现这种潜意识心理——"我有种恍然大悟的感觉，"正是因为释放本我的需要……"

"很好。"她看着我，像个老师看着大幅进步的学生，"为什么释放本我的需要，会促使她产生想要记录成长经历的潜意识呢？"

"因为——因为真正的她，更多地存在于她的成长过程中。"说到这儿，我心中突然出现了一股没来由的恐惧，"写成长回忆，就是她展示和释放本我的方式！"说完这些，我总算明白，叶秋薇为什么要提到卢梭的《忏悔录》了。

"没错。"叶秋薇眼中隐藏着剧烈的电光，"我当时就有种直觉，她的致命弱点，可能正是她想要表达的'隐痛'。"

我心中的恐惧更加强烈了。

我把笔记本往后翻了一页，写下"隐痛"二字，随后问道："你从书中发现了什么？"

她说："读完前言我意识到，杀死陈曦的方法可能就在书中。随后，我用两个小时通读了一遍，对陈曦有了个大概的了解。她是1980年5月20日出生的，八岁时父母离异，原因是母亲有了外遇，对象是一名外地商人。陈曦说，自己当时很希望跟母亲一起生活，但母亲放弃了她，跟随商人离开了本地。"

当时，距陈曦离世已有三年，叶秋薇却依然记得《隐痛》的每一个细节。

"之后，陈曦跟随父亲陈旗帜一起生活。"她接着说，"陈旗帜原本是一家国有工厂的职工，上世纪九十年代初，工厂私有化，他下了岗，父女俩的日子一度很艰难。1992年，陈旗帜跟几个朋友做了半年的农副产品投机生意，赚了一笔钱。不过陈曦说，父亲是个本分老实的人，有了资本后，没有继续冒险，而是开了一家粮油店。粮油店的生意虽然稳定，但辛苦又拴人，陈曦回忆，从那时起，父亲就很少跟她有知心交流了。"

"她的压抑正是由此而来的吧。"我说，"有些人因为理性而压抑，有些人则因为压抑而理性，她属于后者。"

"没错。"叶秋薇继续讲述，"陈曦就在书中提到，她能理解父亲的劳累，以及随之而来的淡漠。她从小就非常同情父亲，对父亲还怀有一种深深的愧疚，认为父亲的劳累都是为了她，母亲的离开也是她的存在导致的。"

"哦，我有点印象。"我只在2007年读过一遍《隐痛》，有印象的地方并不多，"她认为父亲的不幸和辛苦，都是她造成的。"

"不只如此——"叶秋薇说，"和同学、朋友相处出现问题时，她也总会第一时间把责任揽到自己身上。她在书中说，自己的这种心态，在青春期尤为严重，习惯把责任强加给自己，反倒让她失去了不少朋友，因为他们觉得她有点神经质。"

我想了想说："确实有点神经质，她的这种心态，已经属于神经官能症的范畴了吧？"

"是的。"她说，"心理学意义上的神经官能症，主要表现就是为自己强加责任，认为凡事都是自己的错。这是一种常见的人格障碍，就陈曦而言，可能是母亲不负责任的离去诱发的。这本来是一种非常容易消除的心理障碍。但若放任不管，就有可能演化成精神病学意义上的神经官能症，从而对身心健康带来明显影响。"

听到"身心健康"四个字，我心头一震："这就是陈曦的弱点？"

叶秋薇看着我，目光平静，在这种目光的感染下，我渴望知晓真相的急躁情绪，也逐渐平缓下来。

"还不是，但这无疑很有价值。"她稍后说道，"陈曦如此压抑，还存在明显的人格障碍，却一直没有表现出明显的精神问题，你觉得这是为什么呢？"

我猜测说："也许她天生就会自我调控？"

"几乎每个人都存在心理问题，但大多数都不会表现出来。"叶秋薇对我的答案不置可否，"因为心理有一套完善的自我保护机制——有时候更像是自我欺骗机制。当心理出现并不严重的问题时，这一机制就会想办法自行解决——有时是掩盖，有时是疏导，有时既像疏导又像掩盖。"她看了看我，"你同意这个说法吗？"

我完全同意。虽然教科书里很少提到这些，但在我的大学时代，很多老师都有意无意地表达过相似的观点。心理会自我疏导和掩盖错误，但有时候，这两种手段很难区分清楚。

我说："不能更同意了。"

她端起杯子，在嘴边转了一圈，又放回桌子，说道："再说点你未必会同意的。我读心理学硕士的时候，因为一个观点跟导师产生过激烈争论。我认为，心理障碍未必全是坏事，有些人取得的成就，恰恰得益于其心理障碍。"

我茫然地看着她。老实说，我真的很难立刻接受这个观点。

"以陈曦来说，"她继续分析，"母亲的不负责任、父亲的忍气吞声以及辛苦二作，引发了她对父亲的极度同情，这种同情扩散开来，逐渐诱发了她对父亲畸形的责任感——也就是心理学意义上的神经官能症。儿时经历造就的压抑性格，使她从未想过改变心态，相反，这种心态越来越严重。她失去了朋友，却不曾失去生活的动力，责任感就是她的动力。所以，她才会在1998年，以全市前十名的成绩，考入B大（国内名校）的新闻传播系。后来，对父亲和朋友的畸形责任感，衍生出对整个社会的强烈责任感。在她内心深处，或许整个社会的丑与恶，都是她的存在导致的，所以，她才会一次又一次地不顾危险，进行同行们不愿接触的新闻调查，甚至触及一些新闻禁区。神经官能症，反倒成了她立足社会的心理因素。"

不得不说，叶秋薇分析心理的方式有些另类，但也确实独到。

我一时有些无言，想了半天才说："你的意思是，神经官能症对她来说，更像是心理优势，而非心理障碍？"

"不。"她说，"心理障碍就是心理障碍，一时有益，终究有害。陈曦一直在用畸形的责任感激励自己，这与她善于压抑情感的个性是分不开的。而情感压抑者，比普通人更善于忍受痛苦，甚至享受痛苦，这样的心态怎么可能健康呢？过度的责任感，会产生焦虑、烦躁、紧张、多疑、不自信等多种负面情绪，但这些情绪，在陈曦身上却从未有过明显的体现，为什么？是因为她的精神土壤中，从未生长过这样的情绪吗？"

"不是。"我肯定地说，"神经官能症发展下去，一定会导致焦虑的出现，而之所以没有在陈曦身上表现出来，是因为被她本能地压抑了——她习惯性地压抑了一切情感和情绪。"

叶秋薇轻轻挪了挪双脚，并随之改变了坐姿，比之前显得更加轻松。

"张老师，"她轻轻一笑，"你正在学习我的思维方式。"

我一愣，迅速回味起自己刚刚说过的话，确实嗅到了些许"叶氏分析"的味道。叶秋薇喜欢通过一个人基础的性格特点，逐层深入地推测其心理活动。不知从何时起，我不仅接受了她的思维方式，甚至开始有意模仿。这也是她对我的暗示吗？

　　我深吸了一口气，内心深处似乎有些骄傲，但更多的还是不安。

　　她看了我一会儿，用接下来的讲述打破了我的沉思："正如你所说，陈曦习惯性压抑一切情绪与情感，责任感带来的压力、焦虑、不安、自卑等情绪，全被习惯性地忽略，因而埋进了潜意识深处——关于这一点，陈曦自己都未必能意识到。压抑的习惯会带来意识的自我欺骗，让她误以为自己是个坚强的人，自己没有任何负面情绪的积淀。或许在成长阶段，潜意识里的负面情绪偶尔还会喷发，但成年后，社会身份进一步掩盖了潜意识深处的本我，彻底欺骗了她自己。"

　　透过陈曦，我仿佛看见了人类深不见底的心理世界，觉得有些眩晕。

　　"太可怕了。"我抚着额头，有点喘不过气。

　　"非常可怕。"叶秋薇回应说，"发生这种自我欺骗，即便是资深的心理学者，也未必有清楚的自我认识，何况一个外行呢？更可怕的是，那些负面情绪虽然被埋进了记忆深处，但绝不会凭空消失。正相反，负面情绪比正面情绪有着更强的繁殖能力，放任不管，它就会在潜意识深处的土壤中如真菌般疯狂蔓延。当这些情绪快要破土而出，陈曦就会产生宣泄的欲望。"

　　"就是驱使她'无意中'翻出儿时就医照片的心理动力。"我深吸了一口气，"一个看似无意的举动，其实已经在内心深处酝酿了多年。"

　　"她压抑得太久了，如果不是写了一本自传，恐怕早就出问题了。"叶秋薇进一步分析道，"但是，一本有所保留的自传，只能延缓她心理问题的爆发，而无法撼动其根本。所以我知道，她潜意识深处积攒已久的负面情绪，就是我一直在寻找的心理弱点。"

第 六 章

致命刺激杀人事件

一切负面情绪的根源，都是恐惧。

接下来就听我说说陈曦内心深处、连自己都没有察觉到的恐惧。

我没能跟上她的思路："可是……嗯……接下来呢？说来说去，她也只是患有潜在的精神疾病——只是情绪上的。如何利用她的负面情绪导致她心肌梗死呢？"

"别着急，"她摆摆手，"还没到重点呢。她潜在的心理问题，只是一个方向，并不是具体的武器和手段。想通过暗示杀她，就必须对她进行更加深入的了解。"她静静地望着我，过了一会儿问道，"还记得她的遗传病吗？"

我点点头。陈曦在《隐痛》中多次提到，自己患有某种遗传性疾病，这种疾病虽然不会轻易致命，却会带来很多不便与困扰。成长过程中，她饱受疾病的折磨，成年后，随着性格的不断沉稳，病症居然奇迹般地消失了。

但自始至终，陈曦从未对这种遗传病进行过描述。

"她的病——她从来没说过到底是什么病。"我说，"你凭什么认为，这一点可以利用呢？"

"她确实没有明说，但显然很有诉说的欲望。"叶秋薇双眼微微上扬，"如果你仔细研究她的成长经历，就不难发现，她的病，是家族性肾上腺嗜铬细胞瘤。"

"家族性，肾上腺——嗜铬——细胞瘤——"我重复了一遍这个陌生的名词，问道，"这是什么病？"

"一种主要存在于肾上腺髓质内的肿瘤——"叶秋薇解释说，"多数都是良性。正常的嗜铬细胞是一种腺体细胞，主要分布于肾上腺髓质和交感神经节，功能是分泌儿茶酚胺类激素，帮助交感神经系统履行促进兴奋的调控功能。"

我完全不明白她在说什么："叶老师，能不能解释得通俗一点？"

她稍加思索，说："通俗地说，嗜铬细胞存在于我们的神经系统中，负责分泌肾上腺素等激素。肾上腺素你一定听说过，就属于儿茶酚胺类激素的一种。这类激素有收缩心血管、加快脏器代谢的作用。看见恋人时心跳加速、运动时浑身兴奋、遇见危险时无法控制地紧张，都是这类激素在起作用。"她停顿片刻，接着说，"而一旦嗜铬细胞形成肿瘤，就会摆脱神经系统的控制，过量地分泌儿茶酚胺类激素，导致此类激素含量增高。儿茶酚胺含量的增高，会引发血液循环系统和代谢功能的紊乱，最常见的症状，就是高血压及相关并发症，比如心悸、精神焦虑之类的。"

这番解释还算通俗，我虽然没有全懂，但也了解了个大概。琢磨片刻后，我敬佩地看着叶秋薇，说："想不到你还懂医学。"

"略知一二。"她面无表情地说，"虽然我主攻材料化学，但也会经常接触生物化学的知识，自然对生理学有些了解。同时，心理学的读研过程让我明白，想要深入地研究心理，就必须掌握足够的神经学知识——至少要知道人的各种情绪是如何通过物质产生的。"

我深深地垂下头，突然有些沮丧。

我一直以为，自己从事犯罪心理研究多年，心理学知识已经算得上丰富，甚至经常以此为傲。可听了叶秋薇这番话，我才明白自己多么肤浅。与叶秋薇比起来，我所懂得的东西可能连皮毛都算不上。

叶秋薇瞬间就看穿了我，说："对知识欠缺的沮丧，能轻易地转化为对知识的渴求。"

我叹了口气，坦诚地说："谢谢你，叶老师，如果不是你，我都意识不到自己浪费了多少光阴。唉——是该给自己充充电了。"我很快平复了情绪，继续询问道，"对不起，尽在这儿感慨了，请继续吧。你是如何判断出陈曦患有这种遗传病的呢？再者，她不是说，她的病已经在成年后自行消失了吗？"

"她以为消失了，但只是一种假象。"一阵风轻轻卷入室内，叶秋薇的裙摆微微晃动，"从功能上讲，嗜铬细胞瘤属于神经系统疾病的范畴，所以其病症状况，与患者的精神状态密切相关。"

我多少能明白她的意思："就是说，她病情的变化，跟她压抑的性格有关。"

"从头说起吧。"叶秋薇拉了拉飘动的裙摆，"正如之前所说，通读《隐痛》之后，我认为陈曦把自己的一切负面情绪都隐藏在了潜意识深处。这种深藏的负面情绪是她的心理弱点，是可以利用的干扰手段，就像导火索。但光有导火索是不够的，我必须在她身上找到炸药——能把她炸得粉身碎骨的炸药。"

"很有意思的比喻。"我发挥出作为编辑应有的总结能力，"暗示杀人就像通过导火索引爆炸药。第一次的车祸里，舒晴的心理阴影是导火索，驾车行驶在高速公路上就是炸药。吕晨杀人的事件中，吕晨的偏执症状是导火索，与丁俊文共处一室就是炸药。导火索是心理因素，而炸药是现实因素，二者结合，才能制造出爆炸效果——即通过心理干预实现。"

叶秋薇盯了我一眼，流露出些许惊异，随后继续分析："如你所说，我已经发现了杀死陈曦的心理因素，接下来要做的，就是寻找可以利用的现实因素。有了这个想法之后，我第一时间就想到了陈曦的病。之后，我把《隐痛》中关于遗传病的内容全都抄录下来，一直分析到晚上。"

"请说说分析过程。"

"陈曦第一次发病，是因为母亲的离开。"叶秋薇说，"1988年年底，她的父母办理了离婚手续。1989年年初，还未出正月，她的母亲回家取了东西，头也不回地离开了。当时，她看着母亲远去的背影，突然觉得浑身发热、头脑昏沉，随后便晕了过去。医生没能检查出她的症结所在，最后只做出了表面结论，说是血压突然升高引起的昏厥。"

我努力回想了一下，《隐痛》里好像确实是这么说的。

"但自此之后，这种昏厥就开始一再出现。"叶秋薇似乎也稍稍回想了一下，"第二次，是她在父亲的车间里玩的时候。工厂家属院的孩子喜欢结伴到车间里嬉闹，陈曦也经常去，但那一次，不知道为什么，她玩着玩着就昏了过去。第三次是学校开运动会的时候，陈曦本来跟同学玩得好好的，瞬间就晕了过去。接着，是第四次、第五次——昏厥越加频繁，终于引起了陈旗帜的重视。他带陈曦到市一院做了详细检查，检查结果却显示陈曦的身体一切正常。不过，医生在询问家族病史的时候，得知陈旗帜青少年时期血压长期偏高，而他的母亲——陈曦的奶奶，在世时也经常因为血压突然增高而导致昏厥，至死都没能查出病因。"

我认真地听着，感觉自己像个医学院的大一新生。

叶秋薇接着说："据此，医生认为陈曦的昏厥可能来自遗传，但具体的病因仍无法查明。之后，陈曦的昏厥仍时有发生，这让她成为很多同学的笑柄。直到

1993年，陈旗帜再次带她到市一院进行检查，总算查明了病因。不过，在当时的医疗条件下，这种病还无法治愈。此后，陈曦又忍受了几年的折磨。奇怪的是，从大学开始，她的病征好像一下子就消失了，再也没有出现过。"

我点点头："那么，你是如何推断出，她患的是——肾上腺嗜铬细胞瘤的呢？"

"遗传性的高血压类疾病种类很多，多数跟激素失调有关，像胰岛素抵抗、2型糖尿病、假性醛固酮增多症，等等。"叶秋薇列了几种病症名称，见我一脸迷惑，便打住分析说，"但我列举的这些病，要么多发于中老年人群，要么就是具有血压持续偏高的特征，这两点，陈曦都不具备。同时，陈曦的病情有个特殊之处，她第一次发病，是母亲的漠然离去直接导致的，和精神上的刺激脱不了干系。根据这一点，我怀疑她的病症和神经系统有关。而与神经系统联系最为紧密的激素细胞，就是嗜铬细胞。同时，我还注意到了两个日期，陈旗帜第一次带陈曦到医院检查，是1991年的阳历4月，当时没能查出陈曦的病因。第二次，则是1993年的夏天，这一次，医生很轻易地就发现了陈曦的病因。两次检查都是在市一院，或许医生也是相同的，为什么结果却迥然不同呢？"

"技术。"我不假思索地说，"肯定是因为技术的发展。"

"嗯。"叶秋薇说，"1991年到1993年，市一院究竟发生了哪些技术革新呢？我通过朋友联系上市一院的一位老医生，以写论文为借口，问了她这个问题。她想了很久，说那两年，市一院并没有引进太多新技术，唯一的重大改变，可能就是1993年春天，从国外引进了一套二手CT设备。"

"CT？"

"这一点很重要。"她耐心解释说，"我开始在CT技术和陈曦病情的检查之间寻找联系，这种联系实在是太明显了。在CT技术应用之前，对人体内部的无创检查手段主要是B超。B超的缺陷在于，声波的可控性与稳定性较差，成像不够清晰，因而无法探明体内的微小病变。CT在成像准度和精度上都有了质的飞跃，能够检查出十分细微的病变。据此我推断，陈曦的病症，一定是只有CT才能查明的细微病变。"

"然后呢？"我急切地问。

"然后，陈曦平时一切正常，只是偶尔发生突发性的高血压和昏厥，说明体内的器质性病变并不十分严重。当肾上腺嗜铬细胞瘤较小时，就会出现类似的病

115

征。而体积较小的肾上腺嗜铬细胞瘤，恰恰是CT能检测到，而B超无法发现的。"

我沉思片刻，简要记录，说："请继续。"

"虽然这只是我的推测，但与陈曦的情况非常契合。顺着这个思路，我又有了更多的发现。陈曦说，遗传病困扰了她多年，却在她进入大学后自行消失了。疾病的自愈肯定是有原因的，联想到她第一次发病，我突然明白了，病症的突然消失，应该和当年的突然出现一样，都是心理因素导致的。"

"心理因素？"

"就是她逐渐形成的沉稳性格。"叶秋薇说，"不必细想，先跟我梳理一下陈曦的成长过程吧，儿时母亲离去，诱发神经官能症，引发焦虑、紧张、不自信等负面情绪，同时，偶尔因突发性血压升高昏厥。母爱的缺失、父亲的忙碌，使她逐渐学会了压抑情感——包括正面的与负面的。到了大学，压抑、沉稳的性格形成，焦虑、紧张等情绪被深埋心底，遗传性高血压病症也突然消失，再无病发。张老师——"叶秋薇看着我问，"你从中发现了什么？"

我把她梳理的语言记录下来，沉思片刻，感觉视野一片开阔："我明白了，她成长过程中的昏厥，和不时喷发的负面情绪有关！而到了大学，在陌生环境的暗示下，她彻底隐藏了真实的自己，将负面情绪完全掩盖，而这，正是病症彻底消失的原因！"

说完这些，我头皮和后背都是一阵发麻。我第一次发现，人的心理，居然会对生理产生如此深刻的影响。我对人类精神世界的认识，第一次产生了明显的动摇。

叶秋薇端起杯子湿润嘴唇，扭头看了一眼窗外，又回过头，缓缓说道："说说更深层的原因吧——遇到激动或紧张的情境时，大脑会通过神经系统向嗜铬细胞发出信号，命令其释放儿茶酚胺类激素，使人体产生兴奋或紧张的感受。而陈曦对负面情绪的深埋，使得大脑几乎不会发出这样的信号，长此以往，连肿瘤化的嗜铬细胞都受到影响，停止了儿茶酚胺的过度分泌。但，就如同她深藏的负面情绪一样，这些肿瘤细胞从未彻底消失，而是在悄悄积攒力量，等待一次突然的爆发。我所要做的，就是引爆陈曦的负面情绪，从而引爆她体内的细胞炸药，让她从内部杀死自己。"

我放下笔，双手捂脸，心中像压了块石头。

"接下来呢？"许久，我叹了口气问，"导火索和炸药都找到了，怎么引爆？"

"是啊，怎么引爆？"她反问了一句，随后平静地说，"杀陈曦这样内敛的人，可不是一件容易的事。分析至此，还差最后一步，就是找到点燃导火索的方法。"

我看着她。

"张老师，"她问我，"负面情绪的根源是什么？"

这个问题难不倒我。

"恐惧。"我肯定地说，"一切负面情绪的根源，都是恐惧。"

"嗯。"她点点头，坐直了身子，"那么接下来，就听我说说最后一步，陈曦的恐惧——她内心深处、连自己都没有察觉到的恐惧。"

炎热的7月里，我身上浸满冷汗。

我写下"恐惧"二字，暗自揣度：连自己都没有察觉到的恐惧，究竟是怎样的恐惧呢？

"每个人心中都长期存在形式各异的恐惧，有些心理学家甚至认为，恐惧才是心理活动的根本动力。"叶秋薇说，"但正如你所说，恐惧是一切负面情绪的根源，而彰显正面情绪、隐藏负面情绪，正是人类无法改变的本能。"

听到这里，我突然联想到传统文化。就心理来说，正面情绪为阳，负面情绪为阴。《黄帝内经》里说"阳表阴敛"，人类将积极情绪表露在外，而把消极情绪藏于内心，正是这个道理。

"有点像阴阳的关系。"我忍不住说了一句。

"嗯。"叶秋薇不做评述，而是继续她的分析，"本能使人类不愿直面内心的恐惧，这一点放大到整个社会，就成了对恐惧的遗传性避讳。比如在生活中，人们可能会说'这次考试考了第一，我很高兴'，会说'能嫁给你，我真的很幸福'，但绝对不会说'我看见了一条虫子，它让我觉得很恐惧'，人们一般会说'我看见了一条虫子，它让我觉得恶心、觉得厌恶、觉得心烦'。"

"但其实，这些都只是本能的借口。"我明白了她的意思，"恶心、厌恶、心烦，都只是在掩饰恐惧罢了。"

她点点头："所以说，尽管'恐惧'一词十分常用，但大多数人都意识不到自己的恐惧，他们认为自己无所畏惧，所以会用其他负面情绪来掩饰恐惧。他们失望、伤心、愤怒、紧张，都只是为恐惧找借口而已，正因如此，心理学者们才认为，恐惧是一切负面情绪的根源。其实说得直白点，人只有一种负面情绪，就是恐惧。"

她的话很有说服力，我一边思索，一边请她继续。

"明白了这些，你就能理解我对陈曦接下来的分析了。"她说，"通过之前的分析，你应该已经明白她的心理状态，外表沉着、冷静、有城府，潜意识里却深埋着种种负面情绪。要引爆这些负面情绪，就必须从根源入手，找到她的恐惧来源。"

"怎么做呢？"

"如之前所说，她写成长经历，正是为了宣泄负面情绪——即恐惧。尽管她并没意识到这一点，但你知道，潜意识会通过一些非语言行为表达出来，其中就包括写作。写作不是一种完全受意识掌控的行为，而是潜意识的一种有效表达方式。所以很多时候，作家发现自己的作品与想象中的并不一致，但这样的作品，才是他真正的作品。"

我感同身受。

在杂志社工作，写作是我的主要任务之一。每一次，我都会先列好提纲，设计好架构，但写着写着，总会不知不觉地加入新的东西，甚至表达一些违背初衷的思想。那是一种奇妙的体验，好像文章并非我一人写就，而是与他人共同完成。以前，我从没思考过这种现象的原因，听了叶秋薇的话我才明白，这正是潜意识对意识的修改与抗争。

"我明白了。"因为这种感受，我迅速理解了叶秋薇的分析，"请继续吧，说说你的发现，你是怎么在书中寻找她的恐惧根源的？"

"昏厥。"叶秋薇说，"她的每一次血压突升和昏厥，都是负面情绪的喷发导致的。而负面情绪突然喷发，肯定与现实中的某种事物有关。这种事物就像一种暗示，会在不知不觉中触及她内心深处的恐惧，从而引起负面情绪的震动。"

我舔了舔嘴唇，说："这种事物，或者某一类事物，就是她恐惧的根源所在。"

"是的。"叶秋薇轻轻呼出一口气，抬手拨了拨鬃发，"想要找到这种事物，真的不是件容易的事。因为这种事物可能很小，小到陈曦自己都无法察觉。如果她真的在书中有所表达，也需要极为细心的研读和联想，才能有所发现。当晚，为了加深理解，我把与病发有关的片段全都重新抄录了一遍，并一字一句地做了批注。直到深夜，我终于发现了一些有价值的细节。"

"什么细节？"

她没有直接回答，而是说："陈曦第一次发病，是母亲离开的那天，那件事，陈曦在《隐痛》中是这样叙述的，'那是1989年的正月二十前后，天非常冷，阳光却很明媚，我时不时能听到远处的鞭炮声，现在想来，那声音就像坚硬的石块砸到墙上。她拖着两个行李箱站在我面前，我茫然地抱着她的腿，心中有种奇妙的感觉，好像我正在经历一场不会醒来的梦。不远处，一个操着外地口音的男人高喊着她的名字。她回头应着，拉着箱子就要走。我死死拽着她，手指几乎要掐进她大腿的肉里。她不耐烦地哎了一声，稍一用力，将我甩开。父亲在后面扶住我。我很茫然，眼中只有她远去的背影，耳边只有噼噼啪啪的鞭炮声。我觉得浑身发热，热得昏沉'。"

我不可思议地看着叶秋薇，觉得她就像一台有血有肉的复读机："你——你还记得？我是说，你居然能背下来？"

"骤变之后，我就有了自己都难以理解的记忆力。"她淡然地说，"可能遗忘也是一种感性吧。"

我轻轻叹了口气，点点头问："那么，你从这段描述中发现了什么？"

"单凭这一段，很难有什么发现。"她的语气十分耐心，"必须结合其他片段，寻找这些片段中的共同细节。关于第二次发病，陈曦是这么描述的，'那是个生产乙炔气的车间，院里的孩子几乎每天都会进去探险。高大的钢瓶、导管中间的气阀和仪表、蓄水槽里时不时传出的诡异声响，都是儿时最神秘的梦。但母亲离开后，我有两个月没去过那儿了。一个周日，我重出江湖，跟小伙伴们闯进车间，几个大人在后面追，我们在前面跑，大人不停地笑骂，你们这些小不点，长大了都来车间里干活吧。但这个梦想很快就破灭了，因为工厂两年之后就经历了破产改制。

"'我们照例钻进车间最深处，那里总是有一台发电机，那个铁皮先生也总是不知疲倦地发出轰鸣。大人追上了我们，拉着我们离开车间。不知为何，我突然产生了一种奇怪的感觉，觉得心跳加速，觉得自己快要死了。还没走到门口，我就双腿一软，昏了过去'。"

我把一些细节记录下来。

"第三次是运动会。"叶秋薇接着说，"她是这么描述的，'我们一起为班里最可爱的男生加油，他参加的是一百米短跑。裁判举起发令枪指向天空，我盯着那把黑漆漆的家伙，嗓子突然很不舒服。枪声响起，我们扯破嗓子喊加油，我们的王子一直遥遥领先，就在他即将抵达终点时，我的双耳却突然嗡嗡作响，眼前一片漆黑'。第四次是在家里，陈曦说，那是一个早上，父亲正在热油，给她炸最喜欢吃的油条，油还没热她就昏了过去。后面的我就不跟你一一复述了。第五次是在学校的开学典礼上，第六次是放学经过一个建筑工地时，第七次是一个雷雨的夜晚。《隐痛》中详细记录的，一共就这七次，张老师——"叶秋薇问，"就我复述的前四次而言，你发现那些环境中的共同点了吗？"

我想了片刻，一时理不出头绪。

"声音。"她解释说，"最先引起我注意的，是两次声音描写。第一次昏厥那段，是'时不时能听到远处的鞭炮声，现在想来，那声音就像坚硬的石块砸到墙上'。第三次昏厥时，有个描述是'枪声响起'，我当时突然想到，发令枪的枪声和鞭炮声似乎很像，这会是陈曦恐惧的来源吗？"

我倒吸了一口凉气，觉得有点意思。

"然后，我开始寻找其他的声音描写。"叶秋薇继续解释，"第二次昏厥时，她提到了发电机的轰鸣，但机器的轰鸣，似乎和枪声、鞭炮声相去甚远。我又研读了第四次昏厥，陈曦说父亲当时正在热油。为了体会她当时的感受，我放下书，到厨房热了一锅油，远远站着，但始终没什么发现。后来，我关了火，洗了洗手，正要离开，脑海中却灵光一闪。我把手上的水甩到锅里，锅内瞬间响起了噼噼啪啪的声响——"

"就像放鞭炮一样！"我激动得差点站起来，"这——"

叶秋薇示意我淡定，接着说道："当时我就意识到，陈曦的昏厥可能和类似的声音有关。第五次昏厥是在开学典礼上，领导发言后，一定是掌声如雷。第六次昏厥是在一个建筑工地旁，工地里什么样的声音都可能出现。第七次是一个雷雨夜，清脆的雷声，或许能起到和鞭炮声类似的作用。"

"类似鞭炮的声音，就是那些环境中共通的地方。"我想了想说，"可是第二次呢？如果陈曦第二次昏厥时，周围没有类似的声音，就算其他六次都有，这

120

样的推测恐怕也是不能成立……"

"所以我必须去求证。"她打断我说，"第二天一早，我就去了陈旗帜当年工作的地方。那是个很大的厂区，四分之三的面积已经荒废，剩下的一角，已经成了一家汽车租赁公司的地盘。我赶到租赁公司，问起厂区曾经的情况。工作人员让我去问看门的老大爷，说他以前就是厂里的职工。我跟老大爷闲聊了一会儿，就说起来意，我说，1989年、1990年那会儿，我有个要好的朋友就住在厂家属院里。老大爷问我是谁，我说陈曦。老大爷眼眶有些湿润，说，当年啊，孩子们总去车间里。我说我还去过呢。老大爷盯着我仔细看了一会儿，恍然大悟说，哦，你就是那个小姑娘啊，我想起你来了！"

对于年代久远的事，很多人会在暗示下产生记忆错觉，这是一种潜意识对意识的欺骗行为，这位老大爷声称见过叶秋薇，正是这个道理。

"然后呢？"我问。

"然后就容易多了。"叶秋薇说，"我们都感慨了一会儿，我说自己正在写一部跟童年有关的小说，有个场景就是描写在车间玩耍的经历的，为了真实性，这才来回味和调查。老大爷问有什么能帮忙的地方，我就问，当年乙炔气的生产车间里，都有什么声音呢？他回忆了一会儿，列举了很多种声音，其中就提到一种清脆的噼啪声，说是一种验证气体纯度的装置发出的。为了进一步确认，我在附近的沙地里找了一块很硬的石头，用力地砸到墙上，发出类似于鞭炮的声响。老大爷一听就说，就是这种声音！姑娘，这么多年了你都没忘啊？"

我本想记录点什么，手却抖个不停。陈曦内心深处的恐惧，正随着叶秋薇的讲述缓缓浮现。

"请继续。"我定了定神，说道。

"我进一步确定了自己的推测。"叶秋薇说，"回到家，我马上拿出《隐痛》，一字一句地读了第三遍，发现了更多证据，每次农历新年，陈曦都是和丈夫一起在国外度过的，她说她不喜欢国内的过年环境。陈曦还说，自己每逢雷雨天，就会关好门窗，戴着耳机听音乐，说那种感觉让她觉得非常舒服。她从不参加朋友的婚礼，说不喜欢催泪的场面。而在自己的婚礼上，她曾一度极为不适，感到眩晕，她把这归咎于父亲的眼泪。前些年，市锅炉厂发生爆炸事故，如此重要的新闻，她却主动把报道让给了台里的同事，还解释说，自己一想到在爆炸中死伤的人，心就隐隐作痛。这样的例子实在太多了，不喜欢国内过年环境、喜欢雷雨天戴着耳机听音乐的感觉、不喜欢催泪的场面、因父亲的眼泪而难过、因死伤者而心痛……这些，都是她在自我暗示下产生的虚假感受，是她对恐惧的本能回避和借口，就像她无意地掩盖自己的负面情绪一样。"

那一刻，我脑海中出现了一个画面：陈曦裹着严严实实的衣服，叶秋薇的眼睛却能发出X光，瞬间就看穿了她剧烈跳动的心脏。

"总结一下吧。"不等我想象完毕，叶秋薇就继续说道，"陈曦最脆弱和敏感的地方——她的恐惧来源，就是母亲当年的离去，而母亲离去时不绝于耳的鞭炮声，就机缘巧合地成了这种恐惧的象征。此后，每当有类似的声音出现，潜意识就会在她毫无察觉的情况下，在心底掀起波澜。成年后，刻意的压抑和沉稳，加强了她对类似声音的抵御能力，但较为强烈的声音出现时，她还是会产生逃避和抗拒的本能。最直接的表现就是出国过年、雷雨天戴耳机听音乐、不参加婚礼、放弃爆炸事故的采访。人类真是一种奇妙的东西，人们总以为自己足够了解自己，却很少意识到，他（她）可能连自己真正害怕的是什么都不知道。"

我心绪万分复杂，本已不打算再说什么，但为了此次谈话有个圆满的结尾，还是定了定神，问："你后来对她做了什么？"

"你没心听，我就说得简单点。"叶秋薇平静地说，"首先，我通过网络了解了她的作息规律，之后是选购鞭炮。我买了十几种鞭炮一一试爆，用了很长时间才选出最合适的一种。那种鞭炮响亮又清脆，穿透力很强，也最像'坚硬的石头砸到墙上'的声音。准备就绪，接下来就是等待时机。2009年5月17日，陈曦的丈夫去了外地办案，我一直等待的机会来了。那晚，在她卧室灯灭的第五分钟，我在她家楼下点燃了一千响的鞭炮，但第二天，并没有传出她的死讯。所以第二晚，我再次到她家楼下点燃了鞭炮，这次把时间延后了五分钟——她离睡眠状态越近，抵抗意识就越弱，潜意识里的东西就越容易爆发。"

我的心怦怦直跳。

"在半梦半醒的状态下，意识逐渐蛰伏，潜意识则缓缓苏醒，并且尚未产生自我保护的能力。这类似于心理治疗中的催眠状态。在这种状态下，潜意识非常容易接受暗示，哪怕是十分直接的暗示。突如其来的鞭炮声，会给陈曦的潜意识带来强烈刺激，瞬间唤醒她内心深处的恐惧。突如其来的恐惧则会刺激大脑，为了回应恐惧，大脑会通过交感神经系统激活体内的嗜铬细胞——包括已经肿瘤化的那些，突然向体内分泌大量的儿茶酚胺类激素。过量的肾上腺素，则会引发心血管的极速收缩，使心跳突然加快到难以想象的速度，带来室性心动过速引起的一系列并发症，而急性心肌梗死，就是最为常见的一种。"

我深吸了一口气，翻开死亡资料的第三页。纸上的每一个字，仿佛都在发出无声的呐喊。

陈曦，女，生于1980年5月，生前为省电视台综合频道记者，2009年5月18日夜，于家中死于急性心肌梗死。医学及解剖学检验表明，其临死前，血液循环系统中儿茶酚胺含量剧增，应为导致心肌梗死的直接原因。

那一刻，叶秋薇在我心中，就是不折不扣的恶魔。即便低下头，用余光看见她的裙角，我也能瞬间感觉到刻骨铭心的恶心与恐惧。

极度的不安中，我把死亡资料翻到第四页，盯着下一个死者的名字出神。

第四个死者，名叫王伟。

"王伟……"我不禁念叨起这个名字。

丁俊文收到的第三笔大额汇款，汇款人就叫王伟，他和这个死者，会是同一个人吗？

我极不情愿地抬起头，看了一眼恶魔叶秋薇："这个王伟是……"

"张老师，"她却不再回答，而是声如止水地说，"下次见面再说。"说着，她起身走到窗边，按下窗口的一个按钮，"吴院长，张老师不舒服，进来接他吧。"

话音落了不到五秒，老吴便推开门，带着保安冲了进来，紧张地叫了我一声。

"老张？！"

我应了一句，随后站起身，表示自己没事。听着老吴的声音，我感觉突然回到了现实，方才盘踞于心的复杂情绪也顿时烟消云散。我回头看叶秋薇，她背对着我，手中轻轻摩挲着一个红黄相间的苹果。我茫然地走到门边，突然停下脚步，回头说道："叶老师，谢谢你的坦诚交流，明天再来拜访。"

她咬了一口苹果，却没有发出任何声音。

为了确定我安然无恙，老吴又找来两名医生，对我进行了一系列心理测试，许久之后，才不情不愿地放我离开。

那天的谈话结束后，我对陈曦产生了一种极为深厚的感情，好像她生前是我的一位至交好友。我很快就明白，之所以会有这种感觉，是因为我在叶秋薇的引导下对她有了十分深入的了解。有这种了解的人，除了叶秋薇和我，恐怕也不会有第三个了。

尽管知道了原因，我还是无法摆脱对陈曦的同情与怀念。我给市内的几个墓园打了电话，查到了陈曦入土的地方，又在路上买了一束花，开车向北郊驶去。

在一个路口等待红灯时，我翻开死亡资料。关于第四名死者王伟，资料里是这么说的：

王伟，男，生于1971年10月13日。生前曾为市教育局工作人员，1999年因严重违纪遭到开除，撤销编制，同年与妻子离婚，此后一直独居。2009年6月25日上午，王伟被发现死于家中，死因为机械性窒息。

资料里还特意提到了死亡现场：王伟的尸体是在浴缸里被发现的，死亡时间为2009年6月24日午夜左右。尸体被发现时，浴缸的水龙头还一直在往外出水。尸体全身赤裸，双脚脚踝、左侧手臂、颈部、口部，均被高强度胶带固定于浴缸底部。右手手腕则被细钢丝制造的上手结牢牢捆绑，钢丝另一端固定在高处的热水器上。现场没有留下任何来自他人的发丝、皮肤碎屑、脚印或指纹，监控也显示，案发前的四十八小时内，王伟的住所没有其他人员出入。警方因此认定，其死亡系精心准备的自杀。

另外，浴缸旁的地面上，放着一只约二百毫升的玻璃瓶，浴室地面和浴缸里的水中，都检测到了一定浓度的甲醛。

我反复阅读资料，想象着王伟自杀时的情景——他脱光了衣服，用细钢丝打好上手结，之后用胶带把自己牢牢固定在浴缸里，接着用右手打开水龙头，又向水中加入了高浓度的甲醛溶液——他为什么要这么做呢？暂且不管——做完这些，他把右手伸进上手结的圆环中，手腕坚定而缓慢地向下移动，细钢丝越收越紧，最终把他的手臂牢牢固定，就像绳索陷阱把猎物的身体越缠越紧。

做完这些，王伟已经没有后悔的余地了，而且凭着直觉，我认为他并不曾后悔——用上手结捆绑右手的精心设计、用胶带封住口部以免发出喊叫、浑身赤裸的死亡方式，都说明他为自杀做足了准备，而充足的准备，则往往代表了不可动摇的决心。

是什么让他对自杀如此坚定？

想到这里，我看着挡风玻璃上的光影，突然一阵恍惚，仿佛看见了叶秋薇那双深不见底的眼睛。

她到底做了什么，能让一个中年男人义无反顾地赴死呢？她又是如何盯上王伟的呢？她通过王伟调查到了什么？这个王伟，会和E厂有关吗？

伴随着一路不得要领的思索，我在上午十点赶到了北郊的M山墓园。得知我的来意后，一位身材高大的工作人员亲自把我带到了陈曦的墓前。我对着墓碑鞠了个躬，把花轻轻放下，想着陈曦死亡的真相，忍不住叹了口气。

"同事，朋友，还是读者？"带我前去的工作人员低声问道。

"读者。"我说，随后又改了口，"也算同事吧——至少是同行。我在采访过程中遇到过她，后来还读了她的书。"说完，我看了那人一眼，"你也知道她？"

他递给我一根烟，我表示不会。他"嗯"了一声，给自己点上一根，抽了一口，缓缓说道："没人比我更了解她了。"

我这才注意到这位工作人员的长相：魁梧的身材、坚毅的双眼，还有满身挥之不去的沧桑与悲凉。我一愣，突然明白了什么，犹豫着问道："你……你是……"

他狠狠地抽了一口烟，轻抚着墓碑上沿，用低沉沙哑的声音说："她是我的女人。"

我对着墓碑沉默良久，沉重地说："你就是贾警官？"

"早就不是了。"他再次狠抽了一口，却没吐出多少烟，"我现在在这儿守墓。"

我看着墓碑上的字，没话找话地问："你来这儿几年了？"

"三年多。"他的语气平静而坚定，"她一走我就过来了。"

我点点头，随即叹了口气，想起叶秋薇对陈曦做的事，心中五味杂陈。贾云城迅速抽完了一根烟，又点上另一根，时不时地斜眼看我，嘴唇微微颤动，像是有话要说。

我本能地开始分析他的心理：陈曦生前虽然小有名气，但到底已经过世三年，前来看她的人估计早已不多。贾云城默默守着亡妻，又是个刑警出身的深沉男人，平日里一定积郁了不少情绪，内心深处，也一定暗藏着倾诉的欲望吧。

心事多数与脆弱相关，而贾云城给人的印象，却是深沉和坚毅。因此对他来说，有些心里话，在熟悉的人面前反倒难以启齿。我这个突如其来的陌生拜访者，则是最为合适的倾诉对象。

想到这里，我便接着他刚才的话说："转眼都三年了啊。"

"是啊，三年了。"他咳嗽了一声，"感觉像是昨天发生的一样。"说着，他背过身，狠狠地咳了几声，咳嗽声有些混浊。

"你抽得挺厉害。"我看着第二根即将燃尽的烟，不无担心地说。

他迅速抽完了第二根，又点上第三根，抽了一口，苦笑道："我巴不得自己早点抽死呢。"

我礼节性地劝慰道："逝者已逝，还是节哀吧，你应该为了她更好地活着啊。"

"是我害了她。"他的音调突然升高，似乎说出了压抑已久的话，"是我害了她啊。"

"先造死，后造生。"我说，"这都是命。不瞒你说，我父亲就是因为心梗去世的。这病就是太急，一眨眼就过去了，怪得了谁呢？只能怪老天爷。"

"你不知道。"他蹲下身，用复杂的眼神看着墓碑，重重地叹了口气，"她提前是有预感的，我却没当回事。"他深吸了一口气，"是我害了她。"

"预感？"

他抚摸着墓碑，回忆说："我去外地跟案子的第一晚，她就给我打过电话，说自己心里难受。我当时正在盯人，应付几句就把电话挂了，让她放宽心早点睡。第二天白天，她又给我打了电话，说自己心里憋得难受，想让我回去陪她。当时，案子的进展不太顺利，我说话就有点不好听。她听了我的语气，没再说什么，就把电话挂了——她对我一直都这么包容。"说到这里，贾云城狠狠地拍了拍自己的后脑勺，"我怎么也想不到，那会是我这辈子最后一次听她说话。"说完，他看了我一眼，坚毅的目光中，居然透出几分惊恐。

我心里很不是滋味。

"医生说，她的病可能是心理压力过大造成的。我以前总是到处跑，以保护社会为己任，到头来，连自己的女人都保护不了。如果我能多陪陪她，至少在最后两天回去陪陪她，听她说说心事，她也许就不会走了。可人生没有回旋的余地。"他站起身，手始终没有离开墓碑，"人就是这么贱，失去了才知道珍惜。唉——"他又是一阵悠长的叹息。

当时，我突然明白了一个道理，陈曦的死，其实并非叶秋薇一人造成的：母亲离去带来的阴影，父亲辛劳、忙碌带给女儿的压抑与畸形责任感，还有丈夫的冷漠，都是杀死陈曦的帮凶。而陈曦三位至亲与叶秋薇的所作所为，又有着同样复杂深邃的心理和社会原因。从这个角度来看，杀死陈曦的，正是暗藏于人类社会中的汹涌力量，或者说，就是这个社会本身。

我胡乱想着这些，对叶秋薇的态度也发生了微妙的变化。

贾云城则收住了话匣子，对刑警出身又转职守墓的深沉男人来说，方才的倾诉或许已经足够。他很快抽完了第三根烟，又点上第四根，大概也是没话找话，问我："怎么想起今天过来了？"

"哦。"我应了一声，想了想，说，"这两天又读了一遍《隐痛》，感触挺多的。出事之后，我还一次都没来过，也该来拜祭一下了。"我伸出手，"还没自我介绍，我叫张一新，是《普法月刊》的编辑。"

他跟我握了握手，我发现他手心里满是冷汗。

"我读过你们的杂志，那时候队里一直都在订的，幸会。"他环顾了一下四周，语气有些迟疑，"那——"

"哦。"我明白他的意思，"你有事就先忙吧，我站一会儿就走了。"

他看着我，轻轻吸了一口气，嘴张到一半又迅速闭合。他低下头，脚在地上摩擦了几步，又抬起头，舔舔嘴唇，语气有些怪怪的："那——我就不打扰你了，有事随时找我，我就在那儿——"说着，他指了指东南角的一间平房。

我独自站在陈曦的墓前，脑海中却全是关于贾云城的细节：他目光始终悲凉而坚毅，说到陈曦的死，却流露出少见的惊恐，这惊恐何而来？他拼命抽烟，究竟是因为烟瘾，还是为了掩盖内心的不安？一个健硕的男人，为什么手心会在夏天冒冷汗？临走时，他怪异的语气和欲言又止的样子，又说明了什么？

直觉告诉我，贾云城并没有把想说的话说完——或者这么说，他之前向我倾诉的，并非真正的心事。

后来我才明白，从那时起，我就跟叶秋薇越来越像了。老吴说得没错，叶秋薇拥有我难以想象的精神力量，那种精神力量无法触摸，甚至无法感受，却能不知不觉中对我造成不可抗拒的影响。

当时，我把花摆正，对着墓碑鞠了一躬，便径直走进了墓园东南角的值班室。贾云城和我对视一眼，我们似乎都明白了彼此的心思。他请我坐下，给我倒了杯水，自己又点上一支烟，默默抽着，似乎在等我开口。

我决定先进行试探："贾警官，你心事很重。"

他继续沉默。

"是关于陈记者去世的事吧？"我进一步说道，"关于这件事，你有什么疑问吗？"

他凝固了一秒，把烟放下，用力地搓揉额头，有些语无伦次："其实，我……我也不知道——说不清楚，就是觉得，怎么说呢？"

"你是不是有什么奇怪的发现？"我试图对他进行引导。

他再次凝固了一秒，眼白突然染上了些许红色："张编辑，你到底是干什么的？刚才一见面，我就知道你不光是来拜祭陈曦的，你也是带着心事来的。我当了好几年刑警，一眼就看得出来。你和陈曦之间，到底是什么关系？"

我不能让他知道叶秋薇的事，所以就编了个谎话，叹了口气说："我知道瞒不过你。我和陈记者是2008年上半年认识的。当时，我们在进行同一个新闻资源的调查。那次调查触及了某些禁区，所以我就中途放弃了。但我知道，陈记者一直没有放弃。据我所知，出事前那些天，她还在进行相关的调查。"

"是什么调查？"他盯着我问。

为了取得他的信任，我坦诚地说："一种化合物成瘾性的调查，还涉及了E厂。"

"M。"他抽了一口烟，说，"E厂，还有Z大的秘密研究、M的成瘾性研究。我见过她的笔记，里面还提到了很多企业和行政机关，她不该碰这样的新闻。"

"你怀疑她出事，跟这次调查有关？"

"你不也是这么怀疑的吗？"他说，"就像你所说，那样的新闻调查会触及一些禁区，根本不是一个小记者该管的事。背后的利益集团肯定不会轻易地放过她，一定是有人想要对她不利，或者对她进行了某种威胁，她才会受不了压力得急病的。她最后给我打电话时，那种惶恐不安的语气，我越想越觉得诡异。"

自始至终，他都没有注意到鞭炮的事，这让我松了一口气。

"她在笔记里都记录了什么？"这是我最感兴趣的事。

"我大致看了一遍，只记得提到了M、E厂，还有一些企业和行政机关，具体内容就记不清了。"

我听出了他的言外之意："那这份笔记——"

"丢了。"他意味深长地说，"如果不丢，也不会引起我的警觉和重视。我是在陈曦出事后的第三天发现的笔记。当时，我虽然感到了不对劲，但并没有当成大事。我大致看了看，就把笔记放进了书柜。几天后，那本笔记就莫名其妙地消失了。"

"你怀疑有人拿走了笔记？"

"不是怀疑，是肯定！"他抽了一口烟，眉头紧皱，"我是警校出来的，对事情的条理很重视。什么东西在哪儿，都必须规规矩矩，心中有数，所以绝对不会记错。那本笔记，我是放在一排文学名著中间的，几天后，那些名著都还按原本的顺序摆放着，笔记却不见了。"

我点点头："确实可以肯定。"

"直到那时，我想起笔记中的内容，这才察觉到明显的不对劲。"他弹了弹烟灰，"很显然，有人趁着那几天人多，到我们家偷走了笔记。也就是说，陈曦的调查已经暴露了，那些利益集团想要毁灭证据。正因如此，我才怀疑陈曦受到了伤害或者威胁，才忍受不了压力患病的。"

我端起水杯，扫视四周，再想起贾云城此前的种种细微表情和动作，对他有了进一步的了解："我看，你放弃刑警的工作到这儿来守墓，也不光是为了陪陈记者吧？"

他把剩下的小半截烟一口气抽完，说："我一直在调查陈曦的事，如果她真的是受到伤害或者威胁而死，我就是粉身碎骨，也要让那些人付出代价！"

我点点头："所以你来守墓，希望能在陈曦的拜祭者中，找到相关线索，或者志同道合的人。"

他又点上一支烟，用询问的目光看着我。

我沉思片刻，喝了口水，说："你的直觉没错，我从来没有放弃过当年的调查。就是因为进展不顺利，才想来看看陈记者的，没想到碰见了你。"

"有什么需要帮忙的，你就尽管说。"他转过头，剧烈咳嗽了几声，"我毕竟干过刑警，还是能帮上不少忙的。"

我把水杯放下，思绪飞速发散，最后下意识地问道："你认识王伟吗？"

"王伟？哪个王伟？"

"在市教育局待过的那个。"

"自杀的那个？"他点点头，"我知道，陈曦出事后，他第一时间就去了我们家。"

我心头一震，赶紧追问："关于这个王伟，你都知道什么？"

"不是很了解。"他想了想，说，"只有一点，陈曦无意中跟我透露过，说电视台内部有个专门购买新闻线索的金库，就在这个王伟的名下。"

我凝固许久，狠狠地按了按额头。我终于明白，陈曦当年为什么会怀疑叶秋薇了。

我低下头，把叶秋薇和陈曦之间的事迅速梳理了一遍。

丁俊文死后，陈曦冒险夜访丁家，无意中把自己暴露给了叶秋薇。为了继续寻找线索，叶秋薇使用变声设备和陈曦取得了联系。在电话里，两个城府颇深的女人相互试探，各有收获：叶秋薇通过攻击陈曦的软肋，得知E厂是《M成瘾性研究报告》的大买家，因而获取了新的调查方向；陈曦则通过引导叶秋薇，得知了E厂购买研究报告的价码，在新闻调查中，暗箱交易的具体价码，显然是十分重要的信息与证据。

从表面上看，两人交手的结果算是双赢。然而，谈话还未结束，陈曦就突然挂了电话，还在两天后派人跟踪、调查叶秋薇，并最终判断出，叶秋薇就是给她打电话的那个人。她究竟是如何做到的呢？

听了贾云城的话，我才明白了这件事背后的曲折。

陈曦引导叶秋薇说出价码信息，一方面是为了这些信息本身，另一方面，恐怕也是对叶秋薇有意无意的试探。当叶秋薇说出王伟的名字，以及2008年6月29日从他名下转给丁俊文的一百万汇款时，陈曦就已经知道叶秋薇在说谎了。

因为那一百万汇款并非来自E厂，而是来自省电视台的内部金库。

作为省电视台的知名记者，陈曦显然是知道这件事的。所以她立刻明白，叶秋薇并非E厂内部的人，目的自然也不是出售研究报告，而是为了别的什么——至于究竟是什么，陈曦一时未必能想明白。

任显然，叶秋薇的搅局引起了陈曦的高度警觉，一个既不代表电视台又不代表E厂利益的人，究竟会对M事件造成怎样的影响？这个人知道自己对E厂的调查，会不会对自己的安全构成威胁？这些，都是陈曦需要迅速考虑的事。

对陈曦这样颇有城府的人来说，受制于人显然是无法接受的。而要想摆脱威胁和限制，她就必须先想办法查明匿名打电话者的身份。而关于这个匿名者，陈曦只有一条线索，就是此人知道E厂、省电视台分别与丁俊文的事，甚至知道这些交易的详情。

顺着这个思路推断下去：陈曦早就知道E厂和省电视台在争夺丁俊文手中的研究报告，那么，是谁有这么大的能耐，同时知道双方给丁俊文汇款的详细信息呢？陈曦一定列举了很多可疑的人，但又都一一排除，思路至此停滞。

陈曦能够试探出叶秋薇的破绽，定然拥有很强的思维能力，自然也会明白：思路受阻，最好的解决办法就是换个思路，或者换个角度。既然从E厂和省电视台的角度出发都没能发现可疑的人，问题就很有可能出在丁俊文那边。

以陈曦的思维能力，一定会想到这一步的。丁俊文那边有什么人值得怀疑呢？首先是丁雨泽——他是丁俊文遗产的第一继承人，陈曦夜访丁家的事，也只有他一个人知道。

丁雨泽有很大的嫌疑。

但陈曦很快就会明白：给她打电话的那个人，说起话来步步谨慎，攻守兼备，绝对不会是一个十七八岁的高中生。

如果不是丁雨泽，又会是谁呢？到了这一步，就算再笨的人，恐怕也会第一时间怀疑到叶秋薇头上吧。因为丁俊文死后，她是和丁雨泽走得最近的人，就连丁雨泽的遗产继承手续，也都是她一手操办的。不是她还会是谁？

为了确认自己的推断，陈曦派侦探跟踪、调查了叶秋薇，并确认了她的身份。直到这时，在两人的交手过程中，陈曦仍旧处于上风。如果她能谨慎一点、友好一点，或许就能保住性命，甚至和叶秋薇互相帮助。然而，一条鲁莽且自作聪明的短信，直接勾起了叶秋薇的杀意。陈曦再怎么有城府，都无法掩盖自传中暴露的致命弱点。

叶秋薇一击毙命，及时挽回了败局。

五六秒的工夫，我在心中完成了上述思索过程，回过神来，额头上已经挂满汗珠。

"张编辑？"贾云城显然注意到了我剧烈的心理波动，放下烟，问道，"怎么？这个王伟有问题？难道他的死，也跟E厂的调查有关？"

我还沉浸在琐碎的思绪中，下意识地说了一句："我也不知道。"说完这话，我发现贾云城正奇怪地看着我，便连忙解释说，"我的意思是，我没有证据，但有这种怀疑——他的自杀方式太蹊跷了。"

贾云城抽了口烟，略加思索，点点头说："跟你说实话，我当初也有过怀疑，一是因为他死得蹊跷，二来，电视台内部的金库在他名下。我总觉得，他和陈曦的调查有什么联系。但人都死了，也就无从查起。"他缓缓吐出一个烟圈，问道，"恕我冒昧，张编辑，能不能说说你的调查进展？"

我想了想，说："我知道的并不比你多。"

他咳嗽了几声，把烟按灭，意味深长地说："你不想说，我就不多问了。我还是那句话，有用得着我的地方，你尽管开口，我毕竟干过刑警，肯定能帮上忙的。"

"你这边呢？"见他如此，我毫不客气地问道，"这三年里，你都遇见过什么可疑的人？能跟我说说吗？"

他叹了口气，习惯性地又点上一支烟，抽了一小口，说道："我这是实话，我要是有什么大的进展，也不会一直干等到现在了。"

我点点头，有着太多问题想问，却又不知从何说起。

"非要说说可疑的人——"他抽了两口烟，眉头一皱，如此说道，"倒是来过一个怪人。"

"怪人？"

"第一次是2009年的秋天。"他含着烟说，"那天晚上我值夜班，就坐在现在这个位置。后半夜，大概两点钟，我听见一阵脚步声。要知道，从来没有人会这么晚到墓园来——就算是贼，这地方有什么好偷的？我站在门口，对着园区照了一圈，很快就看见一个人影。样子肯定是看不清了，我就记得他穿了一身西装。他很快就注意到了我，对着一块墓碑鞠了个躬，接着就快步离开了。等我赶到那块墓碑前，他早就没了踪影。我这才发现，他对着鞠躬的，正是陈曦的墓。当时，地上还放着一束黄白相间的菊花——每天晚上九点，我们都会把白天献的花处理掉。那束花，肯定是那个人留下的。"

我倒吸了一口凉气："大半夜去拜祭，确实够古怪的。"

"是啊。"贾云城说，"我也觉得奇怪，不过也没想太多，慢慢就给忘了。后来，2010年的10月底，我值白班，天没亮就过来了。夜班的同事睡得正香，我也就没打扰他，先去看了看陈曦。还没走到她身边，我就看见她墓前放着一束菊花，黄白相间的菊花，不像是花店里的，像是野地里摘的。我环顾四周，没看到人，再看那束花，花瓣已经被风吹掉不少，看样子放了有一段时间了。一个多小时后，坐在值班室里，我才突然想起来2009年秋天的事，当时好像也是10月底啊。"

虽然是大白天，但在墓园里听这样的故事，还是让我有些寒意："会是同一个人吗？还真是个怪人。"

贾云城缓缓地抽着烟，迟了一会儿继续说道："我问了那天晚上值班的同事，他说，夜里确实听到过脚步声。不过他胆子小，并没有出去检查。"

"去年呢？"我问，"那个人去年来了没有？"

"来了。"贾云城看了一眼窗外，"直觉告诉我他还会来的，所以去年一入秋，我就再也没回家住过。也是10月底，半夜两三点，脚步声又响了起来，但跟我印象里的不太一样。我径直跑到那个人身边，拿手电筒一照，是个十六七岁的小混混。他看见我，吓得魂都快没了，我用了很长时间才稳定住他的情绪。他告诉我，有个人给了他五百块钱，让他晚上把花送到陈曦的墓前。"

"哦。"我点点头，"没有亲自来。是怕被你发现吗？"

"不知道。"贾云城靠在椅背上，咳嗽了几声说，"我问给他钱的那个人的长相，那小子说，是个五十岁左右的白胖男人，穿着一身宽松的西装。"

我长嘘了一口气，端起杯子喝了口水，问："一共就这三次？"

贾云城说："今年秋天，也许会有第四次吧。"

我点点头，陷入沉默。被偷走的笔记、深夜前来拜祭陈曦的白胖男人，和M事件究竟有着怎样的联系呢？原本就不甚清晰的思路，在这些模糊线索的影响下，更加暧昧难辨。

我叹了口气，说："这事可能比我想象的还要复杂。"

贾云城刚想说点什么，窗外却突然闪过一个人影。两秒后，一个二十来岁的韩范儿男人推开门说："贾哥，有任务了，叫咱们赶紧过去收拾呢。"

贾云城"嗯"了一声，把烟按到烟灰缸里，站起身说："那走吧。"又对我说，"张编辑，买墓的事，你想好了随时联系我。"说着在纸上写下一个号码，

"打这个电话就行。"

我收起字条，起身看了看年轻男人，对贾云城说："行，那你们忙，随时联系。"

他咳嗽了两声，最后又说了一句："我肯定能帮上忙的。"

离开墓园的路上，我突然有种奇怪的感觉，觉得我和贾云城的见面并非偶然。

另一股神秘势力

鉴于M事件的复杂性，我隐隐觉得，陈曦不正常的行为背后，可能隐藏着一股尚未被我发现的势力。

她所代表的，正是这个未知的利益方。

2012年7月20日，与叶秋薇的第六次会面。

郏天的阳光很毒，病房里却并不燥热。叶秋薇依然穿着那条蓝底的波希米亚百褶裙，像一朵开在荒漠里的花。

我拉开对话口，她用敏锐的目光扫视我。我友善地露出微笑，她也露出了一丝笑意。见她如此，我也就多少放松了一些，坐到玻璃墙边说了一句："天很蓝啊。"

她倒了杯水，在藤椅上坐好，微微点了点头。

我打开笔记本，慎重地问道："可以开始了吗？"

她直接开始讲述："2009年5月18日一大早，我就去了陈曦居住的小区，在小区大门对面的饮品店里观察等待。上午十点多，陈曦走出小区，到超市买了点东西就回了家，一整天都没有去上班。我观察了她，她的眼睛始终眯着，还不时地闭在一起，嘴唇很干，脸上毫无光泽，脖子也总是下意识地想要往身体里缩，显然是承受着身心的双重痛苦。她走路不太平稳，重心明显放在了身体右侧。同时，她一直用右手提着东西，左手则频繁地放到左胸的位置。这些，应该都是心脏不适的信号。"

我把她提到的细节记录下来。

"虽然第一次没能致死，但她的状态让我明白，我此前的分析是正确的。"叶秋薇接着说，"18日晚上，我推迟了五分钟时间，第二次点燃了鞭炮。如果再不成功，我就必须重新制订行动计划了——事不过三，连续三次在夏夜里放鞭炮，肯定会引起注意的。19日一大早，我继续在饮品店里观察。整整一天，陈曦都没有出现。天快黑的时候，一辆救护车开进小区，十几分钟后离开，紧接着，几辆带有电视台标志的车开了进去。我走进小区，陈曦家楼下聚着不少人。一位老太太跟我说，这栋楼里好像是死了人，听说是个很年轻的女人，还是个记者。"

我问："那天，你到陈曦家里去了吗？"

"自然是要去的。"她说，"我当即就上了楼，陈曦家的门开着，坐了一屋子的人。他们可能都把我当成了陈曦的朋友，也没人问我是谁。我找了个地方站着，开始观察屋里的每一个人。大部分人都双唇紧闭，耷拉着眉毛，流露出发自心底的悲伤，有些人则一边说话一边扬起眉毛，看上去并不怎么难过。很快，我就注意到一个奇怪的男人。"

"王伟？"我下意识地问了一句。

"是，不过当时我还不知道。"她说，"他中等身材，戴着金边眼镜，白净斯文。说他奇怪，是因为他的举止和表情。他既没有表现出明显的悲伤，也不像有些人一样幸灾乐祸，而是安静地坐着，不动声色地观察每一个人。"

我拿起笔，却不知道该记录什么，又放下笔，示意她继续。

"但他观察的目的跟我不同。"她开始分析，"我观察的是人本身，是为了发现有价值的人或线索，所以目光会在同一个人身上长时间停留。他的目光，则很少在同一个人身上停留超过两秒，眼神看上去飘忽不定。"

我问："这代表了什么？"

"应该是压力。"她说，"在潜意识中，他人象征着社会与道德的约束。所以，当人们想要做一件不被社会或道德认可的事情时，就会过度注意他人的状态与反应。最典型的例子是，很多窃贼在下手前，都会不停地观察四周，尤其是有人的地方，有经验的便衣民警经常会因此注意到潜在的犯罪嫌疑人。"

我想了想，说："就是所谓的'贼眉鼠眼'吧。"

"是这个意思。"她平静地说，"处于这种状态的人，通常很害怕他人的凝视，王伟也是如此。我观察他用了将近五秒，他显然有所察觉。他停止了对周围的观察，先是低头回避，接着抬起头，扶了扶眼镜，冲我笑了笑。在那种悲伤场合的暗示下，他的笑显然是刻意为之，目的正是掩饰紧张与不安。我当时就觉得，这个人去陈曦家，要么是有很重的心事，要么就是有某种不可告人的目的。"

听到这里，我立刻想起了那本丢失的笔记。

叶秋薇接着说："当晚九点多，陈曦的尸体被运回家里，暂时安置在了卧室的床上。陈旗帜一直在掉眼泪，贾云城则一声不吭，只是抓着陈曦的手。众人一番劝慰后，自然就要商议后事的安排。贾云城说，他平时总是忙，陪妻子的时间很少，希望这次能多陪陪她，让她在家里待上七天。同时，他认为陈曦是为了新闻事业劳累致死的，要求电视台组织一场大型的追悼会。商议快要结束的时候，我环顾四周，却没发现王伟的踪影。晚上快十一点的时候，各项事宜基本都有了定论，众人也各自离开。直到这时，王伟才再次出现在人群中，样子非常古怪。"

"古怪？"我问，"能形容一下吗？"

她回想了一下，说："一方面，他的目光稳定下来，神态十分舒展，脸色比之前红润了许多，这些应该都是放松和自信的表现。同时，他右手始终放在上衣口袋里，拇指则露在外面——对男性来说，这种行为通常代表自信，高度的自信。而另一方面，他又频繁地用左手抚摩脸颊，很用力地抚摩，这是一种典型的自我安慰行为，说明他心中存在明显的压力。同时，他胸口起伏明显，呼吸比之前深重了许多，也是紧张、不适的表现。最后，他的左手不抚摩脸颊时，总是下意识地放在大腿根部——对男性而言，这通常象征着与性有关的心理活动。"

我把细节一一记录下来，问道："你是怎么分析的？"

"这可能就比较复杂了。"她说，"矛盾的外在表现，自然代表了矛盾的心理——不是指普通意义上的矛盾心理。"

我听得有点迷糊："怎么讲？"

"普通意义上的矛盾心理，通常特指意识层面的矛盾，是一种主动的思考过程。"她解释说，"比如在考研和工作面前纠结，或者极端点，在苟且偷生和杀身成仁之间徘徊，都是普通意义上的矛盾心理。"

"嗯，这个我懂。"我说，"那非普通意义上的矛盾心理又怎么说呢？"

"是潜意识层面的矛盾。"她继续解释，"你知道，潜意识是不受意识控制的，是绝对诚实的心理部分，也是心理活动的基础和主体。正常情况下，一个人的心理是有整体协调性的，表现出来的受潜意识控制的肢体行为，在方向上应该基本一致。也就是说，这些肢体语言要么都表现出内心的轻松，要么都表现出内心的紧张，要么都表现出内心的悲痛，就算因为某些原因不太协调，也不可能呈现出完全相反的心理状态。"

我大致明白了她的意思："你是说，微表情和肢体语言在同一时刻表现出完全相反的心理，就说明这个人心理的协调性出现了问题？"我倒吸了一口凉气，"心理协调性出现问题，不就是心理障碍吗？"

"除非这个人受过专业的训练，能对潜意识进行一定程度的干预或控制。"她点点头，"否则就是心理障碍的表现。比如，一些患有焦虑症的人，在舒适的环境中，就有可能同时表现出轻松与紧张两种状态；存在人际交往障碍的人，在与喜欢的人相处时，也会同时表现出喜悦、憎恨两种截然不同的情绪。"

这个观点很新鲜，也确实禁得起推敲。我思索片刻，做了详细记录，随后请她继续。

她回忆了一下，接着说道："发现他存在某种心理障碍后，我就减轻了对他的怀疑和注意——我当时理所当然地认为，他之前的贼眉鼠眼，可能也是心理障碍的表现吧。离开陈曦家，我一边慢慢走着，一边开始考虑下一步的调查方向。贾云城说，会把陈曦的尸体在家中保存七天，这七天里，我就可以找机会去他们家寻找线索。如果七天之内没能找到明显的线索，也没能发现更多可疑的人，我就会放弃陈曦这条线，转而从E厂入手。正想着这些，一辆车突然在我身边停下，迅速地嘀了一声。"

"是王伟？"

"对。"叶秋薇说，"他开了一辆白色的三系宝马——这和他白净斯文的形象倒是很搭。我停下脚步，他放下车窗，说要送我一程。我对他多少还是有些怀疑的，所以就上了他的车。他自我介绍说，你好，我叫王伟，能不能问问你的芳名呢？"

我想象着当时的情景，觉得很有意思："你当时肯定吓了一跳吧？"

"有过一丝波澜吧。"她平静地说，"毕竟，王伟这个名字太大众化了。而且，我当时仍然下意识地认为，丁俊文收到的第三笔汇款来自E厂，与这个王伟毫无关系，所以并不怎么吃惊。我之所以上他的车，是希望通过他了解更多陈曦的事。没想到，在他的车上，我没有进一步了解陈曦，反倒进一步了解了他。"

我对车上发生的事充满了好奇。

叶秋薇看了一眼地面，大概是在整理思路，随后接着说道："刚坐上车，他就做了一个奇怪的举动。当时，我为了表现得礼貌，关车门用力很轻，但肯定是关好了的。他的脸色却突然暗沉下来，额头上出现两条明显的皱纹，鼻孔瞬间扩大，喉结也往上翻动。虽然这一系列表现转瞬即逝，但逃不过我的眼睛。”

“瞬间的焦虑感。”我试着总结。

“是。”她肯定了我的说法，“瞬间的焦虑感，通常是在某种刺激下发生的，我一时没明白他是受了什么刺激。紧接着，他打开车门下了车，走到副驾驶门外，打开副驾驶的车门，又用正常的力度关上。做完这些，他回到车里，对我笑笑，解释说，副驾驶的车门以前出过问题，为了我的安全，他必须检查一下。说这些时，他面色红润而舒展，目光明亮有神，右手食指很有节奏地敲打着方向盘。”

“轻松？满足？”我拿不定主意。

“都有。”她解释说，“但手指无意识的敲打节奏，显然是自信、满足或者欣喜的表现。”

我猜测说：“他是不是有强迫性的心理障碍？”

“很有可能，但不能仅凭一个动作就下结论。”叶秋薇说，“为了进一步观察他，等他报完自己的名字，我也说了自己的名字，随后伸出手，想通过握手了解他的心理活动。然而，他却没有跟我握手的意思，而是再次出现了转瞬即逝的焦虑。紧接着，他问我，请问你是做什么工作的？我说是Z大的副教授。他顿时放松下来，说，我就知道你是个学历很高的人，刚才在陈曦家看我的时候我就知道了，我从来没见过那么干净的目光。”

“干净？”我对这种形容很不理解。在我看来，叶秋薇的目光应该是内敛、锐利、神秘而充满力量，为什么会是干净呢？

叶秋薇继续讲述：“他一边说这些话，一边跟我握了手。握手时，他的拇指在我手背上滑动了两下，我觉得，那像是一种下意识的抚摸。”

我一边记录，一边揣摩王伟当时的心理，但想不明白。握手前的瞬间焦虑、对叶秋薇职业的特意询问、“干净”的形容，以及握手时下意识的抚摸，这些因素交织在一起，说明了怎样的心理呢？

“你当时是怎么考虑的？”我问。

“第一时间很难做出清晰准确的判断。”她说，“但可以肯定的是，他确实存在隐藏很深的心理障碍。我对他笑笑，把手抽出来。他用充满歉意的声音说，对不起，真对不起，我很少接触到像你这样优秀的女性，所以有点失态了。我当时突然意识到，他可能在潜意识中将女人分了类：优秀的、不优秀的，可能还有别的。握手前，他不确定我属于哪一类，所以表现出焦虑，并急切地问了我的职业。大学教授的身份，让他把我归为了优秀的一类，随后，他就毫不迟疑地跟我握了手，还表现出了无意识的抚摸行为。据此判断，他的心理障碍，可能源于某位或者某些女性——正常情况下，是他母亲的可能性很大。"

"童年是心理问题的起源。"我点点头，"请继续。"

她接着说："介绍完我的职业，我自然也问起了他的职业。他说他曾在市教育局工作，1999年的时候，做了领导的替罪羊，就离开了教育系统，现在做点小生意。说起自己遭开除的事，他并没有表现出明显的心理波动，但我还是注意到一个细节——他面部僵硬了一下，腮帮子迅速颤动了两次。"

"怎么理解？"

"刻意压抑的愤怒。"她解释说，"人生气时，交感神经系统兴奋，代谢提速，产生的能量增加，释放能量的动作也会相应增多。很多人在生气时忍不住打人，骂人的语速和音量也会猛增，这些都是释放多余能量带来的后果。不过，大多数情况下，人会有意识地压抑愤怒，通过其他途径释放多余的能量，比如加深呼吸、咬牙切齿、握紧拳头、绷紧肌肉，等等。刻意压抑愤怒的人，会明显减少手臂等可见部位的肢体活动，对于自己看不见的部位，却不会有过多的约束。王伟面部僵硬、腮帮子颤动，显然是面部和颈部肌肉绷紧导致的，虽然只是一瞬间，但也足以判断出他心底的愤怒了。"

我下意识地绷紧颈部以上的肌肉，一边摸了摸脸，发现自己的腮帮子确实发生了迅速的颤动。

"愤怒是一种来自本我的原始情绪，对愤怒的压抑，就是对原始本能——也就是性本能——的压抑。"她继续解释，"而压抑性本能，则是产生心理障碍的第一步。所以我认为，王伟的心理障碍，可能也和当年遭到开除有关。"

弗洛伊德认为，性心理发展过程中受到的压抑，是一切精神疾病的起因。叶秋薇的话，是对这一观点的扩展和延伸。虽然大学时期，很多老师都说不要迷信弗洛伊德的理论，但我愿意相信叶秋薇的话。

我转了转笔，说："请继续。"

"做完这些判断，我问起他的生意。他说，是一般人接触不到的生意，随后就不再多说。见他暂时不想说，我也没有追问，而是问起他和陈曦的关系。他解释说，他父亲以前在电视台当过台长，他年轻时还去电视台实习过将近一年，虽然最终没有留在台里，但结交了不少台里的朋友，陈曦就是后来通过这些朋友认识的。刚说到自己的父亲，他的身体就靠到了椅背上，看起来充满安全感。但仅过了一秒，他又坐直了身子，臀部后移，身体前倾，安全感瞬间消失。我当时就猜测，他父亲曾经给过他十足的安全感，但这种安全感，如今已经不在了。"

　　"可能已经退休，不能继续在仕途上照顾他吧。"我想了想说。

　　"为了进一步理解他父亲对他心理造成的影响，我问，令尊现在已经退休了吗？他叹了口气，说父亲已经过世十年了。听了这话，我如同顿悟，一些先入为主的想法瞬间松动，意识到，自己一直以来坚信的设想，或许还有别的可能。"

　　我在笔记本上写下"顿悟"二字，问："别的可能？哪方面的？这句话让你想到了什么？"

　　"首先引起我注意的是时间。"她解释道，"他说他父亲已经过世十年。当时是2009年，十年前是1999年。1999年，正是他作为代罪羔羊被开除的时候。父亲过世和被开除在同一年发生，是巧合，还是另有原因呢？"

　　我考虑了一下两件事可能存在的因果关系："你怀疑，他父亲去世，他失去了保护伞，所以才会被开除的？"

　　"结合他提起父亲时稍纵即逝的安全感，这并非没有可能。"她说，"为了调查M的事，我必须抓住任何潜在的线索，必须把每一种可能性都考虑清楚。按照这个思路，如果他遭到开除是因为父亲去世——就像你说的，失去了保护伞——那么，某些人想清除他的心思，可能已经不是一天两天了。"

　　我完全同意这一推测。这样的例子不是没有：一位颇有能力与威望的官员，想办法把独子送入了体制内部。但小伙子从小事事顺利，又深得父母溺爱，为人处世的道理懂得稍晚了一些，因而得罪了不少人。碍于其父的面子与权力，领导和同事自是处处忍让。

　　仅过了几年，官员还未来得及将人脉尽数传给儿子，就突患急病离世。年轻人一塌糊涂的人际关系迅速发挥作用，没过多久，他就被找了个借口清除出了单位。2011年冬天，此人因为参与多起盗窃被捕。当时，我在看守所里采访了他，也因此得知了他和他父亲曾经的故事。

想着这些，我不禁叹了口气，随后定了定神，请叶秋薇继续。

她说："继续按照这个思路分析，也就是说，1999年之前，王伟之所以能一直留在教育局里，靠的正是父亲的人脉与地位。那么问题来了，以电视台台长多年阅人、阅世的见识，难道认识不到儿子在单位里岌岌可危的处境？如果认识到了，为什么没在去世前帮儿子铺平道路？就算铺不平，以他的能力，给儿子换条路总是能办到的吧？即便进其他单位困难，弄进电视台总是能做到的吧？但是，他去世前却什么都没做，这似乎说不过去。"

我想起自己采访过的例子，说："也许他父亲去世得突然，没来得及做安排呢？"

"有这种可能。"叶秋薇说，"所以我必须弄清楚。我叹了口气，对王伟说，我父亲也去世很久了，被糖尿病和并发症折磨了好几年，其实对他来说，死亡也是一种解脱吧。王伟说，哎呀，咱们真是同病相怜，我父亲也是因为糖尿病和心脏病去世的。那几年啊，天天往医院跑，最后半年干脆不去了，说去了也是白去，还不如继续工作。说这些时，王伟差点流泪，最后又叹了口气说，父亲去世前那几年，还一直担任着台长的职务，直到临终前还尽职尽责。去世后，台里给他开了一场大型的追悼会呢。"

我摸摸下巴，思索着问："有充足的时间铺路，却什么都没干，的确很奇怪。那么，你接下来是如何分析的呢？"

她说："按照此前的思路继续分析，可以推测出两种原因。第一，王伟的父亲已经给儿子铺好了路，只不过不是仕途，而是别的什么——比如王伟口中的生意。第二，王伟的父亲不把儿子弄到电视台，是因为存在某种顾虑，或者说忌讳。想到这一步，我的思路顿时又开阔了许多。我想起陈曦反常的举动，想起我和她对话的内容，想起丁俊文收到的五笔汇款，想起王伟这个名字，一个大胆的想法突然涌上心头——如果给丁俊文汇款一百万的那个王伟，就是我眼前的这个男人，整件事是否会呈现出另一番面貌？我是否能从中寻找到新的线索呢？"她端起水杯，晃了晃，胸口明显起伏了一下，"如果是他，他究竟是代表E厂，还是代表别的——比如，他父亲曾经执掌过的省电视台？"

我深吸了一口气。

此前，通过和贾云城的交谈，我已经知道了王伟在M事件中扮演的角色，所以对叶秋薇的最后一句话并不感到吃惊。可是，叶秋薇当时没有任何证据，仅凭观察和猜测，就能对事情的各种可能性进行深度分析，从而猜到王伟和省电视台的暧昧关系，这种思维方式和能力，实在令我震惊。

　　我想了想，问："说到底，这些都只是你的猜测罢了，而且是建立在猜测上的猜测，如何证实呢？"

　　"证实之前，要先分析这种猜测是否合理，就是说，是否存在理论上的可能。"她喝了口水，不紧不慢地说，"不妨顺着这个思路更进一步——先假设丁俊文收到的第三笔汇款确实来自我眼前的这个王伟，然后将假设代入现实，在此假设的基础上对整件事进行分析。如果在分析过程中出现了与已知信息的矛盾，这个假设显然就是不成立的；如果没有出现这种矛盾，那么这个假设至少就存在理论可能性。或者乐观一点，如果在分析过程中发现了与已知信息的契合点，那么这种猜测的可能性将大大增加。只有先分析了可能性，我才能有的放矢，对王伟进行进一步的试探，也就是你所说的证实。"

　　我对逻辑学的推理方法并不熟悉，所以有点跟不上她的节奏。

　　"继续分析。"她却没有给我时间思考的意思，"假设丁俊文收到的第三笔钱来自这个王伟，那么，这是他的个人行为，还是代表了某些利益方？这需要一一分析。先假设是个人行为，那么汇款一百万，自然是为了得到那份研究报告。但为什么要买那份研究报告？他说自己做着某种'一般人接触不到'的生意，从他的座驾来看，这种生意似乎很有赚头。一般人接触不到的赚钱生意，又跟一份神秘的报告有关，很可能和倒卖信息有关。"

　　我已经知道了事情的真相，所以没有记录这些分析过程。但不得不承认，她考虑问题真的很细致，也很全面。

　　"不过很快，基于这种假设的分析就出现了不合理的地方。"她说，"如果他真的是以个人名义向丁俊文购买报告，他是否得到报告了呢？我认为没有。丁俊文收到的最后两笔钱来自陈曦，第三笔钱来自王伟，前两笔就肯定是来自E厂了。在三百万和六十多万面前，三百万是具有压倒性优势的。同时，E厂背景深厚，对丁俊文的威胁程度也远高于另外两方。那么，既然丁俊文没有把报告给陈曦，也肯定不会交给与陈曦实力相近的王伟。"

我几乎快要忘记事情的真相，只一心沉浸在她细腻的思维中。

她继续分析："问题来了，如果王伟没有得到报告，那么丁俊文死后，他为什么没有采取任何行动呢？陈曦那么谨慎沉稳，都忍不住去了一趟丁家，而王伟不仅没有去过丁家，甚至从来都没有让我察觉到他的存在，这显然很不合理。所以，我暂时放弃了他以个人身份给丁俊文汇款的假设。接下来，我假设他代表E厂的利益，进行分析，虽然没有出现不合理的地方，但也没有出现和已知信息的契合点，所以很快，我将其列为一种理论可能性，暂时搁置在一边。"

"然后呢？"我急切地问。

"然后，我做了第三种假设，假设王伟代表其他利益方——我第一个就想到了省电视台。"说到这里，叶秋薇的眼睛突然比之前明亮了一些，"王伟并没有在省电视台正式工作过，只是实习过将近一年。他和电视台之间的交集，主要就是这一年的实习期，以及他那曾任台长的父亲。父亲当年安排他进入电视台实习，显然是想过让他进入电视台发展的——这也是人之常情。可既然如此，为什么后来又让他进了教育局呢？留在电视台，有至亲罩着不是更好吗？这看似是个不合理的地方，但正是这种不合理，让我迅速找到了假设与现实之间的契合点。"

我想了想，说："你说的契合点，就是他父亲临终前没有给他铺路这件事？"

"没错。"她往后靠了靠，双手自然地放在小腹处，"他父亲肯定知道他在教育局里混得并不好，明明有能力在临终前把他安排进电视台，却没有那么做。这和当年让他去电视台实习，最终却没让他留在台里发展，应该出自同一原因。原因显然与某种顾虑有关——王伟进入电视台工作，会让他父亲有所顾虑，王伟没有向父亲争取，显然也明白父亲的顾虑。这么说的话，王伟在电视台实习的近一年时间里，这种顾虑应该还未出现。所以我想，正是在实习期间发生的某件事，成了父子二人后来的顾虑。"

"什么事？"我下意识地问了一句。

"思绪至此，就要回归到猜测的核心内容上了。"她说，"猜测的核心内容就是，王伟和那一百万汇款之间的关系。那么，他和他父亲的顾虑，很可能也与此相关。无法言说的顾虑，就是一种忌讳，电视台内部会有什么忌讳呢？结合丁俊文收到的一百万汇款，我认为，如果那一百万汇款确实来自我眼前的王伟，他也的确代表省电视台，那么，他名下的某个账户，应该就是省电视台用于购买新闻线索的内部金库。按照这种设想继续分析，此前种种看似不合理的现象，就都有了合理的解释。"

我看着她的眼睛，一时无语。

她也看了我一眼，继续分析道："在这种假设的基础上，我把事情从头到尾顺了一遍，事情可能是这样的——当年，刚刚大学毕业的王伟，在父亲的安排下进了省电视台实习。实习期间，台里决定设立一个内部金库，用以购买新闻线索——以王伟的年龄来看，当时应该正值上世纪九十年代初，一些历史遗留的避讳正在缓缓消散，新闻行业获得了更多自由，所以，这种决定也合乎情理。最后，台长出于各方面的考虑，把金库设在了自己儿子的名下。为了更好地隐瞒金库的存在，台长决定不让儿子继续留在台里发展，等儿子实习期一结束，就帮他进了教育局。此后，电视台购买任何新闻资源，都由王伟办理付款事宜。我想，他后来可能还有了更深入的参与，比如与卖家的联络、凭经验对信息的价值进行判断，等等。老台长没有帮儿子在台里平步青云，却让儿子掌握了台里的死穴与命脉，真可谓老谋深算、用心良苦了。"

我深吸了一口气，思索着说："随着参与的不断深入，王伟一定也从新闻资源的买卖中嗅到了商机。他可以在卖家和电视台之间周旋，赚取大额的差价，这就是他所说的'一般人接触不到'的生意。"

"不只如此。"叶秋薇说，"如果某些线索是经过他进入电视台的，他还可以把这些线索进行二次出售，卖给其他需要的人。"

当时，想到自己每个月都被课题压得喘不过气，累死累活才拿几千块钱的工资，我还真有点羡慕王伟，甚至产生了改行去倒卖新闻资源的冲动。不过很快，王伟死于非命的事实就像一盆冷水泼下，彻底浇灭了我对不义之财的渴求。

"猜测至此，我又找到了另一个与现实的契合点。"叶秋薇停顿片刻，继续说道，"陈曦身为电视台的招牌记者，又一直在调查M事件，肯定知道王伟代表电视台和丁俊文的交易。所以，当我在电话里告诉她，王伟的一百万代表E厂时，她就已经看出了我的破绽，后来追查出我的身份，也是理所当然。她不是个简单的对手，如果我不是通过《隐痛》发现了她的弱点，胜负尚未可知。"

我看着叶秋薇，觉得不可思议："仅靠观察和无凭无据的分析，你就能弄清楚这么多事？"

146

"不，"她缓缓地摇了摇头，"还没有弄清楚。到目前为止，一切都还只是在假设基础上进行的分析。就像我之前所说，首先要分析各种假设的合理性，然后才能有的放矢，对王伟进行进一步的试探。"

我另起一行，写下"试探"二字，问道："如何试探？"

她说："反复对比后，我认为'王伟代表电视台'这种假设的可能性最大，与现实的契合点也最多。接下来要做的，就是用言语对他进行暗示，通过他的反应判断假设是否正确。当时，我思考了将近一分钟。整整一分钟的时间里，我和他都没有说话。他大概是觉得有点尴尬，没等我开口，先问了一句，小薇，你跟陈曦是什么关系？"

"小薇？"我一愣，差点笑出来，"他是这么称呼你的？"

"是。"她分析说，"还记得吗？他之前用拇指对我进行过下意识的抚摸。觉察到自己行为不妥后，他连连道歉，还自称失态，说明他希望能在我面前保持绅士形象。这样的男人初识女人，对女人的称呼应该是客气而礼貌的，'小薇'这个称呼确实显得有些奇怪了。没等我做出反应，他就立即改了口，叫了我一声'叶教授'。"

我点点头："我明白了，第一次是口误，但恰恰表明了他内心的真实想法。"

弗洛伊德在《精神分析引论》中提出过一个重要观点，即大多数口误都非偶然，而是说话者潜意识的一种表达。

"对。"叶秋薇说，"在内心深处，他渴望叫我小薇。用'小'来形容我，其实是在反衬他的'大'。这种'大'，象征着雄性的支配地位——他对我有一种潜在的支配欲望，支配欲望则代表了强烈的占有欲。得知我是副教授前，他连我的手都不愿意碰，得知我是副教授后，却又迅速表现出了难以自制的占有欲。我当时就意识到，他的心理问题应该与女人和性有关，而且已经相当严重。"

我想起王伟诡异的自杀现场，说："你能让他那样自杀，也正是利用了他的心理问题吧？为什么你杀的每个人，都碰巧有这么严重的心理问题呢？"

她说："不是碰巧，是每个人都有心理问题。但对大多数人来说，只要不影响正常生活，心理问题就不是问题。有些人甚至乐在其中，把扭曲的心态当作享受。比如陈曦，她为什么要压抑负面情绪？因为那样让她觉得舒服。比如吕晨，她为什么会轻易地受到我的引导？因为她享受偏执带来的快乐。还有你，张老师——"她打量着我说，"你自己以为很正常，但在我看来，你的心理问题也很严重，至少比吕晨和陈曦严重多了。"

我深吸了一口气，舔舔嘴唇，尴尬地笑了笑，迅速转移了话题："也许吧，咱们还是先说王伟的事吧。"

"当然。"她回到之前的讲述，"既然王伟问到了我和陈曦的关系，我正可以由此开始对他进行试探。我编了个谎话，说我和陈曦是通过2007年的一次新闻调查认识的，'新闻调查'四个字，我特意做了停顿，还加重了语调。他当时就来了兴致，问我是哪方面的新闻。问之前，他明显扬起了下巴，露出嘴唇紧闭、嘴角外拉的笑容，鼻子还发出了短暂的出气声。"

我按照叶秋薇的描述模仿了王伟当时的表情，随后分析说："扬起下巴是自信，嘴唇紧闭、嘴角外扩的笑也是自信，甚至有点自恋的意思，鼻子的短暂出气声，就是常说的'嗤之以鼻'吧？这些表情，是不是说明他当时高度自信，同时还有明显的不屑？"

"正确。"她认同了我的分析，"不屑通常有两种含义，要么是极度自卑，要么就是高度自信。我的话里并没有能致人自卑的因素，所以我认为他是自信。一个人突然展现出高度的自信，甚至到了自恋的程度，要么是受了恭维，要么就是遇见了自己真正在行的事。所以我认为，他很可能是新闻调查方面的行家——至少他自己是这么认为的。"

我连连点头："初步试探立竿见影，接下来呢？"

"我继续编故事，说2007年，Z大几位教授在论文中使用了虚假数据，陈曦就是因为调查这件事才认识我的。我们性格很合，之后就成了朋友。王伟笑了笑说，陈曦可不是爱交朋友的人。这句话让我产生了两个想法，一是他可能对陈曦了解颇深；二是如果我不证明自己对陈曦的了解，他可能会怀疑我和陈曦之间的关系。于是我回应说，我觉得她对人挺好的呀，只不过性格有点压抑罢了；又说，这两年里，我们还知道了不少彼此的秘密呢。王伟问，秘密？什么秘密？我说，为了帮助她的事业，我给她透露过不少科研领域的内部信息和规则，她也经常跟我提起传媒界的潜规则。王伟笑笑，说了一句，我就知道。"

"我就知道？"我本能地觉得这句话有问题。

"你还是有一定洞察力的。"叶秋薇奇怪地看了我一眼，继续分析说，

"'我就知道'，说明他已经提前预料到了我话里的某些信息，而且一直很想说出来。于是我问，知道什么？他说，我就知道你会透露给她内部信息，因为那才是她的目的。你以为那些话是你自己主动想说的？不，那都是她引诱你说出来的。她这个人可不简单，比警察还会审人，三言两语就能把你的话套出来，要不怎么能成招牌记者呢？大家不愿意跟她交朋友，也就是因为她这种本事。最后又说，她这个人啊，心眼多得很。"

想起陈曦与叶秋薇交手的情况，我认为王伟此言并不过分。

"他说得没错，陈曦的确不简单。"叶秋薇说，"但这不是重点，重点是，他怎么会有如此深刻的了解。我知道陈曦城府深，是因为和她打过交道，吃过她的亏。难道王伟也吃过她的亏？难道她曾经从王伟口中套出过什么重要信息？我一时拿不定主意，就用开玩笑的语气说，反正我觉得她对我挺好的，你说得跟真的似的，难不成她套过你的话？王伟叹了口气，用明显懊恼的语气说，那可不是，我去年就上过她的当。"

"有意思。"我说，"不用你引导，他就自己说出来了。"

"他也不是没有戒备心。"叶秋薇说，"我当时问，上当？她怎么骗你了？王伟笑了笑，说，商业机密，反正让她骗得挺惨。他都这么说了，我自然不能追问，也暂时没有多想。当时最要紧的，还是尽快证实之前的猜测。我们都沉默了一会儿。半分钟后，车正好接近一个十字路口，信号灯也刚好变红，就在王伟全神贯注减缓车速时，我问他，王老师，陈曦以前跟我说，省电视台有个用来购买新闻资源的内部金库，你在那儿实习过，她说的是真的吗？王伟冻结了一秒，差点撞上前面的车。随后，他一边猛踩刹车，一边低声说了一句，她怎么什么都往外说啊。"

"这么简单就承认了？"

"因为我选择了恰当的时机。"叶秋薇说，"当一个人全神贯注于某件事时，对其他事的注意力和防备意识就会大幅降低。对司机来说，前方近距离有车时，尤其是车流正在减速时，需要的注意力最多。这时突然发问，得到的通常都是不假思索的回答，而不假思索的回答，就是诚实的回答。"

我点头表示明白。

她继续讲述："仅凭这一句，我就基本能确定此前的猜测了。一个'外'

字，足以证明他是电视台内部的人，至少在金库这件事上如此。而且，冻结反应的出现，以及说话时故意压低声音，都证明他感受到了突然的威胁。如果内部金库与他无关，这种威胁又从何而来？停住车以后，他缓了一会儿，表情严肃，目光呆滞，显然是知道自己说错了话，正在考虑如何补救。为了进一步确认我的猜测，我必须让他亲口承认金库的存在，不能给他思考的机会，于是接着说，原来是真的啊，看来传媒的水也挺深，想想也是，能产生利益的地方，不出现利益才奇怪呢。我不知道他当时具体的心理过程，也许是认为没有隐瞒的必要，也许是被我最后一句话说服，总之他愣了片刻，整个人突然松弛下来，坦然地笑了笑，说，是啊，现在这社会，没利益的地方都有人去挖掘，能出利益的地方，肯定也不会空着。"

"算是默认了金库的存在。"我替她解释了一句。

"是。"她说，"最后一步，就是证实他和金库之间的关系。我问，陈曦就跟我说有个金库，也没说是个什么样的金库，是装满现金的保险箱，还是一个秘密的银行账户呢？他说，我在台里实习，已经是十几年前的事了，就听说有这么个金库存在，具体的也不清楚，不过，现在这个年代，谁还用保险柜啊，肯定是银行账户吧？"她吸了一口气，赞叹说，"这个谎说得太高明了。"

"怎么讲？"

她解释说："低级的谎言与事实完全相反，比如孩子说自己写完了作业、小偷说自己没有偷东西，等等。这样的谎言会给说谎者带来巨大的心理压力，迫使他们做出释放压力的无意识行为，因而很容易判断。高明的谎言则是将事实模糊化，比如丈夫外遇晚归说是为了应酬、官员收受贿赂说是迫不得已，这种谎言本身就是一种自我安慰，因而能极大地减轻心理压力，甚至能骗过说谎者自己。王伟不否认自己与金库之间的关系，而是将其模糊为十几年前的听说。同时，他还加了一句无关痛痒的实话——金库不是保险箱而是银行账户，这进一步减轻了他的心理压力。当时我观察许久，都没能在他身上看出破绽。"

"连你都能骗过的谎言，确实够高明。"我想了想，发现她的话存在纰漏，"不对啊，既然你没有看出破绽，又是凭什么判断他在撒谎的呢？"

"一个很容易被忽略的心理细节。"她说，"你站在王伟的角度想想，如果你十几年前去省台实习了一年，无意中得知台里有个内部金库——而且只是听说，如今十几年过去，你凭什么确定那个金库仍然存在呢？"

我皱着眉头，想了许久，最后长舒了一口气："他确实在撒谎。"

"没错。"叶秋薇接着说，"这是反向证实，我还需要进行一次正向的证实。我又问，如果是银行账户，肯定得办在个人名下吧，这个人会是谁呢？他笑笑说，那谁知道。我用崇拜的语气说，肯定是个很厉害的人。紧接着，他就再次出现了嘴唇紧闭、嘴角外拉的笑容，以及你所说的嗤之以鼻的声音。"

"恭维。"我说，"这次是因为你的恭维。"

"没错。"她说，"到了这一步，我终于可以确定此前的猜测了，他就是省电视台内部金库的持有者，他的生意也与之相关。"

通过观察和分析产生猜测，再通过观察和分析确定猜测，叶秋薇无凭无据，却迅速弄明白了王伟的身份。对于这种能力，我只能报以惊叹。所谓的惊人洞察力，其实是建立在惊人的思维能力之上的。

"请继续。"感叹完毕，我接着问道，"确认他的身份以后，你又做了什么？发现了什么？是什么让你对他产生了杀意呢？"

"挖掘。"叶秋薇说，"他的身份如此特殊，值得深度挖掘。确定了他的身份后，我迅速回想了和他交谈的每一个细节，很快，一件事就引起了我的注意。还记得吗？他说自己2008年上过陈曦的当，还表现出十足的懊恼。正是这件事，让我突然发现了一个一直以来被忽略的疑点。而正是这个疑点，让我对M事件的调查取得了突破性的进展。"

我不由得屏住呼吸，对她所说的疑点充满好奇。

我问："什么疑点？"

"回顾一下过程吧。"她说，"当时，王伟用了很多言语向我强调陈曦的城府，说她不简单，三言两语就能从别人口中套出话来。然后，我问他是不是被陈曦套过话，他说是，还说自己2008年就上过她的当。也就是说，2008年的时候，陈曦曾经从他口中套出过某种信息。"

我"嗯"了一声，表示明白。

她继续分析："之后我问起具体情况，他没有告诉我，只说是商业机密。很显然，陈曦套出的信息很重要，而且极具商业价值。2008年、重要信息、商业价值、机密，综合这些因素，我第一时间就想到了《M成瘾性的实验研究报告》。

陈曦从王伟口中套话，会跟购买报告这件事有关吗？如果有关，两人在这件事中究竟是一种怎样的关系？此前，我一直下意识地认为两人都代表省电视台，但那一刻我突然明白，两人的立场未必就是相同的。直到此时，我才注意到一个细节——为了购买研究报告，王伟代表电视台给丁俊文汇款一百万，那么，陈曦自掏腰包的两次汇款又代表谁呢？如果也代表电视台，为什么要自掏腰包？为什么不和王伟那笔钱放在一起？"

不是她这么一说，我还真没想过这个问题。我倒吸了一口凉气："确实是个容易被忽略的疑点。"

"我又想到了更多细节。"叶秋薇说，"如果陈曦代表省电视台，她夜访丁家的事就也显得不合情理了——台里完全可以找个不起眼的人去丁家查探，用不着派一个知名记者吧？夜访丁家，怎么看都像是陈曦的个人行为，与电视台无关。所以我认为，陈曦代表的一定不是电视台。那么，她代表的是自己吗？从自掏腰包这一点来看，很有可能。但问题是，她的目的是什么？调查，报道，提高知名度？这些，台里都能帮到她，而且一直在帮她。身为招牌记者，她完全没有独自行事的必要。所以我认为，陈曦单独行动，可能有着更深层次的目的。"

"更深层次的目的……"我重复着这句话。陈曦原本清晰通透的形象，在我心中又模糊起来。

叶秋薇沉默了一会儿，说："鉴于M事件的复杂性，我隐隐觉得，陈曦不正常的行为背后，可能隐藏着一股尚未被我发现的势力。陈曦所代表的，正是这个未知的利益方。"

我一愣，突然想起了那个总是在深夜前去拜祭陈曦的怪人。

"张老师？"

叶秋薇用敏锐的目光盯着我，显然看出了我的心理波动。我知道瞒不住她，但还是撒了个谎："没事，就是听你这么说，突然觉得陈曦挺可怕的。请继续。"

她看了我两秒，若无其事地继续讲述："虽然只是一种感觉，但这种感觉让我豁然开朗。如果M事件中真的还存在第三方势力，那么查清这股势力的来头，一定会对整件事的调查起到极大的推动作用。陈曦和这股势力之间有密切联系，就难免会留下些线索和痕迹。家是最能给人安全感的地方，所以我认为，如果有这样的线索和痕迹，它们一定存在于陈曦家中的某处。"

听到这里，我再次想起了和贾云城的谈话。陈曦家中那本神秘消失的笔记，会是叶秋薇拿走的吗？

"想到这里，我决定先从王伟身上挖掘线索。"叶秋薇接着说道，"交流是相互的，陈曦套过他的话，说不定也会在无意中透露给他一些有用的信息。我想了想，说，王老师，你说陈曦心眼多，很会套话，我刚才回忆了一下，好像还真有这种感觉。他得意地笑笑，说我还能骗你？又问，你回忆起什么来了？"

"他也想通过你调查陈曦的事，"我说，"但手段可比你差太多了。"

她面无表情："是的，这说明他没有察觉到我的意图，依然把我当成一个单纯的女人。当时，我假装回忆了很久，说，就说去年吧，好像是四五月份，我们平时也就是一两个星期见一次面，但那几天，她天天请我吃饭、陪我逛街，而且总是找机会跟我打听人。听到这里，王伟脸色一沉，声音明显低了许多，问道，打听谁？我用漫不经心的语气说，哦，就是我们学校化学研究所里的一个人。他追问那人的名字，我说叫丁俊文，是管仓库的。他绷着脸，沉默许久，才沙哑地'嗯'了一声。"

我不明白她的意图："你为什么要说这些？"

"为了让他思考和研究报告有关的事。"她简短地做了解释，"意识对某件事的主动思考，会激活潜意识中的相关信息。只有先让他的潜意识活跃起来，我才能从中挖掘想要的东西。"

我把这些话记录下来，示意她继续。

她说："我等待片刻，确定他已经陷入深思，才开口问道，怎么了王老师，她打听老丁的事你也知道？王伟连忙用手遮掩住嘴，说，不知道——多么明显的低级谎言。我接着说，反正那些天，陈曦给我的感觉怪怪的，好像瞒了我很多事。我觉得啊，她不像是个简单的记者，倒像是电影里的女间谍，潜伏在电视台里执行秘密任务，有多重身份的那种。为了不引起王伟的怀疑，我一边说，一边尽量装出不藏心机的笑声。王伟生硬地笑道，你是美国大片看多了吧，一边说，一边上下晃动了两次脑袋，非常轻微的晃动，但还是暴露了他的内心。"

"这个我懂，无意识的点头行为。"我说，"不管他嘴上说什么，只要有脑袋上下晃动的现象，甚至是不易察觉的趋势，就说明他对你的说法完全认同。"

"没错。"叶秋薇说，"我意识到，陈曦很可能存在某种秘密身份——与那个想象中的未知利益方有关的身份，而且王伟或多或少了解一些。在这种想法的驱使下，我很快又回想起当晚的一个细节——我在陈曦家第一次看见王伟时，他正用飘忽不定的眼神观察每一个人，形同窃贼。我这才明白，他第一时间赶到陈曦家里，确实是想寻找什么东西。"

我又一次想起那本丢失的笔记："证据。跟你一样，他想要寻找某种线索，或者关键性证据。"

叶秋薇奇怪地看了我一眼，稍后说道："以他对陈曦的了解，或许早就知道陈曦家里存在某种证据，只是无法确定具体位置罢了。想到这里，我突然有了新的想法——我或许能利用他找到这些证据。"

贾云城说过，他是在陈曦出事后的第三天发现的笔记。如果那本笔记就是王伟想要寻找的证据——这种可能性很大——那么王伟和叶秋薇见面的当晚，笔记肯定还放在陈曦家里。想到这些，为了证明自己不知情，我用猜测的语气说："或许，他当晚就已经找到那些证据了呢？"

"当然有这种可能。"叶秋薇嘴角藏着一丝冰冷的笑，"为了确认这一点，我说，就算陈曦利用过我，但对我来说，她仍然是个知心的朋友。何况人都去了，我还计较什么呢？她入土前，我想找个时间去守她一夜，一想到再也见不到她，我心里就难受得不行。王伟叹了口气说，这倒也是，咱们在这儿说死者生前的不是，多少也会损些阴德的吧。这样，叶教授，我这两天有点事情要处理，等处理完了，我陪你一起去守她，你看行吗？"

"他想利用陪你的名义去寻找证据。"我说，"他当晚还没有找到。"

"是的。"叶秋薇说，"如果没有别的目的，谁会愿意对着一个骗过自己的死人整整一夜呢？确定这些后，我就立即停止了分析和试探，跟王伟聊了一些轻松的话题，以免引起他的怀疑。当晚分别时，我们互留了手机号。"

"你们什么时候去了陈曦家？"

"三天后。"她说，"之前他一直没空，直到第三天傍晚才联系了我。贾云城同意了我们的守灵请求，而且很感动，因为陈曦朋友不多，我和王伟是唯一肯为她守夜的。贾云城和陈旗帜都已经几天没有好好休息了，所以当晚睡得很沉。为了给王伟行动的机会，刚过凌晨十二点，我就靠在沙发上假装睡着。但王伟很沉得住气，始终没有任何行动，只是默默坐着。为了不引起他的警觉，我也一直保持着同一个姿势装睡。直到凌晨一点多，我听到一阵细微的声响，接着是小心翼翼的脚步声。我睁开眼，看见王伟走进了主卧，也就是贾云城和陈曦的卧室。当时天已经有点热，门是开着的。他走进卧室，不到十秒又走了出来。我眯着眼保持睡姿，他并没有发现我在看他。我看不清他的面部，但还是捕捉到很多有用的细节。"

"比如？"

"他右手插在上衣口袋里，拇指露在外面，左手摸了两次脸，其余时间都放在大腿根部。"

我翻了翻之前的笔记，念道："展示拇指——高度自信；抚摩脸颊——自我安慰，存在心理压力；左手靠近大腿根部——与性有关的心理活动。跟他三天前离开陈曦家时的心理一样！"

"没错。"叶秋薇说，"他在客厅站了一会儿，很快就进了厕所，厕所里也很快传出奇怪的动静。我脱了鞋，轻轻走到厕所门边，听见细碎而迅速的摩擦声，类似于摩擦双手那样的声音。过了五六分钟，摩擦声停止，十几秒后，是马桶的冲水声，还有类似于塑料袋的声响。我赶紧轻手轻脚地回到沙发上，刚坐下，王伟就打开厕所的门，慢悠悠地走了出来。他双眼不自觉地眯着，呼吸很慢，脸颊红润，看上去淡然而满足。"

"然后呢？"我已经预感到了什么。

"为了弄清楚他的行为，我也起身去了厕所。"叶秋薇说，"一进门，我就闻到一股淡淡的腥味，并迅速反应过来，那是男人精液的气味。想起王伟此前的怪异举动，我立刻就明白他干了什么。在守灵的夜里做那样的事，他的心理问题可能比我想象中的还要严重。"

"确实够变态的。"我点点头说。

"还有更变态的。"叶秋薇一脸平静，"很快，我就在厕所里发现了别的东西。"

"什么东西？"

"一条内裤。"她说，"我想起之前听到的塑料袋声响，就下意识地扒了扒垃圾篓，在垃圾篓底部看见一个系得很结实的黑色塑料袋。我尽可能不出声地打开塑料袋，在里面发现了一条紫色的女士内裤。"

我突然深感不安。

女性穿过的内衣裤确实能引起很多男人的性兴奋。说老实话，我就有过一次难以启齿的经历。那是2002年，老婆还在Z大读研二。大概是4月的某天，我去学校接她，在她寝室里待了几个小时。那天上午，其余三个女生都在上课，老婆也接到电话去了院办。我在寝室里百无聊赖，突然发现一个女生的衣柜没锁门。我鬼使神差地打开柜门，在里面发现了几件内衣和内裤，当时就难以自制地兴奋起来。我偷偷带走了一条内裤，第二天，又在罪恶感和羞愧感的驱使下，把内裤扔到了离家很远的一个垃圾桶里。从此，每当见到那个女生，我都会产生巨大的心理压力，但同时也有一种难以形容的满足感。

那个女生并不知情——她婚后生活一直不太顺，最近还经常跟我老婆抱怨说，现在啊，像你们家老张这样的好男人，真是打着灯笼也难找。

我是个好男人吗？我只是个习惯用责任压抑本能的男人罢了。

想到这件事，我心中再次浮现出压抑的罪恶感，以及隐约可触的心理满足。我是不是也有点变态呢？我想起叶秋薇之前的话，心中隐隐不安。也许她说得对，我可能真的存在某种心理问题，而且不是一天两天了。

稍后，我深吸了一口气，调整好心态，把思绪带回王伟身上：如果他长期性压抑，用陈曦的内裤解决生理需求确实可以理解。但陈曦毕竟是个死人，而且尸体就放在客厅的水晶棺里，他是如何兴奋起来的呢？最奇怪的是，如果是我，为了不让他人察觉，一定会把内裤带在身上，他为什么要把内裤藏在垃圾桶的塑料袋里呢？就不怕被陈曦的家人发现吗？

思绪至此，我问："他为什么要放在塑料袋里呢？"

"这就是重点所在。"叶秋薇一边观察我，一边说，"塑料袋里不光有内裤，还有精液和大量的尿液，整条内裤都被浸湿了。"

"尿液？"我深吸了一口气，更深刻地认识到了王伟的变态，"这代表了什么？"

"畸形的占有欲。"她分析说，"对高等生物而言，体液占有是一种常见的占有手段。"

"体液占有？"我把这个词记录下来，疑惑地看着她。

"很常见的生物现象，但一般人很少会去注意。"她想了想说，"回想一下学生时代吧，同学也许找你借过笔、借过书，甚至借过外衣穿，但一般情况下，绝不会借你的杯子喝水，你想过这是为什么吗？"

我脱口而出："别人觉得脏，我也觉得脏啊。"

"没错。"她说，"别人觉得脏，是因为杯子上有你的唾液残留；你觉得脏，是害怕杯子沾上别人的唾液。你对杯子的占有，就是一种体液占有。就本质而言，这和犬科动物撒尿宣示领地毫无差别。"她又举了一些例子，"热恋中的男女进行法式热吻，就是交换体液的过程，因为他们想要相互占有。我说过，支配欲和占有欲是共存的。面对客人的刁难，一些厨师会往菜品里吐口水，也出自同样的心理原因。这些，都是体液占有的具体表现。"

我点点头，细想一下，类似的例子还真不少。

她继续说："体液占有最典型的例子就是雄性将精液送入雌性体内，即生殖行为。从这个角度来说，雄性的生殖欲望也是一种体液占有欲望。这种欲望一旦受到压制，就会通过一些非正常手段进行释放，比如自慰。欲望压抑得越严重，释放手段就越不正常，直至出现病态。但无论多么病态的手段，都离不开体液占有的现象。王伟用精液和尿液浸湿陈曦的内裤，就是非常病态的体液占有现象。我猜，内裤上可能还沾有他的其他体液呢，比如唾液。"

我说："也就是说，王伟的生殖欲望受到了严重的压抑，所以才会做出这种变态的行为？可根据你的描述，他长得还算不错，又不缺钱，找女人应该不难，为什么会受到压抑呢？"

"生殖欲望的压抑不一定来自外部，也可能是内部。"叶秋薇解释说，"有些伤害，尤其是来自异性的伤害，可能会导致与性行为有关的心理障碍，因而从内部产生对生殖欲望的压抑。王伟的情况正是如此。"

"嗯，我基本明白了。"我问，"之后呢？那晚又发生了什么？"

第八章

极端变态的溺爱

妻子回到家时喊王伟，王伟说自己正在洗澡。

两分钟后，婆婆梁慧荣居然从浴室走了出来，还一边解释说，自己刚才去给王伟搓了搓背。

母亲给已经成年的儿子搓澡，这实在令人感到恶心。

她接着讲述："我把塑料袋重新掩好，洗了洗手就回到客厅。王伟靠在沙发上，眯眼看着陈曦的尸体，呼吸均匀，面容和肢体都很舒展，显示出极大的满足感。直觉告诉我，陈曦身上有种十分吸引他的特质。我想起他对我的抚摩和下意识的称呼，觉得我身上应该也有类似的特质。接着，我又想起他对女人的分类，突然明白，他之所以会存在生殖欲望的压抑，可能是因为只对某一类女人感兴趣。"

　　我点点头，叶秋薇和陈曦确实存在许多相似的特质。

　　"我坐在沙发另一侧，很快又开始装睡，想看看他是否会有别的行动。"叶秋薇说，"但从凌晨一点半开始，他就再也没换过姿势，过了两点，居然还打起了轻鼾。我观察了五分钟，他的眼球始终没有动过。眼球活动代表意识活动，五分钟内纹丝不动，说明他完全没有意识活动，也就是睡得很沉。"

　　我说："难道他去陈曦家，只是为了满足畸形的欲望？"

　　"不是没有可能。"叶秋薇说，"我犹豫到凌晨两点半，觉得不能再等，就脱了鞋，进了陈曦的书房。刚进书房，我就注意到一个不对劲的地方。房内一共有四个书柜，所有书都按照厚度和封皮颜色摆放得整整齐齐，一看就是有强迫性心理的人收拾的。但是，离门最远的书柜第二排右起第三本和第四本书之间，却存在一个明显的空隙，显得极不协调。我打开书柜，发现缝隙里藏着一个有些破旧的牛皮纸笔记本。"说完这些，她用目光直视我的眼睛。

　　那本笔记，真的是被叶秋薇拿走的。

　　我迅速低下头，下意识地加深了呼吸，笔也从手中掉到本子上，发出沉闷的声响。我脑海中突然浮现出一连串的想法：叶秋薇的洞察力如此之强，会不会早就知道我在调查过程中见过贾云城了呢？她希望我进行调查，还是不希望？如果希望，难道我在外面的调查，也在她的预料之中？她到底要干什么？

我拿起笔，迅速看了她一眼，尽可能装出好奇的语气："一本笔记？是线索吗？上面记录了什么？"

"陈曦对M事件的调查，但有些地方写得很模糊。"她再次发挥了惊人的记忆力，"第一页上写着两个字——'忠诚'。第二页的内容是这样的——'2008年3月4日，金库资金到位，王伟代表内部与卖家接洽。经调查得知卖家姓名——丁俊文，系Z大应用化学研究所库管员。交易物品——《M成瘾性的实验研究报告》。内部商议价格——五十万元（一百万元）。物品价值——丁俊文近日曾与E厂高层进行联络，物品或与E厂有关。'这句话后面写着两个大字——'机会'。"

我一字不落地记录下来。

她接着叙述："第二页的内容是——'2008年3月13日，通过王伟，得知研究报告涉及E厂核心利益，丁俊文与E厂接洽，或是以报告要挟大额资金。判断——报告在则威胁在，丁俊文等不会交给E厂高层。王伟动机分析——或与丁俊文共谋金库资金。综合分析，或可说服丁俊文交出报告（或购买）。'后面又是两个大字——'机会'。"

我思量着说："'通过王伟'，也许就是王伟所说的上当，2008年3月13日，陈曦从他嘴里套出的信息，就是那份报告涉及E厂的核心利益。"

叶秋薇没有回应，继续平静地讲述："第三页——'2008年3月20日，与丁俊文取得联络，得知报告由研究所内部人员保管，丁俊文仅为研究所谈判代表。分析一——此事或涉及多名科研人员，研究报告出自秘密研究。分析二——研究之初，目的即为敲诈E厂。分析三——丁俊文贪财，或可用金钱打动，使其配合。'后面又加了几个字——'未予批准'。"

笔记写得确实模糊。

叶秋薇胸口明显起伏了一下，眉毛向眉心微微收缩了不到半秒，随后说道："第四页——'2008年4月17日，重大突破，查明疑似参与M成瘾性研究科研人员一名。姓名——秦关'。"

我手中的笔瞬间掉在地上。

"秦关……"我捡起笔问，"后面呢？"

叶秋薇沉默片刻，接着回忆："后面是——'5月3日，秘密会面，晓以利害。5月20日，秦关动摇，同意考虑。6月8日起，闪躲、婉拒。分析——可能已接受E厂大额金钱，或同时受到E厂威胁。6月14日，彻底断绝联系。分析——可能再度受到来自E厂的压力'。"

我翻了翻前面的记录，低头沉思。

丁俊文收到的第一笔汇款是2008年6月7日，第二笔是6月14日。这两个日期，和陈曦笔记中秦关态度陡然变化的日期基本吻合，如此看来，陈曦当时的推断是正确的：秦关一定也收了E厂的两笔汇款。

"第五页。"叶秋薇毫无感情地继续复述，"'2008年6月20日，丁俊文将价码提高至一百万，内部拒绝。王伟垫资五十万，要求新闻获利后返还。6月29日，王伟从内部金库对丁俊文汇款一百万元。分析——王伟贪婪，不会贸然出血，垫资必然有利可图，或与丁俊文共谋，骗取台内五十万元资金。丁俊文收受E厂封口费，又冒险与王伟合谋骗钱，足见其贪婪不亚于王伟，或可以用金钱打动，套取信息（未予批准）。7月20日，成功动摇丁俊文，7月26日与8月15日，两次汇款共六十二万元，并先后得知：M成瘾性研究于Z大化学研究所内秘密进行。参与者姓名——谢博文、秦关、周芸。与丁俊文谈判的E厂代表姓名——赵海时。丁俊文承诺帮助调查研究报告核心信息，但称需要时间'。"

"需要时间。"我皮笑肉不笑地说，"拖了将近一年啊。我看，丁俊文根本就没想过帮陈曦调查。"

"未必。"叶秋薇分析说，"丁俊文收了E厂的钱，还敢收电视台和其他调查者的钱，如果让E厂知道，肯定没好果子吃。这种行为，基本可以用要钱不要命来形容了。陈曦短时间内给他汇了六十二万，也是在暗示自己不差钱。丁俊文为了钱，连来自E厂的威胁都不在乎，力所能及的调查肯定也会去做。只不过，其他人应该不是很信任他，所以没有把报告的核心信息透露给他。"

我想了想，说："可谢博文死后，他不是拿到报告了吗？为什么没有交给陈曦呢？再者，如果丁俊文只是个跑腿的，其他人不想把报告的核心内容透露给他，他又如何得知研究报告藏在谢博文家的马桶水箱里呢？"

"很容易解释。"叶秋薇说，"近一年的时间里，丁俊文一定感受到了更多来自E厂的压力，胆子逐渐变小。我丈夫后来诡异的自杀行为，肯定也让他意识到了什么。至于他知道研究报告这件事，我想，可能正是长期调查的结果。"

"嗯——"我点点头，"请继续。"

"第六页。"她说，"'2008年8月25日，持续攻坚见效，秦关再次动摇，与高层会面。9月10日，中计，失去秦关信任。'后面是一行写得很用力的字——'再度失败！X真的存在？寻找周芸！'"她回忆片刻，说，"之后的十二页都没有清晰的时间、人物和事件的记录，只有一些本地企业和行政机构的名称。第十九页写道，'2008年11月5日，获得秦关谅解。11月7日，秦关自杀'，后面是一个符号和一个问号——'X？'"

我咬了咬嘴唇，思量着问："还有吗？"

"有。"她说，"没必要跟你复述了，后面的两页里，还提到了谢博文和丁俊文的死，而且两页的内容中，都再次出现了'X'。再往后，就是一些杂乱无章的人名，有我认识的，也有完全没听说过的。"

我问："中间那十几页里，都记录了哪些企业和行政机构？能说说吗？"

她想了想，说："有两页详细介绍了A集团，其他的，也多是A集团旗下的子公司和机构，其中就包括E厂。除此之外，还有几家零售企业、地产企业，以及三家医院。提到的行政单位很多，包括检察院、药监局、纪委、卫计委、工商局、质监局、广电局等。"

20世纪80年代，某外资企业在本地创立了A住宅建筑公司。80年代末，A公司国有化，又于90年代初私有化，并在随后的政策支持下不断壮大，发展成为涉足十数个领域的大型集团。1997年，A集团收购了风雨飘摇的E厂，到了2003年，E厂已经成为本地生化制药领域的龙头企业，制药也成为A集团排在地产之后的第二大支柱产业。

黑暗中的那张大网，显现出了更为清晰的轮廓。

我收住思绪，看着她："那这本笔记现在——"

"烧了。"她说，"我把内容都记到了脑子里，离开陈曦家就烧了。"

我点点头："请说说你当时的考虑。"

"根据笔记提供的信息，事情应该是这样的。"她说，"2008年3月，省电视台内部商议后，计划最高出价五十万，向丁俊文购买《M成瘾性的实验研究报告》。但你也知道，报告当时并不在丁俊文手上，而是在谢博文或者其他人那里。电视台为什么会得到这个假消息呢？丁俊文没有报告，凭什么敢跟电视台做交易，后来还收了他们的钱呢？"

"王伟。"我说，"王伟是这件事的关键人物。"

"没错。"她继续分析，"研究报告涉及E厂核心利益这件事，是陈曦从王伟口中套出来的。人终究不是傻瓜，即便手段再高明，能从一个人口中套出的信息，往往也只是其掌握信息的冰山一角。也就是说，王伟对研究报告和E厂之间的事，一定有着更深的了解。照此推断，他应该知道研究报告不在丁俊文手上，就是说，他明知交易的钱会打水漂，还是垫资五十万给丁俊文汇了款。这种行为只有一种解释，就是王伟和丁俊文私下串通，以研究报告和新闻内幕为诱饵，骗取电视台的专项资金。"

"有一个问题。"我打断她说，"如果是合谋骗取，为什么那一百万一直留在了丁俊文的账户里？"

"因为他比王伟更贪婪。"叶秋薇说，"他能冒着被E厂知道的风险跟电视台和陈曦做交易，甚至把一些信息透露给陈曦，自然也敢抓着王伟的钱不放手。何况这种密谋只能是君子协议，钱在他的账户里，王伟也是毫无办法。"

"这确实是最合理的解释了。"我感叹说，"丁俊文这么贪，敛了七百多万却不敢花，真是典型的守财奴啊。"

"也许想等几年风头过去，或者给那笔钱找个正当的名义吧。"叶秋薇说，"总之，王伟和丁俊文合谋骗钱。陈曦虽然根据王伟垫资的反常举动怀疑到了这一点，但并不知道报告不在丁俊文手上。因为之后，她很快就跟丁俊文取得了联系，试图了解更多与研究报告有关的事。"

我看了一眼笔记："这里又出现了一个疑点——为什么丁俊文会把报告不在自己手上这件事告诉陈曦呢？"

"也容易解释。"叶秋薇说，"因为从一开始，陈曦就是以个人名义而非电视台记者的身份与丁俊文联系的。能单独发财的机会，丁俊文肯定不会跟王伟分享，所以他和陈曦的联络，王伟应该并不知情。以我的了解，丁俊文虽然确实贪心，但并不狡猾，所以没有了王伟的安排，他对身份未知的陈曦说出实情，也在情理之中。更何况，就算他想撒谎，能骗得过陈曦吗？"

"请继续。"

她接着说：“和丁俊文取得联系后，陈曦显然又从他身上套到了更多信息——在与E厂的接触中，丁俊文只是个跑腿的，而非主谋，那份研究报告是通过一个秘密研究项目得出的，研究项目的初衷，就是想通过某种方式敲诈E厂的钱财。陈曦据此判断，这些科研人员肯定不会把报告交给E厂，因为报告是他们唯一的筹码。同时，她也认识到了丁俊文的贪婪，认为可以通过金钱从他手中购买报告。这时，我注意到一个词——‘未予批准’。”

我点头，我也注意这个词很久了。

“虽然写得简略，但不难推测——”叶秋薇说，“陈曦认为可以用金钱打动丁俊文，并提出了申请，但未被批准。这个词证实了我之前的猜测——在M事件中，确实还存在E厂、电视台之外的第三方，陈曦所代表的，就是这股未知的势力。之前，每次提及E厂和研究报告，陈曦都会加上‘机会’两个字，应该也是针对其代表的势力而言的。”

“他们的机会和E厂、研究报告有关。”我猜测道，“会不会是A集团的竞争对手之类的？”

“有可能，但我认为没那么简单。”叶秋薇说，“一些细节让我意识到，陈曦所代表的势力，很可能涉及了某方面的力量。”

我再次想起了那个深夜前去拜祭陈曦的男人。

我问：“哪些细节？”

“跟我和我丈夫有关的细节。”她说，“从笔记的内容来看，不管是通过什么手段，2008年4月17日，陈曦查到了我丈夫身上，并在5月和他见面，对他进行了某种心理攻势，希望他帮助她所代表的势力。我丈夫本来已经动摇，却在6月突然变卦，陈曦认为，他可能是收了E厂的钱。”

“你认为呢？”毕竟是和叶秋薇密切相关的事，我犹豫再三，还是忍不住问了一句。

“也许吧。”她胸口又一次出现了明显的起伏，面部则依然平静，“总之，他突然变卦了，但陈曦所在的势力没有放弃。8月末，经过持续的心理攻势，他们再次动摇了我丈夫，还派出高层和他见了面。我不知道他们商议过什么，我丈夫从来没跟我透露过一丝一毫。接下来就是重点了：9月10日，他们再次失去了我丈夫的信任，原因是‘中计’，你还记得9月10日是哪天吗？”

我一边回想，一边翻了翻前面的笔记，突然一惊："是你……酒会那天……"

"嗯。"她淡然地说，"如果9月10日有什么事会对我丈夫造成严重影响，肯定就是我的遭遇了。而通过那件事，我丈夫会对谁彻底失去信任呢？"

我想来想去，最终只想到一个人："徐毅江？！"

叶秋薇点点头："这是唯一合理的解释。通过这个细节，我对我的遭遇有了更清晰的认识——徐毅江，很可能就是陈曦所在势力的高层，那晚的事，显然是有人事先安排的，目的正是引起我丈夫对他的愤怒，从而失去对其所属势力的信任，我只是个无关紧要的牺牲品罢了。"

我心中顿感压抑，下意识地伸手捏了捏后颈："你丈夫临时被派去开会、舒晴陪你参加并配合谢博文换掉你的酒，这些都是预谋已久的安排！而安排这些的，就是——"

"E厂，或者说A集团。"她接过话说，"徐毅江代表的势力和A集团是敌对关系，徐毅江试图拉拢我丈夫，所以A集团设了陷阱，既让对手失去我丈夫的信任，又让对手的高层身败名裂，面临牢狱之灾。一石二鸟，这就是陈曦所说的'中计'。"

我看着一脸平静的叶秋薇，心中五味杂陈："这么说的话，徐毅江案审判程序不合理 地迅速，也是A集团安排的了？"

"不。"她分析说，"徐毅江可是A集团敌对势力的高层，是A集团的巨大隐患和眼中钉，如果是A集团的安排，他们为什么不直接让他死呢？我认为，案件审理的事，应该是徐毅江背后的势力安排的。他们知道A集团背景强大，所以必须赶在对方之前有所行动，才能保住徐毅江的性命。徐毅江对庭审的积极配合，也说明了这一点。正是通过这个细节，我认为陈曦、徐毅江背后的势力，拥有某种形式的国家力量。"

"比如某个组织。"我思量着说，"如此一来，陈曦以个人身份对M事件的深入调查也就说得通了。A集团这些年来迅速扩张——根系越深，脏东西就越多。陈曦所在的组织，正是为了挖掘其中的肮脏吧。"

叶秋薇点点头："陈曦笔记第一页的'忠诚'二字，也是这种推测的有力佐证。"

"忠诚……"我叹了口气，"陈曦为了调查倾其所有，确实配得上'忠诚'

两个字。但徐毅江呢？他身为组织高层，居然没有一丁点儿自制能力，轻易地落入A集团的陷阱。如果他当时能控制住自己，也就不会发生那样的事了……"

"如果控制不住呢？"叶秋薇打断我说，"如果他控制不了自己的行为呢？"

"怎么可能？一个人怎么会控制不了自己的行为呢？他只是缺乏强大的信念和定力罢了！"说完这些，我沉默片刻，瞪大眼睛看着叶秋薇，突然明白了她话里的深意，"你的意思是——难道说……"

她继续分析："笔记里，9月10日那件事后面跟了一句奇怪的话，'再度失败！X真的存在？寻找周芸！'再度失败不难理解，陈曦的组织对E厂的调查可能已经持续很久，而且出现过多次机会，但都以失败告终。寻找周芸也不用说了，因为她是M成瘾性研究项目的三名成员之一。需要关注的是中间那句话，X明显是个代号，它代指的是什么？陈曦在怀疑什么的存在呢？"

我突然意识到了什么，心中隐隐不安。

"继续分析。"叶秋薇说，"在《隐痛》中，陈曦很少用到感叹号，因为她是个善于压抑情绪的人。但在此处，她连用了两个感叹号，说明当时她内心出现了少见的情绪波动。这波动因何而来？是因为计划的再度失败吗？我不这么认为——陈曦是个冷静沉稳的人，而且不是第一次经历类似的失败，应该不会因为失败本身产生剧烈的情绪波动。其情绪波动一定有着更深层次的原因，或者这么说，她惧怕的并非失败本身，而是失败背后的东西。"

我多少明白了她的意思："X，她把失败的原因归咎于X。"

"对。"叶秋薇说，"笔记的第十九页，记录了我丈夫自杀的事，后面也跟了一个X。第二十页和第二十一页，分别记录了谢博文和丁俊文的死，也都出现了X，而且后两个X旁边，都加了重重的感叹号。综合这些因素，我认为，引起陈曦情绪波动的，并非计划的失败，而是这个可能存在的X。"

我另起一页，写下一个大大的X。

"进一步分析。"叶秋薇说，"在笔记里，X一共出现了四次，分别在这四件事之后：徐毅江中计、我丈夫自杀、谢博文遭遇车祸、丁俊文被妻子推下楼。你发现这些事之间的共同点了吗？"

我恍然："四起事件的发生，都极大地阻碍了陈曦所在组织对M事件的调查。"

"完全正确。"叶秋薇的语气带着赞许，"但四起事件，一起是徐毅江主动犯下错误，一起是我丈夫主动服毒，另外两起都是生活中的意外。每件事本身，都没有值得怀疑的地方，但陈曦也明白，四件事接连发生，就肯定不是巧合了。"

我顺着说了一句："她怀疑四起事件都是受了某种形式的人为干预，干预者，就用X来代指。但她不知道，后两起事件中的X，其实就是你。"

"这不是重点。"叶秋薇说，"重点是，这四件事之前，类似的事就肯定不止一次地发生过，所以陈曦他们才会怀疑有X的存在。我完全认同他们的猜测。徐毅江是国家秘密组织的高层，一定在训练和实践中锻炼过信念与意志，不会为了一时痛快犯下大错。我丈夫当时刚刚带我走出生活的阴霾，而且加入了国家级研究项目，绝对不会突然自杀。两起事件发生时，当事人都表现出了异常行为，行为异常说明心理异常，也就是说，两人的心理很可能受到了某种形式的干扰。"

"就像你对舒晴、吕晨和陈曦所做的那样。"我感到一阵压抑，"X对徐毅江和你丈夫进行了暗示，引导他们做出了那样的行为。"

"还有一点能证明X的存在。"叶秋薇说，"我跟你说过的，还记得吗？2009年3月18日一早，我去病房里看舒晴，发现她一夜之间就学会了掩饰心理、抵御暗示，就像有人在她内心深处筑起了一道防火墙。"

"X。"我倒吸了一口凉气，"也是X干的？！"

叶秋薇沉默了一会儿，说："能够在短时间内帮他人构建心理防御，这个X驾驭心理的能力，丝毫不比我差。"

我陷入沉思：如果当年徐毅江迷奸叶秋薇的事，的确是A集团策划的一场阴谋，如今谢博文已死，X身份不明，我所知的唯一知情者就是舒晴了。再者，如果舒晴突然出现的心理防御机制真的是X帮她建立的，她很有可能知道X的身份，至少在2009年3月17日当晚见过他（她）。

也许，我该再去见见舒晴。

稍后，我又突然想起了徐毅江。如果他酒会当晚对叶秋薇的所为是受了X的暗示，那么他很可能见过X，至少能提前察觉到某种异样吧？想到这里，我问："叶老师，那个徐毅江——"

"死了。"叶秋薇平静地说，"杀死王伟后，我在2009年的7月打听过徐毅江的消息，2008年过年的时候，有个同样是无期的犯人把他杀了，那个犯人随后自杀。"

我默默点头。想控制一个走不出监狱的重刑犯，对X来说肯定不算难事——不过，他（她）是如何接触到那名囚犯的呢？如果接触过，徐毅江待过的监狱里，是否会留下有关X身份的线索呢？

我心里想着这些，嘴上却问："请继续，叶老师，你从这本笔记里还察觉到了什么？"

"周芸。"叶秋薇说，"这本笔记的最大价值，就是为我指明了新的调查方向，寻找周芸。谢博文和丁俊文已死，我丈夫又昏迷不醒，想通过A集团以外的人了解事情的详情，就必须找到周芸。"

我把死亡资料从头到尾翻了一遍，并没有找到周芸的名字。

"你没有杀她？"

"我根本就没有找到她。"叶秋薇说，"但正是在寻找她的过程中，我对王伟有了更深入的认识，从而萌生了对他的杀意。"

"那就请继续吧。"我说，"从看完笔记说起。"

"我在书房待了五分钟，就赶紧返回客厅，把笔记藏到了包里。"她回忆说，"为了继续监视王伟，我一夜都没敢合眼，但他始终都没有离开沙发，心满意足地睡到了天亮。贾云城早上五点醒来，我和王伟快六点时告别离开，并带走了贾云城家所有的垃圾。王伟把我送回家，我又看了一遍笔记，确定记下了所有内容之后，就在家里把笔记烧了。当天下午，我就开始调查周芸的事。"

"这个周芸是谁？"我问，"你之前认识她吗？"

"见过一两次面，但不熟。"叶秋薇说，"我只知道她比我大十来岁，是生物工程系的副教授。那天中午，我从院办的朋友那儿要来了周芸的联系方式，但她手机停机，家里的座机也已经注销。我去了一趟学校，几经打听才知道，2008年6月，周芸就正式辞职了。"

"2008年6月——"我想了想，说，"大概也收了E厂的钱吧。"

叶秋薇没有理我，继续说道："我下午去了她家，但敲门一直没有回应。就是在敲门的过程中，对面住户的女主人开了门，问我有什么事。我说是周芸的同事，有课题上的事找她商量。那个女人告诉我，周芸一家2008年就悄悄搬走了。"

"悄悄？"

"悄悄。"叶秋薇肯定地说，"那个女人说，她跟周芸一家做了快十年的邻居，两家关系一直都不错。但2008年10月，周芸一家人一夜之间就消失了，连声招呼都没打过，手机也联系不上。那个女人还因为这事报了警，但警方只是简单调查了一下，就没了后文。"

我猜测道："会不会是E厂把她怎么着了？"

"她应该还活着。"叶秋薇说，"那个女人告诉我，2009年年初的时候，她见过一次周芸的丈夫。那是半夜一点多，她起来上厕所，门外突然传来奇怪的动静。她还以为是小偷什么的，就通过猫眼往外看了看，只见周芸的丈夫紧张地打开门，踮着脚走进屋里，十来秒的工夫又迅速离开。"

"像是回家取什么重要的东西。"我又猜测道，"不会是另一份研究报告吧？"

"不知道。"叶秋薇说，"关于周芸一家，那个女人也就知道这么多。聊了几句，我就道谢准备离开。那个女人一边目送我，一边絮叨了一句，说当教授的就是不一样，不在这儿住了还有这么多人找。我赶紧问了一句，都有什么人来找过啊？她说，有个男人就经常来，上星期还来过呢，对了，还是开宝马的呢。"

我脱口而出："王伟？！"

"没错。"叶秋薇说，"我当时也觉得不对劲，就问起男人的长相。女人说，白白净净，还戴着金边眼镜，特别斯文，估计也是个大学教授吧。我假装恍然大悟，说应该是我们学校的王教授吧，接着形容了一下王伟的长相、说话方式、习惯性动作，还问是不是开一辆白色宝马。那个女人非常肯定地说，是是是，就是你说的这个王教授。当时，我就萌生了除掉王伟的心思。"

我摸了摸下巴，不是非常理解："为什么？"

"王伟经常去找周芸，说不定什么时候就会再去。"叶秋薇解释说，"那个女人能向我说起王伟，自然也能向王伟提起我。王伟在M事件上一定十分谨慎，知道我在寻找周芸，肯定会猜测我的目的，从而怀疑我在对M事件进行调查。为了保护自己，我必须杀了他。不过，既然王伟经常去找周芸，他对周芸的调查就不是一天两天了。在考虑如何杀他之前，我必须充分挖掘他的信息价值。整个下午，我一边继续打听周芸的消息，一边考虑该如何约王伟见面。还没考虑好，他就先给我打了电话，说晚上想请我吃饭。"

我默默听着。

她喝了口水，继续讲述："我们去了一家很贵的法式餐厅。他说上次在陈曦家气氛严肃，也没能跟我好好聊聊，这次希望能更多地了解我。我问他为什么请我吃饭，他直截了当地说，因为我对你很有好感，你是我认识的最优秀的女人。接着，他就问起我的工作，得知我参与过国家级科研项目的瞬间，他扬了扬眉毛，眼睛突然比之前明亮了许多。"

"看见喜欢的人或事物，眉毛上扬、瞳孔放大、透过更多光线。"我把笔记翻到舒晴的部分，分析说，"你参与国家级科研项目这件事，极大地增加了他对你的好感。"

"此前，我还担心他会不会也在利用我打探什么。"叶秋薇说，"但那种眼神让我明白，这种担心是多余的，因为眼部的微表情根本无法伪装。所以聊了一会儿，我就开始放心地试探。我说，我过几个月会再参加一个省级科研项目，是一个综合了计算机技术、应用化学、细胞生物工程的复杂项目。他也听不懂，只是不断恭维我。我又说，这个项目去年就过了审批，可是原本拟定参与的几位专家临时退出，这才整整拖了一年。他好不容易能插上话，赶紧问了一句，这么好的项目，那些人为什么要退出呢？我说，这原因可多了，我们学院的一个老教授是因为病了，有位外校的实验物理专家被别的项目抢走了，还有啊，我们学校生物系的一位资深生物学家，居然在项目通过审批后辞职不干了，我到现在都不知道她是怎么想的。"

叶秋薇总有办法迅速切入主题。

"王伟笑着问，谁这么有个性啊？"叶秋薇继续讲述，"我说，也是一位副教授，叫周芸。王伟当时正在嚼肉，听到周芸的名字就被噎住了。"

"这也是感受到威胁的表现吗？"我问。

叶秋薇解释说："不一定是威胁，只是被某种信息转移了注意力。有些行为虽然属于无意识行为，但也需要一定的注意力才能进行，比如咀嚼、吞咽、走一条熟悉的路等。如果某种信息突然夺走了全部注意力，这些无意识行为也会受到影响。比如边吃饭边看球赛，进球的瞬间被噎住；比如边打电话边走路，电话那头传来某种喜讯，因而撞到了电线杆上。"

我一边记录一边说："就是说，那一瞬间，王伟的注意力全部转移到了周芸身上。"

"是。"叶秋薇说，"等缓过劲，他问我跟周芸熟不熟。我说因为工作关系，以前还经常见面，但她辞职后，我们就很少联系了。我前些时间也因为一些问题需要请教，给她打过电话，但她已经不用原来的号了。然后我问，怎么，你也认识周教授？王伟解释说，他以前跟周芸的丈夫关系不错，还去过他们家。我笑笑，说，这么巧，那你最近去过他们家吗？也不知道周教授现在怎么样了。"

我问："他怎么说？"

"他说，他也有将近一年没跟周芸的丈夫联系过了，一边说，还一边用手掌抹了抹嘴。"

我倒吸了一口凉气："他为什么要撒谎？难道已经对你起了疑心？"

"也许是我太着急了，以至于让他有所察觉。"叶秋薇说，"为了不让他产生更多警惕，这句话之后，我就再也没提过周芸的事。但他的撒谎，进一步坚定了我杀他的决心。晚饭后，他把我送回家。为了进一步了解他以制订杀人计划，下车后，我请他上楼坐了坐。我以为他会对我有什么企图，但自始至终，他都没有任何那方面的意思。要知道，男人想得到女人的心思，是非常容易看出来的。他之前对我表现出那样的好感，为什么一点都不想得到我呢？"

"或许跟他的心理问题有关。"我说。

"没错。"她点点头，"之后，我对他进行了多次暗示，表示他可以留下过夜，但他不仅没有感到兴奋，反而时不时地表现出明显的厌恶。那晚，他只在我家坐了十几分钟就借口匆忙离开了，离开时，他再次表现出了明显的矛盾心理。"

我翻到之前的记录："就是放松、高度自信，同时又明显紧张，还伴随有性暗示，这种潜意识层面的矛盾心理？"

"没错。"叶秋薇说，"跟第一次离开陈曦家时的肢体语言如出一辙，我当时就猜到了他匆忙离开的原因。送走他，我检查了衣柜，发现少了一件内衣和两条内裤。"

我完全无法理解："不愿意留下过夜，却偷走你的内衣？这……这恐怕不是普通的性压抑吧？"

"没错。"叶秋薇说，"他对我有很深的好感，却对我过夜的暗示表现出厌恶，最后又偷走我的内衣——自然是要用来自慰。综合这些来看，他的性行为方式具有很强烈的仪式感，或者这么说，他的性行为不仅是为了释放欲望，还是在完成某种仪式。在心理学中，这种仪式行为，通常是为了消除内心深处的恐惧。"

我对王伟的心理问题更加好奇了。

"仪式行为。"我把这个词记录下来。

"准确地说，应该叫作仪式化行为。"叶秋薇做出简短解释，"这是个涵盖面很广的概念。就人类而言，社会层面的仪式化行为源于宗教，最早是人类与超自然现象的交流方式，后来逐渐演变成为各种规矩与习俗。个体的仪式化行为，则是为了满足特定的心理需求而进行的毫无现实意义的行为，通常是为了消除恐惧。举个简单的例子吧，一个孩子早上不小心踢到了家里的狗，结果当天考试超常发挥，以后每逢考试，他都会故意去踢一下狗。这就是一种典型的仪式行为。孩子做这件事的根本原因，就是对考试的恐惧。"

"有点像强迫行为。"我说，"也有点像释义性妄想。"

"这几种概念本来就是互有交集的。"她说，"拿我举的例子来说，考试超常发挥，或许是因为正好碰到了自己熟悉的题目，或许只是蒙答案时运气好而已。但如果孩子的自尊心很强，其心理就会抵触这种不稳定的原因，转而寻找具体可靠的原因。潜意识会把考试当天的各种因素与超常发挥这件事建立联系——因素的特殊性越强，这种联系就越紧密。孩子平时很少会踢到狗，这个因素足够特殊，以至于潜意识认为，踢狗和考试超常发挥之间存在某种联系。这种想法不断扎根、生长，进入意识，就会成为明显的释义性妄想，孩子会逐渐相信，自己考试发挥超常就是因为踢狗。在这种思维的支配下，他每次考试前都会故意踢狗，踢狗就成了一种仪式化行为——为考试所做的仪式。家里的狗死去后，在思维惯性的驱使下，踢狗行为可能会衍生出其他相似的行为，比如踢门、踢桌子腿、踢路上的石头等——核心是用脚踢的动作。孩子成年后，为了增强运气和自信，就会忍不住踢点什么，不踢就难受、悲观、没自信，这就成了强迫行为。"

我放下笔："就是说，释义性妄想导致仪式化行为，而仪式化行为严重后，就会发展出强迫行为。"

"通常如此。"她分析说，"回到王伟身上。他不愿留下过夜，却偷走我的内衣进行自慰，说明其自慰的主要目的并非性本身，就是说，他把对着内衣自慰这件事，赋予了一些与性无关的特殊意义，这就是典型的仪式化行为。"

几秒后，我表示已经理解，请她继续。

"那晚，我只在烧水时离开了不到两分钟，他就敢冒险去我的卧室。"叶秋薇继续分析，"而在陈曦家，他明知道贾云城随时可能醒来，还敢进入卧室拿走陈曦的内衣，甚至直接在陈曦家的厕所里进行自慰。从这些细节来看，仪式化自慰对他来说，一定有着非常重要的意义，甚至可能是他的精神支柱。我意识到，我或许可以通过毁灭他的精神支柱，来毁灭他的肉体。"

我问："要先弄清楚仪式化自慰对他究竟有着什么意义吧？怎么做？"

"从他的生活和经历入手。"叶秋薇说，"几天后，我主动约他见了面，他并不知晓我的意图，所以在我的引导下说了很多自己生活上的事。在他眼里，父亲沉稳可靠，母亲则十分自私，没有责任感，而且喜欢没来由地发脾气。一说到母亲，他就会下意识地躲避我的目光，还时不时地低下头，好像突然很怕我。我的感觉是，一提起他母亲，他就会产生某种恐惧——对所有女性的恐惧。"

我若有所思："来自母亲的恐惧，衍化成为对女性的恐惧？难道这就是他仪式化行为的根源？你之前就说过，他的心理问题可能是异性亲人造成的。"

"是的。"叶秋薇说，"所以那晚，我一直在打听他和他母亲之间的事。但他很抵触和母亲有关的话题，所以我也没得到多少实质性的信息。后来我们说起婚姻，他说自己1999年被开除后不久，老婆就带女儿离开了他，十年里，他和她们很少见面。我问起离婚原因，他说是因为丢了工作，遭到老婆嫌弃。说这话时，他双手十指相扣，这是一种明显的压力信号。"

我不理解："都十年了，离婚还能给他带来这么大的压力？"

"所以我认为，让他感到压力的可能并非离婚本身。"叶秋薇说，"而是离婚的原因。"

我愣了片刻，点点头："我明白了，你是说，离婚这件事，可能也和他的心理问题有关。"

"我不清楚他老婆是个什么样的人。"叶秋薇继续分析，"但女儿都有了，不可能仅仅因为丈夫丢了工作就要离婚吧。根据王伟的说法，遭开除和离婚两件事之间隔得并不久，我就猜测，会不会是遭开除这件事对他造成了强烈打击，从而引爆了他积蓄已久的心理问题，老婆才决定离开他的呢？"

我说："很有这种可能。"

"如果真是这样，他老婆肯定知道些什么。"叶秋薇顿了顿，说，"第二天，我就雇侦探详细调查了他老婆的情况。王伟的前妻名叫徐洁，高中学历，跟王伟是高中同学。1993年，在王伟父亲的安排下，徐洁进入市自来水公司工作，并在同年和王伟结婚。1994年，两人生下女儿王铮，此后婚姻生活一切正常。1999年7月，王伟遭到开除，8月初，徐洁就带女儿回到娘家，并在10月和王伟办理了离婚手续。2000年，徐洁又结过一次婚，但因为那个男人对王铮不好，所以再次选择了离婚。"

我问："你什么时候去见了她？"

"5月底。"叶秋薇回忆说，"我去了自来水公司，自称是王伟的心理医生，想向她了解一些情况。她直接回绝了我，说不想提王伟的事。虽然第一次没有成功，但我对她有了进一步的了解。她的衣服虽然是中高端品牌，但明显过季，应该是清仓时买的打折款，她的包是高仿名牌，鞋子也是廉价店里模仿高端品牌的款型，同时，她的妆化得比同事都要浓。"

"虚荣。"我说，"这说明了她的虚荣吧？"

"这说明了她的需求。"叶秋薇如此回应，"6月1日下午，我花一万多块钱给她买了个包，在她下班时送到了她手上，还在包里放了一万块钱现金，以及送给她女儿的节日礼物——一只二十克的金狗。当然，我也留下了自己的联系方式。第二天一早，她就给我打了电话，问我到底想知道什么。"

我没想到，叶秋薇还会用金钱攻势。

"我约了她晚上见面。"叶秋薇接着说，"她对我的态度陡然改变，说，叶老师，你可不像是王伟的心理医生，心理医生舍得为病人花这么多钱吗？我说，你别管我是谁，只要你愿意帮我，我说不定还会花钱的。她很高兴，表示知无不言。我就直截了当地问，你当初为什么和王伟离婚？"

我忍不住问了一句："她怎么说？"

"她说，因为他被开除了呗。连个工作都干不好，这样的男人跟着他做什么？我摇摇头，说，你根本没有用心回答，你不值得我继续花钱，说完就假装要走。她连忙拉住我说，别别别，叶老师，你让我好好想想还不行吗？紧接着，她就皱起眉头，下意识地咬着手指，显得很为难。我就提示她，王伟被开除后，对你，或者对性生活的态度有没有发生奇怪的变化。她惊讶地看着我，说，你怎么知道。一阵思想挣扎后，她跟我说了这么一番话，'变化可大了，之前，我们的性生活一直挺和谐的，基本上每周两次吧。开除通知下达的那天晚上，我从后面抱住他，想给他点安慰。我们做了前戏，但他那晚完全不行，我虽然失望，但也能理解他。之后，他去卫生间洗了个澡，还换了一身衣服。我让他赶紧上床睡，他竟然一声不吭地抱起枕头去了客厅。我当时挺生气，就去客厅拉他，手刚碰到他的胳膊，他就非常用力地甩开，真的是用尽全力，就像被狗咬了似的。我再去拉他，他暴跳如雷地踹了我一脚，说了一句让我至今都难忘的话——脏货！别碰我！'"

我瞬间想起了王伟形容叶秋薇目光时的用词——'干净'。

叶秋薇接着说："徐洁说，做了多年夫妻，王伟从来没打过她，更没用'脏'这个词说过她，她当时就哭了。王伟看着她，眼里只有厌恶。从那以后，她和王伟之间就再也没有过肌肤的接触，连手都没碰过。她就是因为受不了这个，才搬到了娘家。离婚也是王伟主动提出来的，娘家人再怎么劝都没用。"

"是洁癖吗？"我试着分析，"你也说过，仪式化行为和强迫心理是有交集的，心理洁癖就是很典型的强迫心理啊。"

"没错。"叶秋薇说，"听到这些，基本能确定是心理洁癖了，但王伟的洁癖很复杂，带有明确而特殊的选择性——他把女人分了类，只对一部分存在洁癖。这种心理的成因一定也很复杂，我必须彻底弄清楚，才能制订杀他的计划。考虑到他的心理问题很可能跟母亲有关，我就向徐洁问起了她前婆婆的事。她的回答，终于让我找到了王伟心理问题的根源。"

我沉默地看着她。

她继续说："王伟的母亲名叫梁慧荣，关于她，徐洁和王伟的说法基本一致——自私、缺乏责任感、乱发脾气。关于王伟和母亲的关系，徐洁用了'别扭''奇怪'两个词来形容。她说，自己和王伟结婚时，新房还没装修好，先在公婆家住了将近两个月。新房刚收拾好，王伟就带她搬了出去。当时，梁慧荣的反应非常激烈，搬家前一周，她就整天以泪洗面，好像儿子不是搬家而是赴死，而且一有机会就发脾气，多半指向徐洁。搬走后，梁慧荣经常给儿子家里打电话，每次听到徐洁接电话，她都会没来由地愤怒，好像徐洁犯了什么大错似的。王伟接到电话，一般都会在十秒之内挂掉，而且表现出明显的焦虑。"

"确实不像正常的母子关系。"我说，"王伟好像很怕他的母亲。"

"是。"叶秋薇说，"徐洁还说，逢年过节，本来该好好陪陪两位老人的，但王伟最多带她回公婆家吃个饭，很少会在那儿待半天以上。母亲说话，王伟总是爱答不理。总之，在徐洁的印象里，王伟对母亲的态度可以用两个词来形容——"惧怕""冷漠"。截然相反的是，梁慧荣对儿子则十分溺爱，甚至溺爱到了病态的程度。比如一起吃饭时，梁慧荣会殷勤地给王伟夹菜，还经常说什么'小伟乖宝宝要多吃饭''妈妈的心头肉'之类的话。徐洁虽然每次都恶心得不行，但好歹没跟公婆一起住，也就没去计较。"

"确实恶心。"我说，"就算再溺爱，也不该对结了婚的儿子说这样的话啊！不过正常情况下，在母亲溺爱下长大的孩子，应该会对母亲产生依赖吧？怎么会冷漠和惧怕呢？"

"所以，徐洁可能还没说到点子上。"叶秋薇说，"我让她继续回忆王伟和他母亲之间的事，她说了些无关紧要的话，两分钟后突然一愣，想起一件非常奇怪的事。那是结婚的第二个月，她跟王伟还住在公婆家，有天她下班晚了，回到家时喊王伟，王伟说自己正在洗澡。徐洁坐在客厅看电视，两分钟后，梁慧荣居然从浴室走了出来。见徐洁瞪着自己，她连忙解释说，自己刚才去给王伟搓了搓背。"

我深吸了一口气——母亲给婚后的儿子搓背，这恐怕不仅仅是溺爱了。

叶秋薇接着说："当时，徐洁虽然觉得恶心，但想到快要搬走了，也就没说什么。搬走前一周周末的晚上，又是在王伟洗澡时，梁慧荣敲了敲门，说要给他搓背。徐洁本以为王伟会拒绝，没想到他犹豫了一会儿，居然开门让母亲进了浴室。徐洁当时就受不了了，起身说，哪有儿子结婚了，当妈的还给他搓澡的？为什么不让我进去搓？梁慧荣在里面笑着说，我们家宝宝从小到大都是我给搓澡的，你别管。"

我不禁皱了皱眉，感到一阵恶心。

"这很不正常。"叶秋薇分析说，"王伟对母亲的态度一直是冷漠和恐惧，为什么会主动给她开门呢？我问起王伟被母亲搓澡之后的表现，徐洁对此印象很深，说王伟从浴室出来后，情绪一直很低落，话也没几句。当晚，他不情不愿地搂着徐洁入睡，徐洁半夜醒来，发现他不知什么时候已经挪到了床边。"

"看来，搓澡这件事让他对女性产生了逃避心理。"我说，"潜意识里的逃避心理，所以才会在睡着之后远离徐洁吧。"

"正是如此。"叶秋薇肯定了我的说法，"可是，就算有点过分，亲生母亲搓个澡，也不至于引起他对所有女性的反感吧？我觉得，梁慧荣进入浴室，或许不仅仅是搓澡那么简单。不过，徐洁并没有进入浴室，也没有听见除搓澡外的其他动静，浴室里到底发生过什么，就不得而知了。我又让徐洁回忆其他细节，比如王伟高中时代和其他女同学之间的关系、他和她恋爱时的异常等，但都没有什么实质性的收获。"

我"嗯"了一声，问："之后呢？"

叶秋薇说："我感觉，徐洁虽然和王伟做过夫妻，但对他的内心世界并没有深入了解，我必须从其他方面入手调查。徐洁和王伟高一时同班，第二天，她就帮我找到了当年班主任的电话。班主任是位和善的老太太，当时已经退休多年。我自称是王伟的心理医生，想找她了解一些情况。她对王伟印象很深，当即就答应了我的要求。6月3日下午，我带着礼品去拜访了她。老太太说，她之所以对王伟印象深刻，就是因为他的母亲。"

我赶紧拿起笔准备记录。

叶秋薇接着说："老太太回忆，高一时，王伟跟其他学生没什么不同，虽然不爱说话，但也算不上孤僻。她第一次注意到王伟，是因为语文老师的告状。当时，语文老师布置了一篇命题作文，题目是《我的母亲》，全班同学都按要求完成了作文，王伟却写了一篇《我的父亲》。语文老师试图跟王伟进行交流，王伟却一直沉默。班主任找到王伟，跟他进行了一个中午的沟通，王伟终于开口说了四个字——'我烦我妈'。班主任问为什么烦，王伟脸憋得通红，但就是不肯说。"

我突然觉得有些压抑。

"班主任对这件事很重视。"叶秋薇说，"作文事件两周后就是家长会，给王伟开会的正是梁慧荣。会后，班主任特意找她聊了聊，还提到了作文的事。梁慧荣提到王伟，总是用宝宝、宝贝之类的称呼，这让班主任觉得，王伟的反感只是因为母亲的过度溺爱。她向梁慧荣强调了溺爱的害处，认为这件事也就到此为止了。可几天后，王伟却突然跳河自杀，幸好被几位好心人救了回来。班主任觉得事情不简单，几天后再次约梁慧荣到学校聊了聊，但梁慧荣依然拿溺爱当借口，说是把孩子惯坏了。"

跳河这件事，让我瞬间想起了王伟的诡异自杀。

叶秋薇停顿片刻，继续讲述："就是那天，梁慧荣刚离开办公室，另一位女老师就凑过去问怎么回事。听班主任把事情简单一说，那位女老师就意味深长地笑笑，说这事不奇怪，因为那个梁慧荣本身就有问题。原来，那位女老师跟梁慧荣是同一所高中毕业的，上学时，梁慧荣就是学校出了名的女流氓，上课时就敢把手伸到男生裤裆里，还总偷偷往男老师的宿舍里钻。"

"她……"我开了口，却不知该说些什么。

"班主任感觉到了不对劲，就再次找王伟单独谈了谈。"叶秋薇又说，"她一直在引导王伟，问他母亲有没有对他做过什么过分的事。王伟脸憋得通红，一个劲地说没有。班主任最后壮了壮胆子，问，你妈是不是摸过你？王伟一边说没有，一边狠狠地踹了一脚墙，疯狂地跑开了。"

我深吸了一口气，觉得一阵眩晕："这种反应不就是默认吗？他母亲真的摸过他的——会有这样的母亲吗？"

问这句话时，我心里其实挺没底。因为我隐约想起，儿子刚出生那两年，老婆就经常拨弄他的生殖器。

"很有可能。"叶秋薇说，"班主任的话，让我隐约明白了王伟的症结所在。为了寻找更多证据，几天后，我再次约王伟见了面。我主动聊起家族，说起了我舅舅的事，然后假装不经意地问起他的舅舅。他说他没有舅舅，他姥爷有七个女儿，但没有一个儿子。"

"这能证明什么？"我一时没有理解她的话。

"梁慧荣出生于重男轻女极其严重的年代。"她解释说，"七个女儿却没有儿子，这家人一定承受着巨大的社会压力。在这种压力下，梁家的女儿们不可能拥有正常的性别观。通常情况下，她们身上会出现两种完全相反的极端心理，要么对男性无比憎恨，要么对男性无比崇拜，抑或二者兼有。"

我低头沉思。我以前从没想过重男轻女对个体心理的影响。

"但推测就是推测，我必须寻找证据，"叶秋薇说，"实实在在的证据。"

我深表疑惑："这种事也会有证据？"

"会有的。"叶秋薇说，"那次晚饭，我一直在跟王伟聊家族和家庭的事，自然也说到了成长经历。饭后，他问我想去哪儿，我让他陪我去了一趟我父母的故居，也就是我长大的地方。之后，我又提出，想去看看他长大的地方——我事先已经调查清楚，他母亲2001年去世后，生前的住房一直空着，没卖也没租。他简单考虑了一下，就带我去了老房子。老房子里，到处都是我想要找的证据。"

我越发疑惑："什么证据？"

"男性崇拜。"她说，"王伟的父亲死后，母亲还在老房里独居了两年，所以里面的生活用品应该都属于他母亲。客厅的电视墙两侧，是两根粗壮的圆柱，王伟说，那是母亲1996年找人设计的。茶几上摆着空调、电视和DVD的遥控器，全都放在托架上，竖直向上。墙架上摆着三瓶洋酒，都是宝塔状的酒瓶——王伟说，母亲生前从不喝酒。厨房的墙壁上挂着五根擀面杖，全都是又粗又短的那种。卫生间的杂物架上，整齐地堆放着各种洗漱用品，无一例外，全都是粗壮的圆柱形瓶子。卧室里，手电筒、空调遥控器全都竖直朝上，床头柜上甚至放着一条轮廓明显的男性内裤。最重要的是，我在木质床头内侧，发现了一个用刀雕刻的男性生殖器图形。这些，都是梁慧荣对男性生殖器崇拜的有力证据。"

"男性生殖器崇拜？"我一边说，一边画了一个象征男性生殖器的简易图形展示给叶秋薇，"是这样的图形吗？"

"一模一样。"她说，"其实，大部分女性对男性生殖器都有与生俱来的崇拜心理。但梁慧荣的崇拜，显然在社会重压下发生了严重扭曲，以至于，她居然能对自己的儿子下手。"

我突然对王伟产生了极大的同情。

"至此，就可以总结一下了。"叶秋薇说，"在那个重男轻女思想极其严重的年代，没有儿子的家庭是被人严重看不起的，更何况是生七女而无一子。邻里的冷嘲热讽、亲友的同情，以及绝后思想带来的长期暗示，会给梁家父母带来巨大的心理压力。为了缓解这种压力，他们就会把压力往女儿身上转移，比如经常抱怨女儿不如男人，经常在女儿面前提起男性特有的器官和品质，甚至把女儿当男孩养。在这种环境下成长起来的女性，自然会形成畸形的性别观念——排斥者痛恨男性，接纳者崇拜男性。梁慧荣的男性崇拜正是由此而来。尤其是性成熟后，她会对男性生殖器产生一种病态的崇拜感，她高中时期女流氓的名声、她住所里随处可见的男性生殖器象征，都证明了这种病态崇拜的存在——但还是那句话，这种强烈的崇拜感，她自己都未必认识得到。正是在这种病态心理的驱使下，她对自己儿子的生殖器也有着强烈的崇拜感。"

我打断她："可是她有丈夫，丈夫不能满足她的崇拜感吗？"

"因为潜在的恨意。"叶秋薇解释说，"受成长环境的影响，她对男性一定也存在憎恨，只是被崇拜的表象掩盖了而已。病态崇拜的本质是占有，因此，她在婚后很可能对丈夫的生殖器做过一些变态的占有行为，时间一久，丈夫自然会产生反感。这种反感会勾起她骨子里对男性的憎恨，也会使她认识到，丈夫的生殖器终究不是她的。但儿子就不同了，儿子是她身上掉下来的肉，是她生命的延续和进化。她对儿子存在一种强烈的拥有感，而且绝对不会恨他。在她看来，儿子的一切都是属于她的，包括生殖器在内。对她而言，儿子的出生，就相当于拥有了自己的男性生殖器，那是这世上唯一属于她的一个。"

我不禁想起老婆对儿子的拨弄，她是否也存在过类似的心理呢？

叶秋薇看出了我的心思："虽然听上去很变态，但这其实是女性的本能。大部分母亲对儿子的生殖器都存在潜在的拥有心理，所以无论儿媳多么优秀，婆婆总是带有天生的敌意，只是在自我和社会因素的影响下，这种敌意未必会显现出来罢了。"

我说："相反，丈母娘看女婿，越看越欢喜，就不存在这种敌意。"

"女儿作为生命的延续，拥有了其他男性的生殖器，母亲也会产生一种潜意识的拥有感，这正是岳母对女婿好感的来源。"叶秋薇解释说，"在社会层面，人们把这种好感归结于女婿对女儿的保护和照顾。其实，认为男性对女性存在照顾和保护的义务，就是一种男性崇拜。"

我点点头，回想起一位老教授说过的话。他说，自我是人类对本性的伪装，同时也是人在社会中的投影，所以归根结底，社会就是人类本性的集体伪装。叶秋薇对婆媳、岳婿关系的解释，让我更深刻地理解了这句话。我也终于明白，为什么弗洛伊德那么喜欢讨论性了。

"言归正传。"叶秋薇顿了顿，说，"男性崇拜和女性崇拜都是人类的本能，是再正常不过的心理现象。梁慧荣的问题在于，她对男性崇拜进行了具体化，对她而言，男性生殖器的占有等同于男性崇拜的满足——这正是导致她变态行为的具体原因。从儿子出生开始，满足男性崇拜的方式就是宣示对儿子生殖器的占有权，她一定经常对王伟的下体进行抚摩——甚至做一些更变态的行为。王伟在这种环境中长大，心理怎么可能健康呢？"

我深深地叹了口气。

"接下来，就可以对王伟进行分析了。"她说，"也许幼年时期，母亲的抚摸还会让他觉得新奇、刺激甚至温暖，但随着年龄的增长，尤其是进入青春期以后，他就会逐渐感到羞耻乃至耻辱，自然也会产生逃避和反抗心理。但他和徐洁都说过，梁慧荣是个自私、缺乏责任感、喜欢乱发脾气的人，这些性格综合在一起，就是所谓的'强势'。面对强势的母亲，年幼的王伟自然无法反抗。因为羞耻，他也不可能告诉父亲。他唯一的选择就是忍受。在忍受过程中，他会逐渐产生对母亲的恐惧与憎恨。你知道，青春期是性心理发展的重要阶段，期间任何一件与性和异性有关的事，都会对成年后的性心理造成巨大影响。青春期的特殊经历，使得王伟对母亲的恐惧与憎恨逐渐扩展到了所有女性。"

我默默记录着，很难想象王伟经历了怎样的心路历程。

叶秋薇依然平静如水："恐惧和憎恨不断积蓄，形成巨大的心理压力，却又无处释放。在高一的作文事件中，班主任的高度重视，引起了梁慧荣的警觉与担忧，她绝对不能让别人知道自己对儿子所做的一切。为此，她自然软硬兼施，通过各种手段给王伟施压。陡增的压力引起了王伟的心理崩溃，这就是他跳河自杀的原因。"

我深吸了一口气，心脏仿佛被一只强壮的手紧紧扼住。

"自杀未遂对心理带来的影响也是巨大的。"叶秋薇继续分析，"因不堪压力而进行的自杀，本身就是一种宣泄和释放。与死神擦肩而过的经历，也会增强生活的信念。所以自杀获救后，王伟的心理再次发生了重要变化。尽管母亲依然会对他做出变态行为，给他施加无法逃避的压力，但对正常生活的渴望，以及成年后逃避母亲的迫切愿望，会成为抵御压力的有效武器。"

"绝望中的星星之火。"我想起自己前些年的经历，说，"强大的希望能战胜一切。"

"是啊。"叶秋薇说，"此后，无论梁慧荣如何对他，他都会告诉自己，坚持住，再过几年就能摆脱这种生活。在这种信念的支持下，他终于长大成人，步入社会，离开母亲。只是成长过程中的耻辱和压力，始终都在他心底暗暗发酵，从未消散。"

第九章

监狱里的疯狂血案

2009年过年的时候，徐毅江被一个狱友拿砖头砸死了。

杀他的那个犯人当即就自杀了，用同一块砖头照着自己脑袋玩命地砸。

之前，我只听过受父亲性伤害的女儿，从未听过受母亲性伤害的儿子。同为男人，我想象着王伟的经历，难免有些激动："我明白，他能够完成学业，进入社会，结婚生子，都是因为怀有对生活的希望。但青少年时期的伤痕是无法抹平的，所以在内心深处，他仍然对女性怀有恐惧与憎恨，这就是他一切心理问题的根源。说实在的，他已经够不幸了，你——"

叶秋薇嘴角滑过一丝笑意，她平静地打断我："同情是因为感同身受。张老师，你不是在同情他，只是因为对他的经历感到害怕而已。"

我无言以对，稍后平复了情绪，说："请继续。"

她说："结婚后，王伟迅速逃离了母亲，总算摆脱了她的控制。此后，虽然创伤偶尔还会浮现，但从未对生活造成过严重影响。他和徐洁保持着健康的性生活，还有了自己的女儿。如果日子一直这么平静下去，他的心理或许会逐渐趋于健康。然而，1999年遭到开除这件事，却再次引爆了他的心理问题。"

我表示不明白："遭到开除为什么会导致心理问题的爆发？这和他的童年阴影之间，有什么内在联系吗？"

"我当时也有这样的疑惑。"叶秋薇说，"所以，弄清楚王伟心理问题的根源后，我就开始调查开除的事。因为年代久远，调查进展很慢。直到6月22日，一个无意中得到的信息，让此前的疑惑迎刃而解。"

"什么信息？"

"王伟遭到开除，是因为得罪了局长。"叶秋薇说，"而教育局当年的局长，是个出了名的强势女人。"

我恍然大悟："她的伤害激活了王伟对于母亲的恐惧与憎恨。王伟之所以得罪她，恐怕也是因为她和梁慧荣比较像吧。"

"没错。"叶秋薇说，"这个女人名叫李木兰，从1994年开始担任教委一把手，2002年因为受贿落马。认识李木兰的人，都说她手腕强硬，极度自私。据说她在任时，和不少男下属都有过瓜葛，王伟得罪她，大概也与此相关。总之，她的陷害，让王伟一直深藏的心理问题再度爆发。徐洁说，开除通知下达的当晚，王伟出现了阳痿的情况，应该就是对女人的恐惧所致。强势女上司的陷害、阳痿的事实、童年阴影的爆发，加剧了王伟对女人的恐惧与憎恨，憎恨的根源仍是恐惧，恐惧的极端是逃避，逃避的极端表现，就是心理洁癖。所以从那晚起，王伟就产生了对女人的洁癖，认为女人都是邪恶与肮脏的。"

我叹了口气，想了想，问道："既然认为女人都是肮脏的，为什么会对你进行抚摸行为，还会偷你和陈曦的内衣进行自慰呢？"

"对一个生理正常的男人来说，从心理上彻底逃避女人是不可能的，所以他的心理一定又发生了其他变化，导致对女人的洁癖出现了选择性。就像我之前所说，他把女人进行了分类，符合干净标准的，就会成为他的性对象。但是，童年阴影的存在，使得他不愿意用生殖器和女性发生接触，所以他偷取性对象的内衣进行自慰，变态的体液占有行为，也是对女性的一种泄愤。"

王伟被母亲性伤害、被女上司陷害，最后还死在了女人手上。我再次叹了口气，之后又心生好奇："他是如何对女性进行分类的，你弄清楚了吗？"

"清楚。"叶秋薇说，"他对女性特殊的分类标准，正是我能在两天以后杀掉他的原因。"

我拿起笔。

"我就说得简单点。"叶秋薇看了一眼窗外，"对王伟造成直接伤害的女性有三，所以他对女人的分类，就以这三个女人为反面标准。首先是他的母亲，梁慧荣自私、没有责任感、喜欢乱发脾气，所以无私大度、有责任感、性格温和，就成了女人'干净'的前提。其次是李木兰，李木兰和很多男下属都有瓜葛，因此，对王伟来说，女人干净的第二标准，就是洁身自好，对性持保守态度——所以当我暗示他可以留下过夜，他会产生明显的厌恶。最后是徐洁，被开除的当晚，王伟面对徐洁时发生了阳痿，所以徐洁身上的某些特点，也会成为他性行为中的阴影。为此，我又接触了一次徐洁，详细了解了她和王伟之间的矛盾。她说，王伟对她最大的不满，就是嫌她学历低——徐洁只有高中学历，2004年才自考了大专文凭。而且她这个人，说话确实比较粗俗，经常带脏字。"

我点点头："所以听说你是副教授时，以及听说你参加过国家级科研项目时，王伟对你的好感都明显增加。而陈曦虽然没有非常高的学历，却出过很有深度的书，自然也不是粗俗的人。"

"是的。"叶秋薇说，"此外，陈曦为了调查M事件献出了自己的一切，无私而极具责任感，同时沉稳冷静，肯定不会乱发脾气，这些就是王伟喜欢她的原因。或者说，王伟喜欢的并不是她，而是她身上的品质。所以即便她死去，尸体就摆在客厅里，王伟依然能通过她的衣物获得兴奋感。"

"你就更不用说了。"我看着叶秋薇，"大学副教授的身份，自然会给王伟无私、负责的感觉，参与国家级科研项目的经历，则会进一步加深他的这种印象。至于性格温和——你很少流露感情。对王伟来说，你和陈曦都是非常'干净'的女人。"我把王伟对女人的分类标准记下，随后问道，"知道这些标准，如何让他心甘情愿地自杀呢？"

"他觉得女人脏，那就弄脏他。"叶秋薇说，"6月2日晚上，我再次约他出来见了面。晚饭后，他照例送我回家，跟我上了楼。我给他倒了杯水，在水里加了苯巴比妥（一种常用催眠药），他很快就有了困意，我就扶他到床上，让他先休息一会儿。等确定他睡着，我就脱光了他的衣服，自己也脱了衣服躺在他身边。第二天上午九点半，药效基本过去，他翻了翻身，我赶紧贴到他身上，紧紧搂住他。他睁开眼，发现我们两个都赤身裸体，瞬间就清醒过来。他愣了片刻，惊慌地想要远离我，我用尽全力把他按在床上，说了一些嗔怒的话，让他明白，他昨晚跟我发生了关系。他憋红了脸，目光呆滞，内心显然正在剧烈波动。如果放任不管，他心理的自我保护机制，很可能会让他接受跟女人发生关系的现实，甚至改善他的心理状况。"

我赶紧问："那你接下来是怎么做的？"

"必须迅速行动。我一手按住他，一手握住他的生殖器。"叶秋薇平静地说，"我一边用力地抚摸、按压，一边想象着梁慧荣可能会说的话。我说，小伟的宝贝真棒！他情绪突然激动起来，一个激灵从床上滚了下去。他站起身，找不到自己的衣服，浑身颤抖。我走到他身边，再次把手伸向他的下体，用另一只手轻抚他的背部。他逃离了我，躲到墙角缩成一团，用手遮住下体，脸憋得通红，目光惊恐，和平日里判若两人。我知道时机成熟，走到墙角，伸手就给了他一巴掌，紧接着又是一巴掌，一边打他，一边用母亲训斥儿子的语气骂他。他一个大男人，居然毫无反抗之力，哆嗦了一阵，瘫软地坐在墙角。我继续抚摸他的生殖器，用各种花样玩弄。当我用拇指和中指用力捏他时，他突然发出一声带着哭腔的喊叫，用力捶了一下身边的墙，我赶紧收手。我已经引导出了他内心深处的恐惧，再刺激他的话，他很可能会通过暴力释放出来。若如此，我就没法继续利用这种恐惧了。"

"那接下来呢？"我继续问。

"给他压力，让他把难受憋在心里。"叶秋薇说，"我穿好衣服，把他的衣服放到地上。他过了好一会儿才慌乱地穿上衣服，而且自始至终都不敢看我。我挡在卧室门前，他蜷缩在衣柜前的地面上，胸口剧烈起伏。我说，王伟，你他妈昨天晚上把我睡了，我摸摸你还不行了？我告诉你，虽然老娘搞过不下十个男人，但我他妈的也不是随便让你玩的。"

"粗俗和滥交。"我点点头，"为了表现你的粗俗和滥交。"

"嗯。"叶秋薇说，"徐洁跟我说话时，尽管一再注意，还是会时不时地带出脏字，'他妈的'就是她最常用的口头语。至于滥交，也许会让他想起李木兰吧。"

"然后呢？"

"然后我打开衣柜，取出一个药瓶，气哼哼地说，真他妈烦人，我下边本来就有病，让你这么一弄，这回估计更严重了。我告诉你啊，要是有了孩子，你不负责的话，我就去告你强奸，还说你上次偷我的裤头。"

"不负责任。"我对叶秋薇的演技深感敬佩，"非常自然地表现出自己的不负责任。'裤头'这个词，还进一步表现了你的粗俗。"

"是。"叶秋薇一脸平静，"之后，我就拿着药瓶去了卫生间，打开淋浴。半分钟后，开门声响起，但没有关门声。"

"他走得很慌。"我说，"不过我总觉得，你的表现和平时反差这么大，难道不怕引起他的怀疑吗？"

"是否怀疑并不重要。"叶秋薇解释说，"我的目的是激起他内心深处对女人的恐惧和憎恨，让他不断回想起母亲、李木兰和其他女人对他的伤害。就算直接告诉他我是故意的，也不影响恐惧和创伤记忆的浮现。"

　　我思索片刻，又问："可是，仅凭刚才说的这些，你就能肯定他会自杀？我还是觉得不可思议。"

　　"没那么简单。"叶秋薇说，"这些都只是铺垫，是为了让他产生恐惧，产生若隐若现的压力，为接下来的压力爆发制造条件。你要记住，最有效的压力不在记忆和阴影之中，而是来自现实。"

　　"现实？"

　　叶秋薇轻轻拨了拨发梢："快中午的时候，我觉得时机已经成熟，就用一个新手机号给他发了一条短信，内容是，'王哥，我是贾云城，能不能见个面，有点事想找你聊聊'。"

　　我迅速明白了她的意思："你说的现实压力，就是他偷陈曦内裤进行自慰的事。你要让他认为贾云城已经知道了这件事。"

　　叶秋薇看了一眼窗外："我提前翻过他的手机，他没有记过贾云城的号，跟贾云城也没有过电话、短信的联系。同时，一上午的恐惧回忆，会扰乱他的心理活动，让他失去理性思考的能力，以及心理的防备意识。所以，我料定他不会打电话询问。果然，两分钟后，他只是回给我一条短信，短信只有三个字，什么事，后面连个问号都没带。"

　　"你是怎么回复的？"

　　"我回复说，'是你在我家做的事，我都已经知道了，那晚我没睡着。你这样不行，咱们得谈谈，我也许能帮到你'。"

　　"直接明说了？他会相信吗？"

　　叶秋薇轻轻一笑："自己做过的龌龊事，就算我不说，他肯定也整天提心吊胆，总觉得会有人知道。这么一条语气肯定的短信，不信才怪。此前，他的心理已经被我彻底搅乱，第二条短信带来的压力，会在恐惧情绪的滋养下无限放大，直至他无法承受。为了进一步增加他的压力，我用那个号码接连给他打了六个电话。前四次他都没有接，第五次刚响就给挂了，第六次再打的时候，他已经关机了。"

　　我深吸了一口气，用自己了解的心理学知识分析说："这种龌龊事无法言说，压力自然也无处释放，你又步步紧逼，让压力持续放大。当压力超出心理的承受范围而无法释放时，就会导致两种结果，要么自杀，要么心理崩溃、精神失常。"

"我料定他会自杀。"叶秋薇说，"因为他高一时的自杀，就是在压力超出心理承受能力的情况下发生的。这是他的心理特点，是他的天性。"

我翻了翻王伟的死亡资料，沉重地叹了口气："他脱光衣服，选择死在水里，还在水里加了甲醛溶液，就是为了净化自己吧。你对他做的事，让他觉得自己无比肮脏，这恐怕也是他自杀的心理因素之一吧。他高一时选择跳河，是否也是为了用河水净化自己呢？"

叶秋薇淡然起身，说了当天的最后一句话："他以为是女人脏，其实在他内心深处，最脏的是他自己。"

走出四区，阳光灿烂，我的双眼被刺得生疼。

那天的会面结束后，老吴再次找来两位医生，对我进行了简单的心理评估。测试结束后，我看了看表，发现已经将近上午十点。

"老吴，"我伸了个懒腰，"今天给我这么长时间？"

他拍拍我的肩膀，笑呵呵地说："一小时十一分钟，你到底是打破了老汤的纪录，我以前还真是小看了你。"

我也笑笑："就这，还是叶老师主动提出结束的呢。说真的，她没你们想的那么可怕。"

老吴欲言又止，脸上挂着意味深长的浅笑。几分钟后，一位女医生把评估结果交给老吴。老吴皱了皱眉，随后舒展面容，轻轻咳嗽了一声，说："老张，走吧。"

我站起身："明天我还是八点半来。"

"九点再来吧。"他一边送我一边说，"明天上午有二十分钟的户外活动时间。叶秋薇跟其他病人是分开的，九点以后，你可以陪她在四区周围走走——如果你愿意的话。"

我想象着第二天跟叶秋薇见面的情景，心中居然有种莫名的喜悦。

离开精神病院，我先回了一趟社里，把当天记录的信息做了梳理。当天最大的收获，不是王伟的扭曲心理和死法，而是在M事件中，那个若隐若现的X。

陈曦所属的神秘组织与A集团之间，已经进行了多年的明争暗斗。神秘组织多次发现机会，但每一次，关键人物的心理都会受到某种形式的人为干预，导致计划失败。这个留影不留痕的干预者，就用X来指代。

我一边梳理，一边列出可能与X有关的事件：

2008年9月10日晚，徐毅江迷奸叶秋薇，导致神秘组织计划前功尽弃，徐毅江可能受到了X的心理干预。

2008年11月7日晚，秦关服毒自杀，可能受到了X的心理干预。

2009年新年期间，徐毅江被同监狱犯人杀死，该犯人可能与X有过某种形式的接触。

2009年3月18日，舒晴心理防御突然增强，17日晚，舒晴可能与X有过接触。

逐一分析。

徐毅江已死，第一条线索无从查起，放弃。

秦关服毒后之所以没死，是因为被保安及时发现。那么，保安的干预是X预料之外的巧合，还是整个计划的一部分？无论如何，这名保安或许都能告诉我一些有用的信息。

徐毅江入狱后不久就被狱友杀死，如果这件事真的是在X的干预下发生的，他（她）一定到过徐毅江所在的监狱，第三条线索的价值最大。

最后一条线索看似很有价值，对我却没有实际意义——舒晴参与了酒会上对叶秋薇的陷害，还在X的帮助下增强了心理防御能力。从这两点来看，她和X应该属于同一阵营，也就是A集团。就算她知晓X的身份，也绝不可能透露给我。

分析至此，我突然想起舒晴意味深长的忠告。她给我那样的忠告，想必对叶秋薇的所作所为有着很深的了解。她是如何了解的呢？是通过X或者A集团？如果X和A集团了解叶秋薇的所作所为，为什么没有想办法除掉她？难道叶秋薇进入市精神病院，正是为了躲避来自X或者A集团的伤害？如此说来，她在院里不断杀人，应该是为了让院方把她隔离起来。那么，她为什么又同意跟我见面呢？难道——我倒吸了一口凉气——难道叶秋薇在利用我？我是否早已陷入了她的某种暗示呢？

再换个角度想：且不论叶秋薇的目的是什么，我几天前对舒晴的接触，是否已经把自己暴露给了A集团呢？他们是否会认为我也和M事件有所牵连，因而对我不利呢？我再次想起舒晴的忠告：

"离叶秋薇远一点，也不要再追查她的事，否则你肯定会后悔的。"

这句话让我不寒而栗。

整个上午，我都沉浸在纠结之中。十一点半，领导把我叫进办公室，问我叶秋薇专题的采访进展。我简要讲了讲，最后鼓足勇气，提出了终止采访的想法。领导很生气，但更多的还是疑惑，连连问我原因。

我说出了自己的顾虑："这次采访可能会得罪一些难以想象的庞大势力，我不知道自己面对的是什么。就算知道，我也很难有勇气去面对，因为我毕竟还有家庭。"

领导只说了一句话："出了事我扛。"

我知道他未必能扛得住，但这句话还是起到了作用，我最终决定继续调查和采访。

下午两点，我先去了一趟Z大，找到了秦关出事的实验楼。遗憾的是，当年的几位保安都已先后离开，且无法联系了。之后，我便驱车赶往位于B市南郊的省第一监狱，那正是徐毅江殒命的地方。

因为工作的关系，我在省第一监狱有不少熟人，当时关系最好的是一个监区长，名叫付有光，比我大七八岁。下午四点，我抵达监狱，他在办公楼下接我，寒暄着问："怎么，张主编，又有公干啊？"

我跟他握了握手，笑道："这次不是公干，到B市来办事，怎么也得顺道拜访一下老朋友啊。"

他把我带进办公室，关了门，沏了茶。我把准备好的两条烟塞到他办公桌里，说："我也不懂，就记得你一直抽这个，顺手捎了点。"

"啧。"他眉头一皱，拿出烟塞回我手里，用埋怨的语气说，"你这就不对了，把我当什么人了？有事你就说，少跟我来这套。"

我也啧了一声，再次把烟塞到抽屉里，笑笑说："误会了，谁不知道你付大科长是出了名的铁面无私？我再蠢也不会往枪口上撞。这纯粹是弟弟孝敬哥哥的，你要非得塞给我，就实在太外气了，我真没法往这儿坐了。"

付有光笑着指了指我："你这个人呀，就是太重礼数，晚上一定得留下吃饭。"随后把茶水递给我，靠在办公椅上问，"到B市忙什么大事来了？"

"我能有什么大事，"我闻了闻茶叶，"忙来忙去，还不是为了每个月那几篇稿？"

付有光笑笑，取出一条烟，拆出一盒仔细看了看，微微点头，说："有什么能帮上忙的，你尽管开口。我也没别的本事，给你找几个材料还是有办法的。"

我松了口气，问："强奸被判刑的，都归几区管啊？"

"那得看严重程度。"他说，"轻的都在大数区，重的大部分都在我这儿。"

"无期的应该在你这儿吧？"我问。

"大部分都在。"他看着我，说，"有身份证号吗？我给你查查。"

我说："没有，就知道名字，叫徐毅江。"

听到这个名字，付有光凝固了一秒，接着手一抖，差点把茶水洒到身上。他眉头紧皱，目光低沉，舔舔嘴唇，过了一会儿，问道："是怎么个意思？要给他的事做报道？"

我连忙摆摆手："我都说了，不是公事。就是有个朋友托我问问，说挺长时间没有徐毅江的消息了。"

"唉，老弟，"他龇了龇牙，说，"这事去年才算是平息，现在不宜再提呀。还有啊，我虽然不了解你们这一行，但事情都过去三年多了，再写还能有价值吗？"

我装糊涂："什么意思？"

他压低了声音说："你说的这个徐毅江我知道，确实是我管的，但是他2009年年初就死了。"

"死了？！"我装出吃惊的样子，"怎么死的？"

他咦了一声，说："你真不知道？2009年过年的时候，他被一个狱友拿砖头砸死了。那时候很多记者都接到了消息，你居然不知道？"

我回想了一下，说："哦，那时候我忙着做别的专题呢。确实听说一监死了犯人，但真不知道就是徐毅江啊。你放心，别说三年了，就是过去三个月，这种事也基本没有拿来写的价值了。我问这事，真的完全出于私人目的。"

他松了口气，笑笑说："明白，明白。那你现在也知道了，给那位朋友也能有个交代了吧。"

我用好奇的语气问："杀他的那个犯人怎么处理了？监狱内再犯罪的事，我还没有接触过呢。"

"当即就自杀了。"付有光说，"照着自己脑袋玩命地砸，砸了十好几下。"

我深吸了一口气，陷入沉思：人有求生的本能，任何带有主观意愿的自我伤害，都是意识行为。重伤之后，意识的作用降低，本能的控制力增强，求生欲望得到激发，在这种状态下，人不可能再进行自我伤害。所以，常见的自杀方法都具有不可中止性，比如跳楼、上吊、服毒，等等。具有可中止性的自杀，失败率则往往比较高，比如割腕。再说王伟的例子，他之所以把自己完全固定起来，就是害怕濒死时的求生本能会让自己挣脱，完全固定肢体，其实也是为自杀增加了不可中止性。

所以，杀徐毅江的犯人能对着自己的脑袋猛砸，要么是有严重的精神障碍，要么就是受了某种有效的干预。

我问："那个犯人有精神病吗？"

"有精神病也不会进来了。"付有光说，"他都在这儿待七八年了，之前一直好好的。而且我听说，他生前跟徐毅江关系还挺不错的。喀，谁知道呢，这帮犯人什么事干不出来？"

我叹了口气，问："这个犯人叫什么？"

付有光喝了口茶，半张着嘴，思索片刻，说出一个我并不陌生的名字：

"张瑞宝。"

我沉思片刻，想起了这个张瑞宝。

那是2008年12月下旬，我接到来年3月份的主课题，题目是"故意伤害与故意杀人行为在心理学层面上的区别与联系"。当时，我带着课题找到付有光，并在他的帮助下亲自选了几个采访对象，其中一个就是张瑞宝。

张瑞宝是B市本地人，2000年砍杀了同村一个名叫张瑞卿的人，原因是张瑞卿多次诱奸、强奸他老婆。2001年，张瑞宝因故意杀人罪被判处死缓，2003年减为无期。

我回忆了一下张瑞宝的样子：浓眉大眼，鼻头有肉，嘴唇厚实，下巴左边有道疤，据说是少年时代被父亲殴打留下的。接受采访时，他比其他犯人都显得兴奋，还会跟我开几句玩笑。我一笑，他也跟着憨笑。他的目光总是写满劳累，但又总是透着坚定。主管干警也跟我说过，张瑞宝干活勤快，脾气也好，从不惹麻烦。

这样一个人突然发疯杀人再自杀，必然是受了某种刺激，这种刺激，很可能就是X通过某种方式带给他的。

我问："就是我2008年采访的那个张瑞宝？杀堂兄弟的那个？"

"对，就是他。"付有光若有所思地点点头，"我想起来了，你以前还做过他的采访呢。"

"唉——"我叹了口气，"挺老实、挺乐观的一个人，怎么突然就想不开了呢？"

付有光喝了口水："这不好说，可能到极限了吧。你是研究犯罪心理的，应该知道，人的承受能力都有个极限，一旦到了极限，受不了就是受不了，根本控制不住。就说去年的事吧，四区有个经济犯，判了八年，减刑减到六年半。结果呢，差一年多就到头了，愣是没挺住，不知从哪儿弄了个小铁片割腕了。"他顿了顿，又说，"所以今年，我们加大了对罪犯心理的关注和投入。就是考进来的这些毕业生啊，自己怎么做人都没学会呢，我不相信他们能治好罪犯的心理。"

我说："你这么一说，还真勾起我的好奇心了。我一直研究的是犯罪心理，这罪犯心理还真没了解过多少。"

"应该多报报这方面的内容。"他严肃地说，"让外面的人多了解了解，就不会争着抢着往里进了。"说罢，嘿嘿地笑了两声。

"嗯。"我说，"这个张瑞宝这件事，值得好好研究一下。"

他看了我一眼："人都死三年了，怎么研究？"

我必须抓住机会："我到底采访过他，对他当时的心理还是挺了解的。再说了，我是2008年年底采访的他，2009年一过年他就出事了，也就隔了一个月左右吧。如果能了解一下他这一个月里的情况，说不定能有什么发现呢。"

"你有兴趣？"付有光靠在椅背上，"你就是为这个来的吧？"

我笑而不语。他摸了摸额头，随手翻了翻办公桌上的几份材料，又打开抽屉，取出一本杂志，正是我们的《普法月刊》。他翻开《普法月刊》，说："想做好这么一份杂志，你们确实也挺费心。对了，你是做犯罪心理版块的吧？"

"是。"

"你们最好的版块，一个是犯罪心理，一个就是人物。"他斜了我一眼，摸了摸自己的下巴，缓缓问道，"哎，这个人物版块是谁负责的？"

我明白他的心思，笑道："10月，我们准备做一期监狱公务人员的访谈，主要是展示监狱管理理念的进步，人选下个月开会定。"我回忆了一下，说，"今年2月、3月、5月的人物，都是我推荐的。"

谈话至此，办公桌上的座机响起。付有光接了电话，嗯了几声，随后对我说："我得去开个会。这样，我把张瑞宝当年的主管给你找来，让他配合你的工作。你忙完等着我，今晚一定得留下吃饭。"

五分钟后，我在狱区门口见到了张瑞宝当年的主管干警。主管干警叫陈富立，三十五六岁的年纪，皮肤黝黑但不缺光泽，腰杆挺直，说话有力。2008年年底对张瑞宝的采访，就是在他的陪同下进行的。

寒暄几句后，我提出想看看徐毅江和张瑞宝死的地方。他带我进入狱区，来到一片水泥地篮球场，指着场内一片地面说："就是在这儿。三年前，张瑞宝在这儿打死了徐毅江，然后自杀。"

我抽出一支烟递给他，又帮他点上，问："有目击者吗？"

"有。"他抽了一口，"我就是。"

"能描述一下经过吗？"

"嗯。"他用脚跺了跺地面，回忆说，"那是2009年2月，还没出正月，这片操场刚开始修。我当时带的三十多个人，虽说都是重刑犯，但都算老实，从来没有发生过严重的斗殴事件。那是个下午，阴天，我让犯管（由犯人担任的管理人员）招呼着，准备去前面见个朋友。还没出狱区，就听见这边一片叫唤。我赶紧跑回来，徐毅江的头已经被彻底砸烂了，张瑞宝骑在他身上，手里抓着半块砖头。其他人就看着，也没人敢上去。我叫了一声，'张瑞宝，你干啥呢？'他大叫一声，捂着脑袋，接着就拿砖头砸自己，一直砸，都瘫到地上了还砸呢。"他最后感叹了一句，"哎呀，我到现在还记忆犹新，我就没有见过那么狠的人。"

我说："他以前不是挺老实的吗？"

"知人知面不知心吧。"陈富立叉着腰说，"就我的经验吧，越是老实的犯人，往往越危险，因为他们都憋着一股气。"

我问："听说他之前跟徐毅江关系不错？"

"应该是吧。"陈富立回忆说，"那个徐毅江是2008年10月转进来的，到死也就在这儿待了四个月左右。是，张瑞宝跟他关系是不错，我觉得张瑞宝是想巴结他。这个徐毅江不简单啊，转来的时候资料都不全，到最后都没能补上。你跟付科长关系不错，我就跟你多说一点。当时有个人，每个月都会过来打点，也不说自己跟徐毅江的关系，就让我多多关照。我还听付科长提起过给徐毅江减刑的事，监狱长好像也很重视。总之，我觉得这个徐毅江来头不小。不过人都死了，什么来头也不重要了。"

我想了想，问："帮他打点的是个什么样的人？"

"是个男人，四五十岁吧。"陈富立说，"就记得很白净、很胖，总是穿一身宽松的西装。"

我深吸了一口气，心理发生了微妙的变化。

此前，无论叶秋薇的讲述多么真切、多么合理，离开她的病房后，我还是会持有一定的怀疑态度，这也正是我不断调查求证的原因。贾云城和陈富立都提到了那个穿宽松西装的白胖男人，这印证了叶秋薇"陈曦和徐毅江同属某神秘组织"的说法。套用叶秋薇的讲话风格：陈富立一句简单的话，让我发现了她的讲述与现实之间的契合点。

我对叶秋薇的信任倍增，同时对那个穿西装的白胖男人产生了更多好奇。

我点点头，又抽出一支烟。陈富立摆摆手表示不抽了。我放好烟，接着问："说说张瑞宝吧。他接受采访时的表现，跟平时的表现一个样吗？"

"一个样。"陈富立肯定道，"出了名的老实人。跟你说实话，他家里没钱没势，减刑基本是没有希望的。这样的犯人有两个极端，小部分破罐破摔、好勇斗狠，大部分都麻木、认命了，就像张瑞宝一样。"

我点点头。所谓麻木，无非是心理压力积淀的过程。对X和叶秋薇这样的人来说，麻木者才更容易利用吧。

我又问："从我采访结束到出事那一个多月里，外面有人来看过张瑞宝吗？"

陈富立想了想，说："有，只有过一次，好像是他的一个族弟，叫张瑞——什么来着？"

"他们都说了什么？"

"这我哪记得清？"陈富立尴尬地笑笑，"不过那次会面后，张瑞宝好像挺不高兴的，还跟狱友打了一架，所以我有点印象。"

我心底一惊，赶紧追问："你知道张瑞宝老家在哪儿吗？能查到他那个族弟的名字吗？"

"老家我知道。"陈富立略加思索，说，"B市正西十来公里有个D乡，乡北的河滩一带有个叫'立张'的村子，那儿就是了。至于他族弟的名字，我肯定是做了记录的，就怕时间长了不好找了。"

我叹了口气："这个对我来说很重要，还得请你多费心啊。"

"哪里。"他摆摆手，"这样吧，一会儿我就去给你查，然后短信发给你，你看行不行？"

我再三表示感谢，谈话就此结束。之后，我坐在办公楼一楼大厅等付有光的消息。下午四点半左右，他给我打来电话，说会议估计得拖到七八点，让我有事先忙，只是晚上一定要留下吃饭。几乎与此同时，陈富立给我发来短信，说当年来探视张瑞宝的族弟已经查到，名叫张瑞林。

我一路打听摸索，终于在五点二十赶到了立张村。几位村民正坐在村口闲谈，得知我要找张瑞林，几人一副恍然大悟的反应。一个约莫四十岁的男人起身说："你是市里来的医生吧？这次咋会就你自己？你能收拾住他不？要不要我们搭把手？"

旁边一个中年女人连忙拉拉他的衣角，小声嘟囔了一句："就你闲事儿多！"

我隐约明白了什么，含糊地说："嗯，我是心理专家，先过来看看他。我是第一次来，请问张瑞林家是哪一户啊？"

"早都该请个行家治治了。"一位抽旱烟的老大爷站起身，"走吧，我带你过去，这会儿应该还绑着哩。"

我有种不祥的预感。

两分钟后，老人带我来到一个阔气的门楼前，用手推了推门，门是开着的。老人走进院子，扯着沙哑的嗓子喊道："灿霞？"

屋里，拖鞋摩擦地面的声音响起，一个女人探出半个身，强睁着惺忪的睡眼，问："咋了四爷？"

"你睡呢？"

"刚醒。昨天在鱼塘忙活到四点多，今儿个还得去。"女人揉揉眼，看见了我，"这是谁啊？"

"市里来的心理专家。"老人咳嗽了一声，"瑞林咋样了？"

女人一脸诧异："绑着呢，绑两天都好了。我没有给四院（B市的精神病院）打电话啊，市里的专家咋会知道的？"

197

我赶紧解释说："四院是没有接到电话，我是这段时间在四院会诊，听院领导说了瑞林的事，才想过来看看的。"

"有啥看的！"女人不耐烦地说，"绑几天都好了。天天治病，挣再多都不够他花！"

"我不收钱。"我说，"只是想了解一下他的病情。我是做理论研究的，说不定能找到根治的办法。"

老人说："人家专家一个人大老远过来，你给人家说说又不会少块肉。这是个机会，要是能彻底治好，你不也少受点罪？"

女人请我和老人进了屋。几句寒暄后，我对张瑞林家里的情况有了基本了解：女人名叫云灿霞，是张瑞林的妻子，老人是张瑞林的四爷，名叫张占武。从2009年夏天开始，张瑞林就患上了间歇性精神病，一开始是胡言乱语，后来发展成六亲不认，见人就打，发病周期也越来越短。云灿霞带他看过医生，但始终没能治愈，时间一长，云灿霞就放弃了治疗，听从村里人的建议，在家里装了个铁床。此后，张瑞林一发病，村民们就会合力将他绑到铁床上。绑个一两天，张瑞林自己就消停了。

"平时呢？"我问，"不犯病的时候表现正常吗？"

"原先还好。"云灿霞揉着脸说，"不犯病的时候也就是话少，胆小。前年吃了一年药，犯病次数少了。但是药一停，就比以前还厉害了。不光犯病次数多了，平时脑子也不清楚了，光说胡话，啥活都干不了。我也不敢叫他出门，一看见男的，他就光想打死人家。"

"男的？"我觉得有些不对，把这一点记录下来，随后问道，"我能看看他吗？"

云灿霞看了看张占武，几度犹豫，最后缓缓站起身，走到客厅里侧的一个房门前，打开门缝瞄了一眼，示意我过去。我走到门边，透过门缝，看见一张与地面呈四十五度角的铁床。铁床斜对着门，一个男人被绳索牢牢固定其上，自然就是张瑞林了。张瑞林头发凌乱，脸上有好几道明显的伤疤，身上的衣服被撕烂好几处。他闭着眼，眼皮微微抖动，似乎并未睡着。我轻叹一声。他闻声睁眼，惊恐地看着我，随后怒目而视，如受伤的猛兽般拼命挣扎，一边恶狠狠地骂道："×你妈！我弄死你！×你妈！我弄死你！"随后发出一阵吼叫。

我深吸了一口气，被他看得浑身不自在。云灿霞赶紧关上门，下嘴唇微微上翘，喉咙里咕咚一声，似乎在强忍眼泪。看得出，她对丈夫有着很深的感情，不然也不会如此不离不弃了。

"他就这样。"她随后说道，"一看见男的就恨，尤其是像你这样三四十岁的男人。村里同辈的，都叫他打伤好几个了。"

我坐下后问道："他是因为什么发病的，你们弄清楚了吗？"

云灿霞到里屋取了几份资料交给我。我翻了翻，都是张瑞林的诊断书和病历。医生们的诊断结果基本一致：未分化型精神分裂症。

我对精神病学多少有些了解：根据致病因素及患者特点，临床上将精神分裂症分为偏执型、紧张型、单纯型、青春型等。所谓未分化型，就是说无法将患者归为上述类型的任何一类，这也就意味着，很难通过患者特点寻找其致病的内外因素。所以，未分化型的治疗——尤其是心理层面的治疗——通常比较困难。

我叹了口气，想了想，问："他发病前有征兆吗？情绪有没有出现过大的波动？"

"有。"云灿霞肯定地说，"他第一次犯病是大前年夏天，其实春天的时候，我就觉得他有点不正常了。一有人来串门，他就先躲到门后看看，是女的还好，要是看见了男的，他就显得可不自在。第一次犯病就是因为瑞强家两口来玩，他一看见瑞强，就直接躲到了里屋。瑞强进去跟他说了几句话，他就踢了瑞强一脚，还揪住他的头发。瑞强都出门了，他还撵上去捶他，说啥'我弄死你''我捶死你'。从那以后，基本也就没有人敢来串门了。"

"×你妈！我弄死你！我弄死你！"不远处的房门内，再次传来张瑞林的吼叫。

明知他被牢牢绑着，我心里还是一阵忐忑。我跟云灿霞又聊了几分钟，觉得时机已经成熟，最后问道："你回忆一下，2009年过年前后，他有没有干过什么奇怪的事？比方说，有没有跟什么陌生人见过面？"

云灿霞回忆片刻，眉头一皱，说："有件事有点奇怪，但不是陌生人。就是2009年正月，才过年不几天，瑞林突然去了一趟市里，说要去看看张瑞宝。"她解释说，"张瑞宝也是立张的，但跟我们家是四代开外，已经不算一脉了。他好些年前把张瑞卿杀了，坐了牢。瑞林以前跟他关系不是多好，而且他都坐牢七八年了，都没去看过，那次却突然说要去看。我当时还觉得可奇怪，问他为啥要去，他来了一句，瑞宝叫我去哩。"

我把这句话记下，沉思片刻，一时想不明白："去之后呢？他回来又跟你说什么没有？"

云灿霞出神地想了半天，呼吸均匀，胸口一直在有节奏地起伏。突然，她在吸气的过程中停了半秒，没吸完就迅速呼出，与此同时，她面部的表情虽然没有大的变化，右手却轻轻地捏了捏右腿膝盖。之后，她看了张占武一眼，迅速低下头，身体后倾，椅子也朝远离张占武的方向挪了挪，双臂交叉于胸前，低声说："倒也没啥。"

我迅速明白了她的心思：她肯定想起了什么，但不想让张占武知道。于是我说："那行，我今天来的目的主要就是做个初步了解。治病不是急事，既然今天瑞林状态不好，我就不多打扰了。我回去把你们刚才说的信息汇总、分析一下，过段时间再过来给瑞林做详细检查吧。"

两人也不留我，客套几句后，我就跟张占武一起告别离开。走到村口，我假装落了手机，独自返回了张瑞林家。云灿霞一边帮我找手机，一边问我治好张瑞林的可能性。我把手机拿出来，假装找到，随后问道："2009年过年那次，瑞林从市里回来之后，又跟你说什么了？"

她一时愣住，欲言又止。

"你不方便对别人讲，"我说，"尤其是村里的人。"

她一脸诧异："你咋知道？"

我笑笑："我是研究心理学的，别人想什么，看一眼就知道。"

说这话时，我还没有意识到，自己已经被叶秋薇悄悄改变——或者说改造。

"难怪了。"云灿霞的目光满是敬意，"张大夫，瑞林的病真能好吗？你这么有本事，肯定有办法吧？"

"那要看你配不配合了。"我看着她，"只要是跟瑞林有关的事，都请你务必告诉我。我了解得越详细，对治疗帮助越大。"

她咬咬嘴唇，缓缓坐到沙发上，顺了顺头发，挣扎许久，才低声说道："他在市里住了一天，回来那天提了个黑皮包，装着二十万块钱现金。"

我沉住气，问："谁给他的？"

"我问了。"云灿霞说，"他也没跟我多说，就说是个大人物。"

"大人物——"我又问，"那他有没有说，这个人为什么要给他钱？"

"说是帮了他的忙。"

"什么忙？"

云灿霞咬了咬嘴唇，压低了声音说："他也没有明说，但我慢慢明白了。那个人给他说了一些话，叫他去监狱里说给张瑞宝听。你可能不知道，他去看过张瑞宝之后没几天，张瑞宝就在监狱里死了。后来，瑞林有一次喝完酒对我说，'灿霞，是我把张瑞宝害死的，等于是我把他杀了'。我也听不明白——"她愁眉不展，"大夫，这会跟他的病有关吗？"

"很有可能。"我说，"而且就算没有关系，说出来对你也是件好事，不然也会像他一样憋出病了。"

她抹了抹泪："你可千万别跟其他人说，村里人早都怀疑我们家包鱼塘的钱来路不明。要是叫张瑞宝那一脉的人知道了瑞林的事，可就不得了了！四爷跟他们是一气儿的，所以我刚才不敢说。"

我点点头："这个你放心，我问这么多就一个目的，就是治好瑞林的病。跟他有关的每一个细节都很有用。你再好好想想，关于2009年年初那件事，有没有忽略的细节？比方说，他在市里还带回来什么东西、还跟你说了哪些话。"

她陷入沉思，一会儿摇头，一会儿点头。

见她如此，我想了想，问："你说他在市里住了一夜，住什么地方你知道吗？"

听了这话，她眼睛突然一亮，起身去了里屋，两分钟后又回到客厅，拿了一张卡片递给我，说："他也是没出息，没住过高级大酒店，那次就带回来一张酒店的说明书，在村里炫耀了好几天，我后来就给放起来了。"

我接过卡片，那是B市一家五星级酒店的简易宣传手册。我翻了两下，在倒数第二页的空白处看见一串数字：

1727。

我问云灿霞："这是什么意思？瑞林跟你说过吗？"

"说过。"她点点头，"为了炫耀嘛，说这是他住的房间号。"

返回B市的路上，我把2009年年初那起监狱血案的前因后果详细梳理了一遍。

2008年9月，围绕徐毅江案的明争暗斗，以神秘组织的完胜而告终——徐毅江保住了性命，于10月被转移至省第一监狱。入狱后，神秘组织继续采取行动，积极帮徐减刑。陈富立说，徐减刑的事，连监狱长都格外重视。

根据这些信息，可以得出三点结论：一、徐所属的神秘组织的确拥有一定程度的国家力量；二、徐毅江对组织来说非常重要；三、在神秘组织和A集团的斗争中，监狱系统是向着神秘组织的。

A集团的目的是让徐毅江死，所以审判阶段完败后，他们自然会继续想办法。比较简单的做法是买通狱警或者犯人，让他们直接除掉徐毅江。但一来，监狱系统并不帮着A集团，二来，这么做虽然简单，却容易留下痕迹和把柄。

与此同时，因为监狱有着极其严格的隔离措施，想让X对监狱内部人员施加影响，也没那么容易。

为此，A集团一直在寻找机会，徐毅江也因此在监狱里多活了三个多月。2009年年初，经过长期的观察和筹划，A集团终于制订了一个完美的计划：以金钱诱惑张瑞林，让X教给他一些暗示方法，再让他以探视的名义接触张瑞宝，对张瑞宝施加影响，从而除掉徐毅江。

那么，张瑞宝杀掉徐毅江之后的自杀行为，是否也在X的预料之中呢？如果是，那这个X未免也太可怕了。仅凭一次传话就能隔空除掉两个人，他的精神力量或许比叶秋薇还要强大。

先抛开这些。如果事情真如我推测这般，那么，张瑞林只是个普通的农民，从未受过任何心理方面的培训，X凭什么确定他能顺利完成任务呢？

我看了一眼副驾驶座上的酒店宣传手册——很显然，一个连市里都很少去的农民，绝不可能主动入住五星级酒店。一定是A集团帮他做了安排，让他在入住当晚接受了严格的培训，以确保计划万无一失。

按照这个思路继续推断：一个农民模样的人在五星级酒店前台办理入住手续，而且对手续流程完全不懂，一定会引起不少人的注意，这不符合A集团低调谨慎的行事风格。所以，酒店的入住手续一定是提前办好的。登记姓名会是谁呢？虽然有可能是张瑞林，但也很有可能不是。只要有可能性，就值得一探究竟。

梳理完这些，我总算逃离了D乡到处是坑的柏油路，进入了通往B市的平坦大道。我给陈富立打了电话，得知了张瑞林的身份证号，以及他探视张瑞宝的具体日期：2009年2月8日，那正是谢博文死于车祸的前一天。

刚回到B市，付有光就打来电话，说地方已经安排好，让我直接过去碰面。他当晚兴致很高，带了两瓶好酒，我无奈只得奉陪。

　　一开始，话题始终围绕着《普法月刊》的人物版块。《普法月刊》在法制纸媒界还是有一定分量的，除了公检法，其他一些机构也会订阅。所以，人物版块对个人名望有着不小的提升作用。领导对我很器重，每次选人都会认真考虑我的意见，正因如此，我才有机会认识大大小小的官员，甚至得到他们的尊重。

　　付有光当监区长六七年了，一直就没变动过。他很会使钱，但会使钱的不止他一个，况且钱有时候也不一定好使。所以，他急需一个机会让上面看到自己，这个机会就握在我手里。

　　大半瓶酒下去后，他拍着我的肩膀说："老弟呀，你说现在这个社会是怎么了？贡个钱都他妈得排队！排了他妈的好几年都没轮上我！"

　　我笑道："这跟买菜不一样，不是拿钱就有，你缺个机会。"

　　他仰起脖子笑笑，指着我说："所以咱俩得互相帮助。"

　　我敬了他一杯酒，吃了口菜，说："眼下，我就有件事要劳烦哥哥。"

　　"别说劳烦，"他摆了摆手，"说劳烦多见外。张大主编有什么事尽管吩咐，我虽然是个小虾米，但在B市地界上，那也是能办点事的。"

　　我问："你知道××国贸酒店吗？我想查个入住信息，三年前的，能查到吗？"

　　他警惕地问："这是要调查啥？"

　　我假装犹豫，最后骂了几句脏字，说："我都没脸说，那时候我老婆单独来了一趟B市，还住了××国贸酒店，我怀疑她是不是跟谁约会了，早就想查查了。"

　　付有光哈哈大笑，拍了一下桌子，翻了翻手机，很快拨了出去，电话接通后，说："王经理，是我，有光啊。嗯，现在方便吗？我这边有个外地来的同志，搞刑侦的，不能声张，得查个你们酒店的信息，嗯，好——"说罢，捂着电话问我，"老弟，查什么？"

　　我说："2009年2月7日，1727房的住户登记信息。"随后又补充说，"前后一周的也都查查吧。"

　　付有光转述了我的话，很快皱了皱眉，说："好，好，我知道了，你不用解释了，我再想办法，这事你要保密，嗯。"挂了电话，他疑惑地看着我，"老弟，你说的那个时间，1727和周围房间的登记信息都找不到了，你真是调查弟妹的？"

我赶紧转移话题："五星级酒店，记录怎么会丢呢？"

他无奈地斜了我一眼："这你别问。这样吧，我给你个手机号，你有时间联系一下。丢失的入住信息，在他那儿可能会有。别说是我告诉你的，我跟他也不熟。我只能帮你到这儿了。"

见他如此，我也不好追问，小心翼翼地记下了他提供的号码，之后便聊起了别的话题。第二瓶酒下去一半的时候，他的醉意已经很明显。我一边劝他不要再喝，一边借着酒劲问道："哥，听说那个徐毅江很有来头啊？"

他眯着眼："你朋友不是认识他吗？"

我说："说是朋友，其实是省里一个领导。他以前跟徐毅江好像有些交情，所以才托我问问。至于我，对这个徐毅江可是完全不了解。"

"嗯。"他到底是醉了，有点口无遮拦，点了一支烟，说，"这徐毅江是谁啊，我也不知道，但我可以给你说个事。2008年年底开会，马老三把我留下，让我对徐毅江多照顾照顾，有减刑的机会都给他留着，监狱局和法院那边不用我操心。我当时就问了，这个徐毅江是干啥的？"他抽了口烟，龇了龇牙，"马老三说，是咱俩都惹不起的人。你对他注意点，叫主管好好保护他，可不能叫他出事！"

我倒吸了一口凉气。马老三名叫马三军，在省第一监狱做了十几年的监狱长。听付有光的意思，马三军早就知道徐毅江可能出事，如此说来，他一定知道徐毅江的身份，甚至知道徐毅江进来的原因，更甚者，他或许也是那个神秘组织的一员。

不过，马三军一年前已经上调司法厅，想接触他也并不容易。

付有光拍了拍桌子，哭丧着脸，说："我想着这是在监狱里，能出什么事？无非是自杀或者跟别的犯人打架。我特意找了最好的心理医生跟进他，还把他安排到陈富立下边。×他娘，结果还是出了事，你说我咋就这么倒霉。"说完，拼命地抽烟。

当晚，我让代驾把付有光送回家，自己找了个快捷酒店。虽然我已经极力控制，但当晚还是喝得有点多。一进房间，我就倒在床上沉沉睡去。我做了个梦，梦见有个男人站在卫生间门口，用阴森的目光看着我。我迷迷糊糊地爬起来，问他是谁。他先说自己是徐毅江，又说自己是马三军，然后说自己是陈玉龙，最后冷冷地挤出几个字：我就是X。我一愣，听见一个熟悉的女声说，张老师，你跟我越来越像了。我一惊，抬头一看，发现自己回到了叶秋薇的病房。叶秋薇坐在玻璃那边看着我，嘴角滑过一丝怪异的笑。

我猛然惊醒，从床上滚落到地面。我站起身，头脑依然昏沉，喉咙干得难受。我看见茶几上的茶叶包，就拿着水壶去卫生间接了水。洗漱池里填满了呕吐物，我都忘了自己是怎么吐出来的了。我一边接水，一边照了照水池上方的镜子，想起刚才的梦，再次吐了起来。

喝了几口热茶后，身体总算舒服了一点。我打开灯，看了看表，发现刚刚凌晨一点半。我翻动手机，看见付有光当晚提供给我的号码，几经犹豫，还是试着拨了出去。

电话很快接通，对面很嘈杂，一个男人洪亮的声音响起："喂，干什么的？四条？碰了，碰了！哎，你们等会儿。"片刻之后，周围安静了许多。那人问道："有什么事吗？"

我试探着说："我想查××国贸酒店三年前的入住信息。"

那人干脆利落地说："哦，您好。有身份证号五百，光有名字的一千，这是单人单次价格，请问您要查询什么？"

我叹了口气，抱着尝试的态度说："2009年2月7日，1727的入住登记信息。"

对方犹豫片刻，说："没名字也没身份证号，需要一千五，先钱后货，同意的话，我现在就把卡号发给您。确认付款后两分钟内，就会把信息发送到您的手机上。"

我说："我能信得过你吗？酒店丢失的信息也能查到吗？"

对方友善地笑笑："当然可以。整个B市，您再也找不到第二家像我这么专业的了。"

我顾不上研究其中的猫腻，当即到楼下找了个ATM机打了款。一分钟后，那人给我发来一条短信：

××国贸酒店，2009年2月7日，1727号房，登记身份证号410××××××××××××××，登记姓名：陈玉龙。

"陈玉龙？！"我当即愣在原地。

2001年，为处理家中事务，我结识了一位名叫陈玉龙的年轻律师。我们年龄相仿，性格、价值观相近，很快就成了无话不谈的朋友。2003年，他去了外地发展，我们之间的联系也就日渐减少，2005年春节互发了拜年短信后，就再也没了彼此的消息。

2009年2月7日，××国贸酒店1727房的登记人也叫陈玉龙，这会是巧合吗？身份证号显示，这个陈玉龙是本地人，而且跟我同一年出生——至少在这两点上，他和我那位律师朋友十分相符。

我打了个寒战：如果真是同一个人，我是否早就和M事件有了牵连？

更让我不解的是，为什么刚刚做梦时，我会听见陈玉龙这个名字呢？难道在当天的调查中，有人对我进行了某种形式的暗示？又或者，卖信息的这个人出于某种目的，故意告诉我这个名字，想扰乱我的调查？

我沉住气，回了一条短信："你确定？真是这个人？"

对方迅速回复："性命担保，假一赔十。"

我还是不放心，又把电话打了过去。从对方的语气和用词判断，他确实没有骗我的意思。最后，我问他能不能帮忙查到这个陈玉龙的身份证照，他不屑地笑笑："你真是个外行。我也不跟你要钱了，给你一个网站，你自己就能查到。"

一分钟后，我登录了他提供的网站，花了十五块钱，通过姓名和身份证号查到了对应的照片。我一眼就认了出来，照片上那个人，正是我多年未见的律师朋友。

我把手机通信录翻了好几遍，也没能找到陈玉龙的名字——我们已经将近八年没有联系了，这八年里，我不知换了多少次手机和手机号，怎么可能还有他的信息呢？一个八年未见的朋友，如今却以这样的方式再次进入我的视线，这究竟意味着什么？

各种思路都不通畅，我躺在床上，觉得天旋地转。

第二天一早，在返回本市的路上，我联系了陈玉龙曾经待过的律师事务所。负责人告诉我，陈玉龙离开后不到两年，也和事务所断了联系。他只知道陈玉龙去了S市，在一家招牌里带"启航"二字的事务所待过一年。挂了电话，我用手机搜索了一下，发现S市有二十几家名字里带"启航"的律师事务所。

想找到陈玉龙，恐怕得亲自去一趟S市了。

第十章

梦的解析杀人事件（上）

弗洛伊德只是把梦境当作一种心理活动现象，我却认为，梦是一种可以掌控的心理工具。通过暗示影响一个人的心理活动，从而干预其梦境。

回到本地已是上午过八点半，我决定暂时放下陈玉龙的事，认真准备与叶秋薇的第七次会面。在一个路口等红灯时，我把死亡资料翻到第五页。下一个死者名叫何玉斌，关于他，资料里是这么说的：

　　何玉斌，男，生于1974年6月，生前为E制药公司市场部副经理。2009年8月18日，何玉斌在公司一生产车间内遭枪击身亡。凶手为其上司、市场部经理赵海时，凶器为杂牌立式双管猎枪。案发后第三天，赵海时被警方逮捕。2009年9月，法院以非法持有、私藏枪支、弹药罪，故意杀人罪，两罪并罚，判处赵海时死刑，剥夺政治权利终身。

　　我放下死亡资料，深吸了一口气。

　　陈曦曾在笔记里提到，代表E厂与丁俊文接触、谈判的人名叫赵海时，不出意外的话，此人应该就是何玉斌案的这个凶手。王伟死后，叶秋薇手头唯一可查的线索就是赵海时，这么说来，她很可能是通过赵海时了解到何玉斌的。利用暗示让赵海时枪杀何玉斌，显然是个一箭双雕的计划。

　　上午八点五十八分，我总算及时赶到了市精神病院，老吴让我直接把车开进四区。我停好车，四区的其他病人刚好结束了放风，在二十几名保安和医护人员的控制下陆续返回病房。

　　两个男病人正低头走着，突然互相对视了一眼，接着便露出凶恶的表情，一面大骂对方，一面拼命挣扎。保安们拉紧绳索，但两人力气很大，挥舞双拳，一转眼就把三名保安和一名医生推翻在地。眼看就要挣脱，两人却突然不约而同地消停下来，看着不远处一个瘦弱的身影出神。

在汤杰超的控制下，叶秋薇步履轻盈地朝我走来。其他病人都被绑得结结实实，她则只是被捆了双手。她举起双手，看着那两个男病人，扶了扶眼镜，随后指了指自己的太阳穴。两个男病人肩膀微微晃动，喘了几口气，总算彻底平静。

之后，叶秋薇随汤杰超走到我面前，一脸平静地看着我。老吴拍拍我的肩膀："老张，那你就陪叶老师走走吧。"说罢看向汤杰超。汤杰超不慌不忙地把捆绑叶秋薇的绳子递给我，好像我刚刚在集市上向他买了一只羊。

我小心翼翼地捏着绳子，陪叶秋薇走进四区东侧——那片一直静立于她窗外的槐树林。我回头看了看，已经不见老吴他们的身影，就提出要给她解开绳子，却遭到她的拒绝。

"绑着吧。"她说，"这样能有效地保持距离。"

我点点头，毕竟是第一次毫无阻隔地与她相处，难免有些紧张。

那天，她穿了一条水绿色的宽松衣裙，裙摆垂到小腿正中，偶尔在轻风的吹拂下飘到膝盖。她比我低半个头，目测一米六七左右。没有了玻璃墙的阻挡，她的目光更显敏锐，甚至有些冰冷。即便7月的上午已经很热，跟她在一起，还是能感受到明显的凉意。

走到一棵大槐树下，她停住脚步，直入主题："王伟自杀，周芸失踪，下一个重要人物就是赵海时。"

我连忙打开录音笔，小心翼翼地别在领口，点点头说："赵海时，就是E厂派去和丁俊文谈判的人。第五个死者名叫何玉斌，你利用赵海时杀了他。"

她不紧不慢地说："王伟自杀，后事是几个亲戚帮忙料理的。没什么仪式，离开医院就直接入了土。我去了现场，王伟埋得很安静，连前妻和女儿都没去看，我自然也没有通过他的死发现新的可疑人物。他的房子被亲戚们挂牌出售，我进去调查过，也没能发现值得进一步追查的线索。综合这些，王伟这条线算是断了。"

我问："你又找过周芸吗？"

"一直在找。"她说，"但一直没能找到。我也想过去找舒晴，但害怕把自己暴露给X，最终作罢。经过几天的慎重考虑，我决定开始调查赵海时。"

"请说说过程。"我说，"你是怎么接触他的？"

"我不能直接接触他。"叶秋薇说，"谢博文和丁俊文都是我的熟人，陈曦没有跟我直接接触过，王伟是主动找上的我。所以之前，我才能完美掩饰自己的意图。赵海时跟前四个人不同，他是E厂的人，跟我也没有任何交集，所以别说主动接触了，就是想办法让他接近我，时间久了，也难免引人怀疑。"

"那你是——"

她说："我用了一个多星期的时间调查了他的生活、工作情况。他1974年出生，高中没上完就辍了学，倒腾过水果，摆过地摊，当过建筑工人。1997年，A集团收购E厂，员工大换血，他进入新组建的E厂当了一名生产工人。到了1999年，他已经升任车间主任，次年进入新成立的市场部，2003年成为部门经理。2004年春天，他娶了市场部一名职员为妻，五个月后就有了孩子。他老婆名叫肖小燕，1982年出生，婚后辞了工作，开过美容院和花店，2007年开了一家女子健身房，一直经营到2010年。"

我尽可能把她的话记到脑子里。

"我明白了。"我说，"你想通过他老婆来了解他。"

叶秋薇满意地点点头："我到健身房去了十几次，对肖小燕进行了细致的了解。她上午从来没去过，总是在下午三点半左右步行到达，傍晚六点左右在健身房里吃减肥餐，然后步行回家。她和几位老客户关系很好，每次都会跟她们聊很久。我观察了那几个客户，发现她们存在很多共同点——皮肤很白，喜欢穿暗色的衣服，扎马尾辫，乒乓球打得很好。为了让肖小燕主动接触我，我花了一个星期练习瑜伽和乒乓球，同时研究了她每天步行前往健身房的路线。2009年7月20日下午三点，我扎了马尾辫，穿了一件深棕色背心，在她的必经之路上等待。她在三点十五左右出现，我慢跑着从她身边经过，然后假装不小心掉了钥匙——我在钥匙链上挂了一只乒乓球拍模型。她捡起钥匙还给我。我主动跟她聊了起来，还说，哎，我好像在前面路口那家健身房里见过你啊。她说，我就是那家健身房的老板。之后她问我有没有办会员卡，我说前几天先了解了一下，现在就准备去办呢，想不到就碰见老板了，真是天意啊。"

我满脑子都在幻想运动型的叶秋薇会是什么样子。

她继续讲述："我说天意本来是为了套近乎，她的反应却让我有了意外收获。她说，对对对，就是天意，这人间的事啊，都是老天安排好的。我当时就觉得她很信命——她的这一心理特点，成为我后来操控她的关键。"

我默默点头，示意她继续。

"我们一起步行去了健身房。"叶秋薇说，"路上，她问我是不是喜欢打乒乓球，我说从小就喜欢。话题打开，我们从乒乓球聊到童年，从童年聊到家庭，又从家庭聊到男人和女人。等抵达健身房，她已经开始叫我秋薇姐，我也亲切地叫她小燕。她帮我办了会员卡，又亲自给我介绍了各种器材和项目，还带我认识了几个朋友。之后，我们打了一个小时的乒乓球，下午五点左右去了休息区。她洗澡很快，我出去时，她正在全神贯注地看一本小开本的书，书名是《周公解梦新解》。"

我说："她确实很信这些啊。"

"是。"叶秋薇说，"我躺到她身边，问了一句，看什么呢？她不好意思地把书放进包里，说就是瞎看。我笑道，我以前也喜欢研究《周公解梦》呢。她很惊讶，问，大学教授也信这个？我认真地跟她说，为什么不能信？《周公解梦》也是有科学依据的。"

我不禁问了一句："你真这么认为？"

"也许有吧，但这不重要。"叶秋薇如此回应，"重要的是，那本《周公解梦新解》是硬皮的精装本，封皮很旧，而且有好几处明显磨损，显然已经买了很长时间，并且经常被翻看。爱看《周公解梦》的人，想必也经常做梦，而梦境通常能反映一个人真实的内心。如果我能了解她的梦境，就能更多地了解她，或许还能通过她了解她丈夫。"

"释梦。"我点点头，"又是精神分析学。"

"其实我没怎么研究过《梦的解析》。"叶秋薇说，"关于梦，我有自己的理解方式，未必和弗洛伊德相同。同时，弗洛伊德只是把梦境当作一种心理活动现象，我却认为，梦是一种可以掌控的心理工具。"

我听得不太明白："梦确实是用来了解内心世界的工具，但'掌控'一词怎么说？难道你能控制其他人的梦境？"

"用暗示。"她解释说，"通过暗示影响一个人的心理活动，从而干预其梦境。这种手段虽然无法精确控制，但或多或少都会起到作用。举个简单的例子，你带孩子去游乐园玩，他很想尝尝棉花糖，但你就是不让他吃，后来，你通过别的方式转移了他的注意力，他看似忘记了棉花糖，但其实没有。他想吃棉花糖的欲望没有消失，只是受到了压抑，停留在了潜意识之中。如果他当晚做梦，梦境很可能和游乐园有关，而梦的核心，极有可能是对棉花糖的渴望。"

"梦是欲望受到压抑后的展现。"我若有所思，"这是《梦的解析》的核心思想吧。"

"我只是举个例子。"叶秋薇停止分析，继续讲述她和肖小燕的事，"言归正传。听了我的话，肖小燕来了兴致，跟我说起她对《周公解梦》的看法。她说，我觉得吧，梦就是老天爷给人的启示。但老天爷的启示，咱们凡人未必能懂。而《周公解梦》，就是替老天爷解释启示的书。"

我说："她还有一套自己的理论呢。你是怎么回应的？"

"附和。"叶秋薇说，"我装作惊讶地看着她，说，真是找到知音了，我跟你想的完全一样，越研究科学啊，我就越觉得人类愚昧，造物主——也就是老天爷——本着怜悯之心给人类指路，其中一种方式就是梦吧。我还举了一些例子，说很多古书里就记载，大人物出生前，其母都会做一些带有预兆的梦，就是老天爷的指示呀。所以说，梦的存在，也证明世间的一切都是早有定数的。"

忽悠宿命论者的话让叶秋薇这么一说，还真挺像回事。

她继续讲述："肖小燕听了我的话，兴致盎然地跟我聊起了梦和宿命。她很快就告诉我一个秘密，说她晚上睡觉很少做梦，即便做了也记不住。但她有午睡的习惯，每次午睡都会做非常清晰的梦，而且好几天都不会忘。"

"听你的描述，她不像是个用脑过度的人。"我分析说，"每天午睡做梦，看来她潜在的压力可不小。"

"是的。"叶秋薇说，"聊了一会儿，她就跟我说起了当天中午的梦，她梦见一个陌生男人，具体长什么样记不清了，就记得他很英俊。在梦里，男人一直在喂她吃巧克力，她吃再多都感觉不到腻。后来她问男人，这巧克力真好吃，是什么牌子的啊？男人笑笑说，我也不知道，是别人给我的。她拿起包装纸一看，是'金丝猴'牌的。也不知道为什么，在梦里，她特别讨厌'金丝猴'这个牌子，当时就吐了起来。奇怪的是，她觉得吐了很多东西，四下一看，却找不到呕吐物，嘴角也没有呕吐物的残留。紧接着，她听见一阵笑声，看见一头小奶牛，一个四五岁的小姑娘骑在牛背上，张开双臂想让她抱。她很想抱，可刚伸出手，就看见十根手指上都戴着钻戒，每颗钻戒上都爬满了蛆虫。她特别害怕蛆虫，一着急就吓醒了。"

我一边琢磨这个奇怪的梦，一边问道："你是怎么理解的？"

　　"并没有出现过于离奇的事物，应该没有太深的隐意。"她说，"逐一分析：很多女人都会梦到陌生男人，就我的经验而言，英俊、温柔的陌生男人，通常象征着对新恋情的潜在渴望。巧克力是一种食物，食物象征的意义与个人喜好有关，不能一概而论。所以我假装不经意地问，小燕，你喜欢吃巧克力呀？她摇摇头说，以前挺喜欢，但现在不喜欢了，一想到就反胃。"

　　我接过话："这么说，梦里的巧克力也具有一定的象征意义。"

　　"象征物和本体在性质上应该具有相似性。"叶秋薇继续分析，"所以，巧克力象征的，应该是某种她曾经喜欢、如今厌恶的东西。这里存在一个矛盾，既然是如今厌恶的东西，为什么她在梦里吃不腻呢？"

　　"跟某种条件有关。"我一愣，突然明白过来，"巧克力是那个英俊男人喂她吃的！"

　　"重点就在这里。"叶秋薇站得很直，"想象这样一种东西，女人曾经喜欢、如今厌恶，但从陌生男人那里得到，又会觉得美好。"

　　我脱口而出："感情。甜蜜的感情跟巧克力很像，一开始特别想吃，但如果每天都吃，自然会觉得腻味。"

　　叶秋薇接着分析："注意接下来的变化——一切原本都和谐美好，直到她问起巧克力的牌子。她为什么会讨厌'金丝猴'这个牌子，还恶心到想吐呢？我问她，你真厉害，连牌子都能记住，你以前经常吃'金丝猴'牌巧克力吗？她说，我从来没吃过，只是听说过这个品牌而已。我意识到，'金丝猴'应该也是一种象征。"

　　我忍不住问："象征什么？"

　　叶秋薇缓缓说道："我列举了她和猴子之间可能存在的关联，只有一种解释说得通——她儿子是猴年出生的。为了确认自己的猜测，我过了一会儿才问，小燕，你儿子呢，什么时候带他过来玩玩呀，我最喜欢小孩子了。她无奈地噘了噘嘴，说，你喜欢干脆送你好了，我家儿子现在正是调皮的年龄，整天上蹿下跳，还不讲卫生，跟个小毛猴似的。"

　　我恍然地点点头。

　　"下一个重要现象。"叶秋薇说，"她因为巧克力是'金丝猴'牌的而开始呕吐,却始终没有吐出东西。这种虚假的呕吐感,可能是妊娠初期体验的重现——儿子的调皮让她心烦,这种心烦的感觉在妊娠期也出现过。"

"对。"我说,"金丝猴除了象征儿子顽皮,应该也象征了儿子在猴年出生,因而引起了猴年出现过的生理感受。"

叶秋薇不置可否:"继续分析。骑着奶牛到来的小女孩,似乎也很难找到象征意义。我当时随口问了一句,怎么会梦到小女孩?你喜欢小女孩吗?她叹了口气,说,当然喜欢了,很想要一个。我正准备问她为什么不要,突然明白了这段梦境的意义——奶牛也是属相的象征,2009年正好是牛年,我猜测,她很想在牛年再生个女儿,甚至有机会生,但最终还是错过了——她想把小女孩从牛背上抱下来却没有成功,就说明了这一点。最后,她没有抱下小女孩的原因,是因为手上戴满了钻戒,而且每只钻戒上都有蛆虫。在梦境里,蛆虫通常是肮脏、恐惧或者无奈的代表。和钻戒联系在一起,我认为,她2009年没能要女儿,可能和婚姻有关。"

我基本能跟上。

"我决定做个试探。"叶秋薇又说,"我躺了一会儿,摸了摸肚子,叹了口气说,唉,去年我也怀过一个女儿,可惜后来掉了。她激动地坐起来,说,真的?我也是哎!我去年秋天怀上了,找了个熟人查了一下,90%是女儿,但最后被我老公逼着做掉了,他说没精力照顾两个孩子。"

在她的引导下,我基本明白了肖小燕的梦。

"总结一下吧。"叶秋薇说,"通过这个梦可以知道,肖小燕似乎不太喜欢儿子,她2008年曾经想要个女儿,但在赵海时的压力下作罢。丈夫的逼迫对她而言,就像爬着蛆虫的钻戒,虽然物质富足,却给她以极重的压力和无助感——她很怕丈夫。正是因为这种怕,她对婚姻产生了厌烦,渴望其他男人给她舒适、自由、甜蜜的感情。但同时,她又因为丈夫而感到顾虑。所以在梦境里,她看不清陌生男人的长相。这个陌生男人可能象征着现实中的某个人,也可能只是幻想中的美好男人,又或者是她对丈夫的幻想。总之,她处于一种被婚姻压迫、渴望逃离而又惧怕丈夫的心理状态。我也因此对赵海时有了初步判断:独断、令人惧怕,强迫妻子流产,则体现了他冷血的一面。当然,这些都只是初步判断。"

我理解了她的分析,而后问道:"接下来呢?你之前所说的'通过暗示干预梦境',是通过怎样的手段实现的呢?"

叶秋薇点点头："接下来，我也向肖小燕讲了一个自己的梦。"

　　"你的梦？"

　　"当然是编造的梦。"她说，"我讲述的梦境很简单，我和我丈夫发生了争执，吵架吵得很凶，突然冲出来几个坏人，我丈夫为了保护我跟他们打架，他们拿刀捅了我丈夫，血流了一地，后来我就吓醒了。"

　　我思索片刻，不解地问："为什么要讲这样一个梦？有什么隐意吗？"

　　她解释说："没什么隐意，只是简单的象征——我和丈夫发生争吵，暗示丈夫会给妻子带来压力和不愉快。坏人出现，丈夫为了保护我而流血牺牲，又暗示了丈夫对妻子的保护作用，以及为家庭所做的牺牲。赵海时一方面对肖小燕造成了极大的压迫感，让她感到厌烦甚至恐惧，另一方面又能给她富足的生活，保证她物质上的安全感。肖小燕潜意识里存在对于丈夫的矛盾心理，我讲述这个梦，是希望能引起她的共鸣，引导她的潜意识对夫妻关系进行思索，进而对她丈夫的事进行思索。"

　　我觉得难以置信："讲一个梦，就能起到这样的暗示效果？"

　　"从她给我讲的梦来看，她的潜意识很善于使用象征和自我伪装。"叶秋薇说，"这样的人大都心思细腻，有点多愁善感，非常容易接受暗示。当然，你的担心也不无道理，一个简单的暗示未必能达到预期效果。所以，就算她没有完全接受我的暗示，我也会通过其他方式继续对她进行引导。"她顿了顿，又说，"不过，她显然比你想的要敏感许多。"

　　我点点头："请继续。"

　　叶秋薇接着讲述："听了我的梦，她马上取出《周公解梦新解》，翻了翻，说，梦见跟老公吵架，说明你对老公有些不满，但这不影响你们的恩爱；梦见老公跟别人打架，说明你老公会很有活力；梦见他流血啊，更是好兆头，说明他会发财呢。又问我，对了，在梦里，你老公最后死了吗？"

　　听到这里，我想起秦关的事，心里有点不舒服。

　　叶秋薇则依然平静："我想了想，说，死了。她满意地点点头，说，那最好，这表示你老公将来一定会健健康康。这叫反梦，很准的。我应和了几声，正考虑如何继续引导她的潜意识，她却突然侧身看着我，叹了口气。我意识到了什么，赶紧问她为什么叹气。她说，我突然想起我老公了。秋薇姐，你说男人什么样的最好呢？是永远懂你、体贴你的小男人，还是霸道、把你当成宠物一样照顾、什么都不让你操心的大男人？我笑笑说，两种都要不行吗？她又叹了口气，世上哪有十全十美的男人啊。难道你见过？"

"她确实敏感。"我说，"这么轻易就被你引导了。"

"既然她主动上钩，我自然不能客气。"叶秋薇抬手摸了摸垂下的几缕枝叶，"我问，怎么，对你老公不满意啊？她笑笑说，谈不上不满意吧，他很好，有本事，能挣钱，就是不关心人，也不是不关心，是不懂关心。我总觉得他把我当成了一个宠物或者一件宝贝，他会用他自己的方式爱我、保护我，但从来不考虑我的感受。去年他命令我去流产的时候，我差点就想跟他离婚了。"

我默默点头。

叶秋薇又说："之后的一个多小时里，我们都在聊她丈夫的事。肖小燕对我没有戒心，我也因此对赵海时有了更多了解。他在E厂混得风生水起，连A集团的几位高层都知道他。他人脉很广，不仅认识很多政府官员，还有一帮肯为他卖命的弟兄——肖小燕没有明说，但我听得出来，赵海时手底下有一个黑社会性质的小团体。同时，赵海时很会赚钱，也非常舍得为肖小燕花钱。肖小燕说想开健身房，他一周之内就租好了地方，还订购了最好最新的器材。通过肖小燕无意间的只言片语，我还判断出，赵海时的很多钱都来路不明。"

我一边听，一边在脑海中勾画赵海时的形象。

"那天下午，她说了很多赵海时的事，但不是全部。"叶秋薇继续分析，"说话期间，她经常出现欲言又止的表情，有些话说到一半，她就突然转换了话题，有时候，她还会对自己之前说过的话予以否认——这些现象都表明，她渴望倾诉丈夫的事，但有些事不方便让外人知道。倾诉欲望受到压抑，就很可能通过梦境进行释放，解读梦境，就很有可能推断出她想说而未明言的信息。"

我说："理论上如此，但梦毕竟有着太多不确定性啊。"

"所以，我要强化她的倾诉欲望。"叶秋薇说，"我们在健身房吃了晚饭，她只吃清水煮的蔬菜。"

我问了一句："她胖吗？"

"中等身材，一点儿都不胖。"叶秋薇想了想，说，"我问她为什么要这样严格对待自己，她眼睛一亮，笑得合不拢嘴，说要保持好身材，遇见好男人才抓得住啊。"

我眉头一皱："她当时是不是已经有心仪的对象了？"

"很有可能。"叶秋薇说，"我赶紧抓住机会，说，你还是老实点吧，孩子都这么大了，别动不动老想别的男人，要多想想你老公的好，他赚钱的能力，他事业上的成就，他的社会地位和优秀的人脉，这样的男人哪儿找啊？说不定，早就有女人盯上了。她叹了口气，说盯上就盯上吧，有时候我还真不想跟他过了，你不知道——唉——有些事也没法跟你说。"

我连连点头："你成功地强化了她的倾诉欲望。"

"还不够。"叶秋薇说，"我们一起步行离开健身房，她家离得不远，在A集团建造的高档别墅区。分开时，我特别羡慕地说，真嫉妒你啊，有这么好的老公，还是知足点吧。就算有再多不好，再多不能跟别人说的压力，有这么好的房子也该忍了。她张了张嘴，无奈地叹了口气，说家家有本难念的经，我还羡慕你呢。"

叶秋薇再次强化了肖小燕的倾诉欲望。

我问："之后呢，她做了你想要知道的梦吗？"

"你之前的担心是对的。"叶秋薇说，"第二天，我并没有从她的梦境中推断出什么。那天下午，我再次跟她聊了一下午，不断地对她进行引导。到了第三天，我总算有了收获。那是7月22日，下午三点四十，肖小燕一脸疲惫地进入健身房，我和另外两个客户陪她打了乒乓球，休息时，她给我们讲了当天中午做的噩梦，她梦见自己是个医生，突然接到一个重要的手术，病人正是赵海时——在梦里，他不是她的丈夫。手术很不顺利，赵海时体内爬满了蛆虫。奇怪的是，在这次的梦境里，她居然一点儿也不怕那些蛆虫。她一只一只地帮赵海时取出蛆虫，但蛆虫还是一只一只地钻出来。这时，赵海时说，大夫，我没事，你不用管我肚子里的蛆，回办公室玩吧。我饿了的时候，你来给我送饭就行，我最喜欢吃你蒸的白面馒头，又大又软。肖小燕说，我现在就去给你做饭。刚一转身，突然来了一位男医生，男医生手里拿着几条蛇，说，我有办法治好病人，让蛇把蛆吃了就行。说着，他把几条蛇扔进赵海时的肚子里，赵海时体内的虫子瞬间都消失了。在梦中，肖小燕看见了那几条蛇的特写镜头，它们吐着蓝色的芯子不停扭动，突然张嘴对着赵海时的心脏来了一口。肖小燕觉得自己心头一阵剧痛，差点醒来。就在半梦半醒之际，那个男医生居然抱住她强吻起来，突然又放开她，脱下裤子，两腿间盘踞着一条又细又长的蛇，蛇眼闪着寒光，透着无法言说的恐怖阴森。"

这个梦有点长，我根本记不住其中细节。

"有关她丈夫的梦，还有其他男人——"我若有所思，"你是怎么分析的？"

叶秋薇想了想，说："讲述这个梦时，肖小燕一说到那个男医生，眼睛就会迅速地眯一下，或者眨一下眼，同时嘴唇紧闭，左侧嘴角微微往下撇——这些，都说明她对那个男医生很反感。就算她在梦里没来由地讨厌这个医生，这种情绪通常也不会带入现实之中。所以我猜，她或许认识那个梦里的男医生，但是故意没有提起他的名字。"

"那个男医生在梦里强吻了她。"我试着分析说，"一般来说，当女人很喜欢一个男人又无法得到时，才会做被这个男人强吻之类的梦吧？她对这个男人反感，又怎么会梦到被他强吻呢？"

"也许这个现象在这个梦境里有特殊的象征意义。"叶秋薇说，"当时，其他两个客户的反应跟你一样，一个开玩笑说，小燕是不是想男人了，那个男人还有一条又细又长的'蛇'呢。另一个说，小燕真奇怪，长我能理解，为什么会细呢？难道小燕喜欢细的？"

听叶秋薇说着这些，我的心一阵乱跳。

"两个人这样开玩笑，肖小燕显得非常反感。"叶秋薇走了两步，"大家沉默了一会儿，两个客户就去做瑜伽了。肖小燕跟我去了休息区，拿出《周公解梦新解》来回翻看，显得闷闷不乐。经过详细考虑，我决定主动出击，直截了当地问道，小燕，你刚才说的梦里的男医生，你是不是认识他？她一愣，说，你怎么知道。我说我能感觉出来，你好像很讨厌那个人。她不可思议地说，秋薇姐，你真是我的知音，一眼就能看懂我。刚才她俩开那样的玩笑，弄得我郁闷死了。我笑笑说，她们又没有恶意，只是看你郁闷，想逗你开心嘛，犯不着因为这生气啊。然后我又假装随口一问，哎，那个男医生到底是谁啊，你这么讨厌他，怎么还会梦见被他强吻呢？"

我急切地问："是谁？"

叶秋薇说："肖小燕沉默了一会儿，叹了口气说，就是我老公他们部门的副经理，叫何玉斌，我也不知道为什么会做这么奇怪的梦，我只见过他一面啊。"叶秋薇顿了顿，看着我说，"听到这里，我基本明白她这个梦的隐意了。"

我静待她的解析。

"还是逐一分析。"她说，"首先是身份，为什么她梦见自己是医生，赵海时是病人呢？这一定象征着两人之间的某种关系，比方说，没有医生，病人就活不下去——肖小燕在潜意识里认为，没有她，赵海时就活不下去。或者换个角度，医生的出现可以增强病人的自信——肖小燕可以为赵海时增强自信。再换个角度，医患关系一直是社会焦点，肖小燕很可能是受了某些新闻的暗示——医生和病人的身份，或许象征了她和丈夫之间的紧张关系。三种潜意识心理都有存在的可能性，也可能同时存在，我必须想办法弄清楚，因为她和赵海时在梦里的身份，是解析这个梦的基础。"

我问："怎么做？"

她又走了两步，说："在之后的闲聊中，我假装无意地说起一件事——当然，还是编的——说我一个同学前段时间难产死了，所幸保住了孩子，同学的老公带了一大帮人去医院闹事，还把妇产科的几个医生都打伤了，最后医院赔钱了事。"

"你想听听她对当代医患关系的评价。"我点点头，"她是怎么说的？"

叶秋薇停下脚步："她不假思索地说，如今医患关系紧张，问题就出在沟通上。医生竭尽全力为患者解忧，但有些事不是现有的医学技术能解决的。就说你同学吧，高龄生育本来就很危险，出事也不能全怪医院啊。说不定，当事的医生比她老公还难受呢。最后叹了口气说，唉，病人也得多理解理解医生啊。"

我迅速明白："在她的潜意识里，医生是尽职尽责的代表，而患者通常缺少对医生的理解，梦境里的医患身份，说明她和赵海时之间存在类似的关系。"

"她认为自己对丈夫尽职尽责，但丈夫并不理解她。"叶秋薇继续分析，"在梦里，她竭尽全力帮赵海时除去体内的蛆虫，赵海时却让她回办公室玩，也说明了这一点。"她顿了顿，又说，"弄清楚了身份的意义，就可以继续解析了。下一个重点是蛆虫，赵海时体内的蛆虫。"

我沉思片刻，道："她两次梦里都出现了蛆，看来蛆对她潜意识的影响很深，她是不是受过有关的暗示或者刺激？这一点，也很有必要弄清楚吧？"

"当然。"叶秋薇说，"也是在之后的闲聊里，我们又说起她的梦。我问，你怎么整天梦到蛆啊，不觉得恶心啊？她说，就是因为恶心才梦到的。接下来，她跟我说了一件事。2004年8月末，她去医院待产，生完孩子后，婆婆每天都会给她熬鸡汤、鱼汤喝，她当时觉得特别幸福。9月中旬她回了家，当时就感觉家里不太对劲，总有一股很恶心的气味。坐完月子，她第一件事就是寻找恶心气味的来源。在厨房里，她发现了五六个没有系紧的垃圾袋，打开一看就吐了——垃圾袋里全是没吃完的鸡骨和鱼骨，虽然已经10月，但袋子里还是爬着大大小小的蛆虫。原来她婆婆很迷信，说坐月子期间吃的鸡和鱼都是有怨气的，留着骨头对孩子不好，需要等出了月子一起烧掉，所以就先存在了家里。肖小燕知道婆婆没有恶意，但婆媳之间还是因此产生了不可调和的矛盾。以后每次跟婆婆或者赵海时生气，她都会瞬间联想起垃圾袋里的蛆虫——这件事成了她挥之不去的阴影。我认为，在潜意识里，蛆虫就象征了一切与婚姻有关的负面情绪。"

我点点头："在第一个梦里，钻戒上爬满蛆，就象征婚姻既给她带来了物质财富，又给她带来了精神压力。第二个梦里，赵海时体内爬满了蛆，又是什么意义呢？"

"这里需要注意一点，在第二个梦里，肖小燕一点儿都不怕那些蛆虫，而且并不觉得恶心。"叶秋薇一边往前走，一边继续分析，"这是一处非常微妙的心理细节。我的理解是，第二个梦里的蛆虫，依然象征婚姻带来的压力和困扰，但，是她可以逃避的压力或困扰。"

"她可以逃避的——"我努力回想了一下梦的内容，"我明白了，蛆虫在赵海时体内，所以代表的是赵海时的压力或困扰。在潜意识里，肖小燕希望能在这种困扰上帮助丈夫，但又暗藏着逃避心理，所以，赵海时在梦里并不是她丈夫。"

"完全正确。"叶秋薇回头看了看我，"继续看这个梦。赵海时不让肖小燕管自己，让她回办公室玩，这个很容易理解，在现实中，赵海时不想让妻子分担自己的压力，因为他独断、冷血、大男子主义，不愿意让女人掺和自己的事。"

我连连点头。

"下一个象征是馒头。"叶秋薇继续缓步前行，"这个很容易理解。肖小燕虽然不胖，但胸部很丰满，胸形也很漂亮。虽然只接触了三天，但我能明显感觉到，她对自己的胸部非常骄傲。女人对身材的骄傲离不开丈夫的赞美，我猜，赵海时一定经常赞美她，或许还会用到一些比喻，比如又大又软的白面馒头。"

我下意识地看了一眼叶秋薇的胸口，随后定了定神，接过话说："白面馒头象征了肖小燕的胸部，其实也就是象征了性。赵海时不让妻子管自己的事，只是让她做好一个妻子的基本义务——满足他的性需要。"

"这或许只是肖小燕的个人想法。"叶秋薇说，"丈夫不让她管自己的事，在潜意识里，她就觉得自己只是丈夫释放性欲的工具。"

我表示赞同，请她继续分析。

她说："接下来，何玉斌以医生的身份出现，把几条蛇扔进赵海时体内，赵海时体内的蛆虫瞬间消失。紧接着，这些蛇就咬向了赵海时的心脏。要分析这一现象，就要弄清楚蛇对于肖小燕的象征意义。所以我问，小燕，你很怕蛇吗？她说，当然怕了，我还被蛇咬过呢。我追问起来，她就跟我说了自己儿时的一次经历。她小时候跟父母住在市郊，房子后面是几个池塘，池塘边是一大片麦地和杂草丛，那一带生长着各种蛇。六七岁的一天，父母都在上班，肖小燕坐在家里看电视，突然发现茶几下面有一条小青蛇。她当时还以为是一根粗麻绳，就好奇地摸了一下，那条蛇突然扭动起来，对着她的手臂咬了一口，紧接着就钻到了她父母的卧室。她哭喊着跑出家门，邻居赶紧带她去了医院。所幸那条蛇没毒，医生给她简单包扎了几下就说没问题了。晚上，父母把家里翻了个底朝天，也没能发现那条小青蛇的踪影。肖小燕此后就没睡安稳过，老觉得自己床底下藏着蛇，后来搬了家，这种心理阴影才稍稍减弱。说到蛇时，她用了这样几个形容词——阴险、隐蔽性强、下口狠毒。"

我挡住录音笔，轻轻咳嗽了一声。

"在梦里，那些蛇是何玉斌带来的。"片刻之后，叶秋薇继续分析，"说明在潜意识中，何玉斌给肖小燕留下的印象是阴险、狠毒。但是，肖小燕只见过何玉斌一面，这种印象从何而来呢？"

"赵海时。"我说，"她通过丈夫的话得来的。"

"没错。"叶秋薇停住脚步，"何玉斌带来的蛇咬了赵海时的心脏，心脏是生命的象征，这是个再明显不过的暗示——何玉斌的阴险、狠毒，很可能会要了赵海时的命。"

我说出自己的理解："蛆虫代表的可能是小麻烦，蛇象征的才是大威胁。那些蛆虫并没有消失，只是被蛇的威胁掩盖了而已。"

"完全正确。"叶秋薇看着我，目光里藏着一丝惊异，"至此，就可以做个总结了，赵海时一直有着某种困扰，或许是事业上的小麻烦，或许是人际关系中潜藏的危机。蛆虫祛除不尽，说明这些困扰和麻烦很难消除，但与此同时，它们也仅仅是麻烦，并不致命。肖小燕很想多理解丈夫，多在事业上帮助他，但赵海时却不让妻子过多掺和，这让肖小燕觉得，自己只是丈夫发泄性欲的工具。因为某种原因，何玉斌对赵海时构成了极大的威胁，这种威胁很可能是致命的。蛇咬了赵海时的心脏后，何玉斌抱着肖小燕强吻，也有着十分特殊的象征意义，象征赵海时被蛇咬死后，肖小燕将无力掌控自己的命运。"

"夫死妻为奴。"我说，"有这种思想，可见肖小燕还是很依赖丈夫的。这同时也说明，何玉斌对赵海时的确存在着致命的威胁。"

"同一个部门的副经理对经理会构成怎样的致命威胁呢？"叶秋薇分析说，"职务变迁上的威胁？赵海时在E厂乃至A集团混得都不错，这种威胁的可能性不大。况且如果是这方面的威胁，为什么肖小燕难以启齿？又凭什么致命呢？所以我相信，何玉斌对赵海时的威胁，一定不是明面上的，而是涉及赵海时的某些秘密。"

"赵海时的秘密——"我低头沉思，突然一惊，"购买研究报告？！会是这件事吗？"

"这是我当时所知与赵海时有关的唯一秘密。这个秘密牵扯极广，足以成为他人对赵海时进行威胁的工具。"叶秋薇说，"不妨假设一下，如果何玉斌对赵海时的威胁真的与此相关，能得出些什么信息呢？第一，何玉斌并没有参与A集团与丁俊文之间的交易，如果他也是参与者，就无法以此对赵海时进行威胁了，因为他们是同一条船上的人。第二，何玉斌虽然没有参与，但一定通过某种方式得知了交易的详情——包括我不知道的内部信息。不然的话，他也无法以此对赵海时进行威胁。也就是说，如果何玉斌的威胁与购买研究报告这件事有关，那么在M事件中，他就是个不代表A集团利益的知情者。"

我明白了她的意思："不代表A集团利益的知情者——你可以放心地接触他，同时还能套取他所知的信息。对你下一步的调查而言，这简直就是完美无缺的人选。"

"不过，虽然这种推测的可能性很大，但终究也只是建立在假设之上的推测罢了。"叶秋薇说，"我必须找到能与这种推测相契合的证据，哪怕只是一个小小的细节。否则，贸然接触何玉斌，依然是一步险棋。"她缓了缓，轻轻扭动脖子，继续说道，"幸运的是，当天晚上，我想要的证据就出现了。"

我急切地问："什么证据？"

"一个人。"叶秋薇说，"我和肖小燕约好晚上一起吃饭，傍晚快六点时，她却接到了赵海时的电话。赵海时说晚上要带她出去应酬，还派人开车去了健身房接她。我原本打算步行离开，肖小燕却执意要送我。刚过六点，一辆黑色SUV就停在了健身房楼下，司机是个二十多岁的男人，穿一件短袖T恤，左臂上有几道疤，其中一道很深。他目光混浊，带有明显的戾气，一看就是脾气火暴的人。一下车，他就对肖小燕哈了哈腰，叫了一声姐。"

我沉浸在她对黑社会小弟的描述中，随口说了一句："不应该叫嫂子吗？"

"所以，他和肖小燕的关系肯定不一般，或许还是亲戚。"叶秋薇说，"果然，肖小燕很快就介绍说，这个男人是她二舅家的儿子，名叫李刚，一直跟着赵海时'跑业务'。"

"李刚。"我觉得这个名字很熟悉。

"身为肖小燕的表弟，又跟着赵海时混饭吃，李刚一定深得夫妻俩的信任。"叶秋薇说，"当时，我立刻就联想到丁俊文收到的前两笔汇款，汇款人就叫李刚。赵海时负责代表E厂和丁俊文谈判，很可能也负责了之后的交易。六百万不是个小数目，交易中用到的账户的持有者，必然是赵海时十分信任的人。所以，当晚接我和肖小燕的这个李刚，和给丁俊文汇款的那个李刚，很可能是同一个人。"

我突然有种异样的感觉，觉得自己好像在哪儿见过这个李刚。

叶秋薇继续分析："两次大额汇款业务，都需要李刚亲自办理。所以，即便赵海时想要隐瞒交易的内幕，凭着跟随赵海时多年积累下的经验，李刚或多或少也会觉察到点什么。他或许是个可以尝试的突破口，但一切有待观察。"

我问："你后来通过他发现了什么？"

"证据。"叶秋薇说，"正如我之前所说，在M事件中，何玉斌是不代表A集团利益的知情者，这一推测，通过李刚得到了证实。"

我说："请继续。"

叶秋薇回忆说："那晚在车上，我故意把话题引到李刚身上，对他有了初步的了解。李刚生于1985年，初中没读完就辍了学，在外地打过两年工。2003年，他在赵海时的帮助下进入E厂，成了一名生产工人。2004年年初，他跟车间主任打了一架，两人事后均遭开除。当时，赵海时刚刚成立了一家担保公司，就把李刚安排进去做业务。李刚胆子很大，一脸凶相，又敢于承担责任，很快就得到了赵海时的信任与器重。"

我默默点头，不禁想起了自己：大学毕业时，恰逢家中变故，我不得不面对来自社会各方的巨大压力，民间借贷就是压力的主要来源之一。近些年来，经济的虚假繁荣刺激了民间借贷的兴盛，大大小小的担保公司如雨后春笋般出现，在促进民间资金流动的同时，也为社会埋下了不可忽视的隐患——在高息的压榨下，借款者无力偿还贷款的现象随处可见。很多担保公司与黑社会相勾结，或者本身就带有黑社会性质，它们会使用一切手段追讨借款，直至将借款者逼入绝境。由此而生的犯罪行为日益增多，甚至一度成为颇为普遍的社会现象。

从叶秋薇的描述来看，李刚的"业务"，大概就是担保公司里见不得人的脏活。

虽然家中事务早已妥善解决，但想到这些，我心里还是一阵慌乱。我努力回想父母的模样，但最终只想起他们模糊的影子。

"张老师？"叶秋薇用锐利的目光看着我，嘴角微微抖了一下，"你没事吧？"

我深吸了一口气，回过神来："不好意思，有点走神。请继续吧，说说你对李刚的观察。"

叶秋薇和我对视片刻，意味深长地点点头，继续回忆："路上，除了李刚，我们自然也聊到了赵海时。肖小燕说，当年李刚之所以跟车间主任打架，就是因为车间主任跟赵海时有矛盾，赵海时早就想收拾他了。李刚当年的行为，其实是在帮未来姐夫出气。所以那件事之后，赵海时才会对他格外器重。之后，肖小燕就开始细数李刚多么能干、对赵海时多么忠诚，又说赵海时对李刚多么信任、多么照顾。她说这些时，我一直在通过后视镜观察李刚的表情变化。因为位置原因，我只能看见李刚脖子和鼻子之间的部分，但这已足够剖析他的内心了。我注意到，每当肖小燕说到他对赵海时的忠诚，他就会下意识地用右手抚摸自己的脖子——或者说按压，因为他真的很用力。"

我一边用力按了按自己的脖子，一边问道："这代表了什么？"

"压力。"叶秋薇解释说，"喉结以上、下巴以下的脖颈内分布着密集的神经，是身体最为复杂，也是最为敏感的部位之一。举个例子，喉结两侧偏上，存在一种叫作颈动脉窦的动脉器质，颈动脉窦管壁内存在大量的感觉神经末梢。当动脉血压升高，感觉神经末梢就会产生兴奋，扩张末梢血管，从而以神经反射的方式降低心率，抑制血压的升高。再举个例子，颈部存在一种叫作颈心支的迷走神经，其下支一直延伸至胸腔，与心神经一同调节心脏活动。按摩脖颈能刺激颈心支，其作用同样是降低心率，从而降低血压。"

尽管没怎么听懂原理，但我基本明白了她的意思："也就是说，抚摸喉结以上、下巴以下的脖子，能起到降低心跳和血压的作用。所以这种行为，正是心跳加速、血压升高的表现。"

"对。"叶秋薇说，"一个正常人突然心跳加速、血压升高，无外乎两个原因，要么是兴奋，要么就是紧张。李刚跟了赵海时五年，又是肖小燕的亲表弟，完全没有因为肖小燕一两句夸奖就如此兴奋的理由。而且，如果他是因为夸奖感到兴奋，脸上多少应该都有些笑容，但我从他嘴上没能看到一丝笑意。所以，他用力按压自己的脖子，一定是因为紧张。"

我下意识地问了一句："为什么会紧张呢？"

叶秋薇反问道："试想一下，受到怎样的夸奖时，人会感到紧张呢？"

"领导的夸奖。"我想了想，说，"或者是言过其实的夸奖——"说到这里，我突然反应过来，"你是说，他对赵海时并非绝对忠诚？！"

"这种可能性很大，但仅凭一个细微举动还不能下定论。"叶秋薇说，"很快，我又发现了新的细节。每当肖小燕说到赵海时对李刚多么信任、多么多么好，李刚的肩膀就会微微晃动一下，嘴唇紧闭如冷笑，同时轻轻地'嗯'一声。"

"'嗯'一声？"我不太理解这个细节。

"张老师，"她走了一步，说，"你有没有遇到过这样的情况，一个人兴致勃勃地对你说话，说的全是你不想听或者不屑听的内容，你不愿意继续听他说，但出于礼貌又不方便打断。"

"当然有。"我说，"当领导的批评不合理时，我就会有这种感觉。"

"那你会如何反应？"

我想了想，说："随便嗯几声应付一下——"话还没说完，我就明白了她的意思。

"没错。"她举起手，扶了扶眼镜，"就是那种不耐烦的应付声。女人不愿意理会男人的搭讪、调皮的孩子不愿接受父母的批评，都会发出这种声音。这种声音，是对对方言论的一种不认可，甚至是轻蔑。"

我深吸了一口气："肖小燕听不出来吗？"

"李刚的这种应付，她肯定听过不止一次。"叶秋薇说，"一开始她或许还会觉得奇怪，但习惯之后就不会在意了。但我可以肯定，关于赵海时对李刚多么信任、多么好的说法，李刚自己并不认可，非常不认可。而这，或许就是他对赵海时不完全忠诚的根本原因。"

几句话，两个细节，就赤裸裸地展现了一个人的内心。

我连连点头："之后呢？李刚对赵海时存在不满和不忠诚，如何成为确定何玉斌身份的证据？"

她继续分析："按照此前的假设，何玉斌是不代表A集团利益的知情者。我一直在考虑这样一个问题，身为局外人，他究竟如何得知了A集团和丁俊文交易的事呢？"

我听出了言外之意："你认为是李刚透露给他的？"

"当时，我只是凭着直觉认为很有这种可能。"

"还是建立在猜测之上的猜测。"我已经习惯了她的思维方式，"接下来，就是在现实中寻找契合点了吧？"

"没错。"叶秋薇盯着我看了两秒，"我认为，如果这个契合点存在，一定可以从李刚身上直接获取。"

"怎么说？"

"从李刚无奈的应付声来看，他虽然有颇多不满，但对于赵海时还是很惧怕的。同时，按压脖颈的动作说明，无论是否跟何玉斌有所勾结，他都对赵海时有过不忠诚的行为。这些不忠诚行为，他一定很害怕赵海时知道，而这，正是他致命的心理弱点。"

我点点头："你想以此威胁他，从而套出自己想知道的信息。"

叶秋薇面无表情："第二天下午，我就从肖小燕的手机上找到了他的手机号。"

我想了想，问："你怎么联系的他？发短信，还是直接打电话——用变声器？"

"考虑如何跟他联系之前，我必须做足准备。"叶秋薇说，"之后的两天里，我通过肖小燕对赵海时的几名手下有了初步了解。赵海时的首席助手——或者说其团伙的二号人物，名叫杨海平。杨海平跟赵海时是从小混到大的兄弟，两人一起打过架、摆过摊、做过小生意。杨海平为人仗义，脑子又好使，担保公司成立后，赵海时就让他做了总经理，管理公司的一切事务。赵海时最信任的手下名叫李小安。1992年，李小安和赵海时在同一个建筑工地干活，因为脾气对路成了朋友。后来工地脚手架坍塌，李小安冒着生命危险救了赵海时一命，从此成了赵海时最信任的弟兄。赵海时在E厂当上车间主任后，就把李小安也弄进了厂里，自己升任市场部经理后，又想办法把李小安提上了车间主任，担保公司成立后，他让李小安负责公司的财务。在生意上，赵海时最倚仗的人名叫曹昱华。曹昱华有经济类的硕士学位，还拥有丰富的法律知识。担保公司成立后，赵海时花重金聘请了他，让他负责技术性的工作，帮助公司获取最大利益，同时降低业务的法律风险。很多大事，赵海时也都会听取他的意见——肖小燕说，赵海时虽然不爱学习，自己也没什么文化，但对高学历人才还是非常敬重的。另外她还提到，手下人一般都管赵海时叫海哥。"

我点点头，示意她继续。

"弄清楚这些信息是7月25日。"叶秋薇接着讲述，"当晚，我就用之前为陈曦准备的手机号给李刚发了一条短信——小刚，你干的好事我都知道了。"

第十一章

梦的解析杀人事件（下）

梦是潜意识的伪装表达，梦境越混乱，说明潜意识的伪装越深。

要分析这样的梦，首先要脱下潜意识的伪装，

即了解梦中主要事物的象征意义。

我问："他是什么反应？"

"五分钟后，他回了一条：别扯淡了，我们在金夜，就等你了，快来。"

金夜，是本地一家娱乐会所的名字。我说："他把你当成了某个朋友。"

"我的第一反应也是如此。"叶秋薇说，"但很快，我就明白过来，这条短信有可能是他对我进行的反试探。"

"反试探？怎么说？"我疑惑地皱了皱眉，"你是怎么看出来的？"

叶秋薇分析说："假设他真的把我当成了某个朋友，他说'就等你了''快来'，说明他之前已经在等这个朋友，也就是说，这个朋友应该知道当晚的娱乐地点是金夜。那么，李刚为什么又要加一句'我们在金夜'呢？"

我吸了口气，一时无言。

"还有，"叶秋薇继续分析，"李刚明明做过对赵海时不忠诚的事，面对陌生号码的怪异短信，居然完全不当回事，这不合情理。而且，收到我的短信后，他过了整整五分钟才进行回复，这五分钟里他干了什么？一时没看见？二十多岁、喜欢玩乐的年轻男人，一般都是手机不离视线的，没看见的可能性不大。所以我认为，那五分钟里，他应该是在考虑对策。再者，看短信的语气，他和这位'朋友'的关系应该不错，那么，他为什么不直接打电话？7月22日晚上，李刚一路上打了好几个电话，但没有发过一条短信，等待红灯时也没有发过。之后的两天里，我不止一次地翻看过肖小燕的手机，她经常和李刚通电话，也经常给李刚发短信，但李刚从来没有给她回过短信。"叶秋薇顿了顿，"综合这些，我认为李刚回复的短信，是对我进行的反试探，他在故作镇定，想看看我的反应。"

我依然无语。

"我意识到，也许短信交流并非上策。"叶秋薇随后说，"任何非面谈的交流形式，或多或少都会存在欺瞒，因为语言——尤其是文字形式的语言——是最具欺骗性的沟通工具之一。身体和表情才最诚实。"她看着我说，"我必须当面试探他的反应。"

"当面。"我不理解，"你是说跟他面谈？这……这样不是直接暴露了你自己吗？"

"不一定是面谈，只要他接到我的短信时，我能亲眼看见他的反应即可。"叶秋薇露出明显的笑意，"为谨慎起见，我当晚没有再跟他进行联系，而是耐心等待机会。机会很快就出现了。7月27日下午快四点，肖小燕接到赵海时的电话，说是赵氏一位老人去世，按照习俗，赵海时和肖小燕当晚必须回赵家老家露个面。赵海时先走一步，让李刚在晚上留点钱把肖小燕送回老家。李刚刚过四点就赶到了健身房，肖小燕却没有立即出发的意思，而是继续跟我们几个打乒乓球。这期间，李刚就坐在健身房入口处的沙发上等待。四点半，肖小燕去了休息区洗澡，我就坐到健身房入口处内侧的沙发上，再次给李刚发了短信，通过门缝观察他的反应。"

我下意识地屏住呼吸。

"我先发一条和之前一模一样的短信，小刚，你干的好事我都知道了。"叶秋薇继续讲述，"李刚当时有点犯困，打开短信一看，神色瞬间清醒。他锁了手机，东张西望，屁股不停地在沙发上挪动，还不时地按压脖颈，搓揉脑袋，这些，都是高度紧张的表现。我想，25日那晚，他大概也做出过类似的举动。我计算了时间，又是过了整整五分钟，他沉住气，给我回了一条短信，哥，你别整天调戏我行不，我这会儿正开着车呢。"

"又是反试探。"我点点头，"他为什么要说自己开着车呢？"

"撒谎的扩散性，或者说惯性。"叶秋薇分析道，"这是一种很普遍的心理现象。人们在受到质问时，常见的反应有三种：自我人格驱使下的撒谎、本能驱使下的逃避，以及超我人格驱使下的坦诚——现实中以前两种反应居多。通常情况下，面对质问带来的威胁，人的第一反应是逃避，随后才会产生撒谎的意识。逃避的言行已经发生，撒谎的意愿受阻，就会在接下来通过别的话题释放，这就

231

是撒谎的惯性。"见我不太明白，她进一步解释说，"举个简单的例子，一个孩子打碎了花瓶，受到父母质问时，第一句话通常是'我也不知道'——这是本能的逃避，随后又往往会补上一句'我当时在外边玩'，或者'我下午一直在写作业'之类的谎话——这就是撒谎的惯性。"

我恍然地点点头："这么说，难道他第一次的回复中，也有惯性的谎言？"

"没错。"叶秋薇说，"我26日就套了肖小燕的话，25日晚上，李刚一直在处理一起借款纠纷，根本没有玩的时间。"

人类的心理世界真是复杂而玄妙。

我深吸了一口气，暗暗感叹，随后说："请继续。"

叶秋薇平静地讲述："他已经落到了我手里，我自然不用再跟他客气。我当即回复说，我没有调戏你，我说的是你出卖海哥的事。看到短信，他瞬间凝固了身体，满脸煞白，没有一丝血色。两秒后，他瘫软地靠在沙发上，四肢止不住地颤抖，不停地擦拭额头上的汗。不过，他的心理素质比我想象的要好，两三分钟后，他居然恢复了气色，再次沉住气，给我回了一条很长的短信，你是谁？凭什么说我出卖海哥？我是海哥的亲弟，咋会出卖他？你到底是谁？说这挑拨的话是几个意思？你是谁？我咋可能出卖海哥？他是我亲哥！"

"重复。"我说了一句，"用重复的言语进行强调，典型的自我安慰。"

"是。"叶秋薇说，"自我安慰的出现，是心理防线即将倒塌的信号，我立即回复——你慌什么？我说的是哪件事，你应该很清楚。他也有点本事，似乎意识到了我并不能确定他出卖赵海时的具体事件，马上回复说，你也别给我装，我看你是无事生非。我考虑了十几秒，最后决定冒个险，于是回复说，非要我明说？好，你还记得丁俊文和那六百万吗？看到这条短信，他的身体顿时瘫软下来，半靠半躺在沙发上，不停地搓揉面部和脖颈。"

我倒吸了一口凉气："他对赵海时的不忠诚，确实和购买研究报告的事有关。还好你的推测是对的，否则，他这条线索也就彻底断了。"

"凡事皆有风险，偶尔也要接受直觉的指引。"叶秋薇说，"就算直觉错误，也只是损失了一条线索而已。言归正传，李刚当时很慌，我决定乘胜追击，又发了一条短信说——小刚，我知道这不全怪你，你老实给我交代，我不会跟海哥说。"

"他告诉你了吗？"

"没有。"叶秋薇说,"我以为他在重压之下会对我和盘托出,但他没有。相反,两分钟后,他居然恢复了神色,沉住了气,回复说,能不能让我考虑考虑。"

"缓兵之计。"我说,"他肯定要找人商量。"

"这样也好。"叶秋薇轻轻一笑,"他肯定会第一时间找人商量,这个人,一定也是M事件的知情者。如果这个人就是何玉斌,或者跟何玉斌有明显的从属、利益关系,我也就用不着再对李刚进行试探了。"

我急切地问:"结果如何?"

"他发完最后一条短信,立即就拨出了一个电话。"叶秋薇说,"电话接通后,他叫了一声哥,随后就下了楼,我自然无法跟听。不过,想查出他当时拨出的电话号码,也不是件难事。"

我深吸了一口气。

"通信公司的朋友给我介绍了一位'内部人士'。"叶秋薇说,"我花了钱,从内部人士手里购买了李刚三个月内的通话记录,以及记录中一些手机号码的登记信息。根据记录,7月27日下午四点到四点四十之间,李刚只和两个号码通过电话,一个登记名是赵海时,另一个叫冯喜娟。我托派出所的熟人帮我调查了这个冯喜娟的家庭、工作信息,信息非常明确,冯喜娟的丈夫就叫何玉斌。随后的三天里,我又通过各种渠道对何玉斌进行了初步了解。何玉斌出生于1974年,本科学历,毕业后进入市医药公司工作,2000年跳槽进入E厂,做了市场部的副经理。2003年,原市场部经理上调,无学历、无资历的赵海时被任命为新经理,做了三年副经理的何玉斌却原地不动,这或许就是他和赵海时之间矛盾的起点。"

我默默点头。

"把已知信息梳理一下。"叶秋薇接着说,"何玉斌比赵海时学历高得多,在市场部的资历也高得多,却让赵海时后来居上,成了自己的上司。这一方面说明了赵海时出众的人际能力,一方面也反映了何玉斌的无能。同时,何玉斌一直窝在市场部,赵海时则深受A集团高层的器重,还在外面开了自己的担保公司,赚着何玉斌难以想象的钱。两人虽是同一部门的正副领导,财富、地位却有着天壤之别,这进一步体现了两人能力、胆识上的巨大差别。无能者多妒,可以推断,从很早开始,何玉斌对赵海时就怀有强烈的嫉妒心理。为此,他一定会想办法寻找赵海时的把柄,以扰乱甚至破坏赵海时的事业和生活。与此同时,不知出于何种原因，年轻的李刚对表姐夫也产生了诸多不满。他掌握着赵海时的某些秘密，何玉斌恰巧需要这些秘密，两人彼此需要，又有着对同一个人的不满，走到一起是必然的事。何玉斌通过李刚得知了赵海时的某些秘密，并以此要挟，敲诈了不少钱财，自然也少不了李刚的好处。赵海时一直在寻找出卖自己的人，但李刚为他打过架，又是他妻子的表弟，他很难怀疑到李刚身上，即便怀疑过，碍于妻子的情面，也不可能深入调查下去。"

"合情合理。"我沉思片刻，点点头说，"不过我有个疑问，赵海时和丁俊文交易的事，如何能成为何玉斌要挟他的把柄呢？这件事应该是A集团高层授意的，如果赵海时因此受到威胁，对A集团高层来说也是一种威胁。问题是，高层为什么没有对付何玉斌呢？他们为了自己的目的，可以害你和你丈夫，可以杀掉徐毅江，为什么没有伤害何玉斌，甚至连他的职务都没有动呢？"

"你越来越敏锐了。"叶秋薇突然压低了声音，用异样的眼神看着我，而后又恢复了正常音量，"没错，这正是接下来需要考虑的问题。A集团没有对付何玉斌，按理来说有两种解释，一是何玉斌掌握的秘密，只对赵海时构成了威胁，与高层无关；二是高层并不知道何玉斌和赵海时之间的事。"

我试着分析："从你对李刚的试探来看，他告诉何玉斌的秘密，肯定和E厂与丁俊文之间的交易有关。这件事的泄露，对A集团高层来说肯定是个威胁，所以第一种解释并不合理。"

"没错。"叶秋薇说，"因此，唯一合理的解释就是第二种。那么，为什么A集团高层不知道赵海时受到何玉斌威胁的事呢？很简单，因为两人都不想让高层知道。"

我舔了舔嘴唇："何玉斌不想让高层知道，理所当然。可赵海时呢，为什么他也不愿意让高层知道？高层明明能帮他解决问题的……"

"很简单。"叶秋薇打断我说，"因为他不敢让高层知道——何玉斌要挟他的把柄与秘密交易有关，但可能并非交易本身。"

我深吸了一口气，仰起脖子，很快就明白了她的意思："你是说，赵海时在交易过程中犯了错误，或者故意动了手脚。"

"购买研究报告，说白了就是一次公费采购行为。"叶秋薇说，"公费采购里的门道，你应该比我清楚。购买报告的事由赵海时全权负责，而且不用丁俊文开具发票，这么好的机会，赵海时偷偷赚上一笔，也是合情合理。"

我点点头，感叹说："要真是这样，他胆子可够大的。"

"人为财死。"叶秋薇说，"他在交易中动了手脚，负责汇款的李刚自然会明白其中的道道。一时的贪婪，成为赵海时难以消除的隐患，更成为后来何玉斌威胁他的把柄。"

我点点头："这也印证了肖小燕的第二个梦境——除之不尽的蛆虫就是难以消除的隐患，何玉斌带去的毒蛇则是赤裸裸的威胁。毒蛇出现，蛆虫瞬间消失——其实蛆虫并没有消失，只是转化成了毒蛇而已。"

叶秋薇不置可否，继续讲述："何玉斌是E厂的老人，对厂里的业务、生产情况有着深入了解。所以，厂里花重金向丁俊文购买研究报告，这份报告对E厂的意义，他多少总会明白一点。下一步，就是挖掘他所知的信息。"

我下意识地扬起嘴角，盯着叶秋薇，缓缓说道："这对你而言再容易不过了，因为你已经握住了他的把柄。"

叶秋薇和我对视片刻，眼中流露出难得一见的惊异。她迅速而自然地避开了我的目光，肩膀微微晃动，之后说道："2009年8月4日晚上，我又换了一个手机号，用变声器给何玉斌打了电话，说想跟他做笔交易。他沉默片刻，问我想做什么交易。我说交易很简单，用你知道、我想知道的信息，换你自己的安全，非常合算。他大概是愣了一会儿，突然挂断了电话，我再打过去他就不接了。之后，我再次换了个手机号，给他发了一条直白的短信——你可以选择逃避，但A集团高层收拾你的时候，别怪我没给过你机会。他迅速回复——我不知道你是什么意思。"

我分析说："'我不知道你是什么意思'，这条短信看似是在骗你，其实是在骗他自己，也是典型的自我安慰行为。正如你所说，自我安慰的出现，是心理防线即将倒塌的信号。看来，你也用不着再费什么劲了。"说完这些，我又忍不住嘲笑道，"这个何玉斌还真是个没本事的人。你都说得这么明白了，他还想装糊涂，难怪一直被赵海时压着了。"

叶秋薇也对我轻轻一笑，继续讲述："我又给他发了一条短信——给你一天时间考虑，明晚八点之前不联系我，你就坐在家里等死吧。记住，八点。"

我继续分析："给他一个明确的时间限制，让他通过自我暗示产生巨大压力，估计他那晚是睡不好了。"

"是。"叶秋薇说，"第二天晚上七点五十六分，他终于按捺不住，给我打了电话。电话一接通，他就直接缴械投降，说，真对不起，这么晚才打过来，希望你别见怪。你想知道什么就尽管问，我一定知无不言，言无不尽。"

这样一个没脑子、没气度的懦夫，居然能成为赵海时的心腹大患，老实说，我真为赵海时感到不值。

叶秋薇继续讲述："具体的对话过程我就不多说了，只说结果。事情的来龙去脉是这样的——正如我的推测，赵海时2003年受到越级提拔，成为何玉斌嫉恨他的开端。此后的几年里，何玉斌不断给赵海时制造麻烦，但都没能对赵海时构成实质威胁。2009年过年期间，E厂举行了一次大规模的聚餐，李刚虽然早已被开除，但在厂里有不少朋友，又有着表姐夫的面子，因而也受到了邀请。也是机缘巧合，李刚大醉后去了厕所，正巧遇上何玉斌。李刚醉得厉害，自言自语地诉说苦恼——他为赵海时打过架、蹲过局子、掏心掏肺，赵海时却把他当外人，只给他发一点微薄的工资。后来，何玉斌便悄悄跟李刚取得了联系，两人一拍即合，决定让赵海时出点血。"

我把录音笔从领口挪到袖口。

"赵海时确实在交易中动了手脚。"叶秋薇接着说，"李刚告诉何玉斌，2008年在他账户中流过的钱，一共是一千六百万。李刚无意中听表姐说起过，那笔钱是准备给四个人的。2008年6月，在赵海时的授意下，李刚给四个陌生账户分别转账三百万，半个月后又向其中一个账户再次转了三百万。剩下的一百万，最后转入了赵海时自己的户头。事后，赵海时只给了李刚两千块钱辛苦费，这正是李刚对他不满的原因之一。"

我低头沉思。很显然，2008年6月，李刚给四个账户各汇款三百万，这四个账户的持有者，应该就是谢博文、秦关、周芸和丁俊文四人。半个月后，赵海时又授意李刚给其中一个账户转了三百万，这个账户显然属于丁俊文。问题来了，为什么赵海时要给丁俊文额外的三百万，对其他三人却不闻不问呢？

我稍后就明白过来：谈判由丁俊文和赵海时全权负责，自然无法避免两人的暗箱操作。丁俊文吃了谢博文、秦关、周芸各一百万，余下的一百万，算是赵海时吃掉的集团公款。

叶秋薇看了我一眼，接着说道："我问起M和《研究报告》的事，何玉斌表示自己并不了解。不过，在我的逼迫和引导下，他想起了一个重要的细节——赵海时学历低，跟科研中心的人素无来往。科研中心的主任刘向东看不起赵海时，多次公开指责E厂高层用人不当，赵海时也毫不示弱，多次当众羞辱刘向东。奇怪的是，从2009年3月开始，赵海时和刘向东的关系却突然好了起来，不仅在厂内友好地打招呼，据说还经常私下小聚，甚至在酒后称兄道弟。"

"2009年3月。"我摸了摸下巴，"谢博文是2月死的，丁俊文是4月初死的，难道——"

"时间吻合，身份也吻合。"叶秋薇平静地说，"这个刘向东，很可能看过《M成瘾性的实验研究报告》。"

我下意识地做了个深呼吸，同时闭上眼，在脑海中迅速翻阅了死亡资料，很快就看见了刘向东的名字。

"研究报告、科研中心、对赵海时态度的突然转变。"我睁开眼，理清思路，"这个刘向东知道的一定不少。通过他，或许就能弄清楚研究报告对于E厂的意义，甚至了解到研究报告的具体内容。为此，你决定和他进行直接接触。但一来，你和他素不相识，二来，他的事是何玉斌告诉你的。你认为，突然和他接触，可能会引起何玉斌的怀疑，所以你决定先除掉何玉斌，再进行下一步的调查。"

叶秋薇用复杂的目光盯着我，嘴唇微张，又迅速闭合，最后说了两个字："没错。"

我继续替她分析："与此同时，你还有一个担心。赵海时突然跟刘向东关系密切，说明两人有了某种共同利益，这种利益显然和研究报告的事有关。你接触刘向东，通过他调查研究报告的事，难免也会引起赵海时的注意。如果赵海时得知了你丈夫的身份，以及你主动接触肖小燕的事，你的身份和意图也就彻底暴露了。跟何玉斌比起来，赵海时才是最大的威胁和绊脚石，所以继续调查之前，你也必须除掉赵海时。"

她依然只说了两个字："没错。"

"于是，你想到了利用两人之间的矛盾。"说到这里，林子里突然掠过一阵疾风，树叶被吹得哗哗作响，阳光透过枝叶间的缝隙挥洒而下，照得我睁不开眼，风过声止，我缓缓睁开眼睛，深吸了一口气，"矛盾——"我揉揉眼，觉得有些眩晕，"你决定利用两人之间的矛盾。"

她点点头，眼中闪着我从未见过的光彩："没错。"

"嗯——"我微微摇头，思路有些凌乱，"请继续，你当时是如何考虑的？何玉斌对赵海时的讹诈也不是一天两天了，这虽然是赵海时最大的威胁，但也算不上深仇大恨啊。再说了，赵海时手下众多，就算要杀何玉斌，也没有亲自动手的必要吧？你究竟做了什么，能让他不顾一切，在公共场合枪杀何玉斌呢？"

叶秋薇沉默片刻，眉毛微微晃动了几下，随后平静地说："愤怒，当一个人的愤怒战胜理智，就会做出不计一切后果的行为。"

我追问："如何让他的愤怒战胜理智呢？"

她反问道："张老师，愤怒是什么？"

"愤怒——"我想了许久，却不知该如何表达，"愤怒就是一种原始的情绪……"

她继续问："那情绪又是什么呢？"

我哑口无言。

她稍后解释说："心理是生理的抽象表现形式，所以从本质上讲，心理活动就是生理机制的一部分。因此，任何朴素的心理活动，对生理而言都是有益无害的，愤怒、喜悦、悲伤等原始情绪即是如此。以愤怒来说，如果你对生物学有些许了解，就不难明白，生物只在三种情况下产生愤怒，一是面临生命威胁，比如河豚遇到生命危险时膨胀身体，豪猪遭遇捕食者时竖起尖刺；二是争夺生存资源，比如食肉动物为了领地以命相搏，鬣狗和狮子为了食物而争斗；三是争夺配偶，很多动物都会通过决斗的方式决定配偶归属。愤怒的情绪会通过激素调节等方式影响生理，使生物个体爆发高于常态的力量，从而增加生存、进食、繁殖等生活行为的机会。换言之，只要受到了生存、进食、繁殖方面的威胁，生物就会产生无法克制的愤怒，这就是愤怒的本质。"

我认真听着。

"人类的情绪虽然复杂，但本质与其他生物无异。"她继续说道，"依然举例说明，比方说，在公共场合吐痰的行为会引起人们的愤怒，为什么？社会层面的解释是，吐痰者污染了公共环境，违背了人类公德。这种解释高雅、文明，但并非愤怒的根本原因。根本原因在于，吐痰者将带有病菌的排泄物排入了他人领地——所谓公共场合，对他人的健康构成了危害，他人在潜意识中感受到了生命威胁，因而产生愤怒。再比如，你丢了一件东西，明明是自己弄丢的，却会没来由地产生愤怒——当然，这种愤怒通常被解释为自责、郁闷等。财物的丢失，相当于生存资源遭到掠夺，愤怒正是由此而来。再者，为什么出轨会让伴侣感到愤怒？人们会说'他不爱我了''他不负责任''他对不起我'，说白了就是出轨行为会让伴侣产生配偶被夺的潜意识心理，这才是愤怒的根源。雄性的配偶争夺欲更强烈，所以男性在伴侣出轨时感到的愤怒，要普遍强于女性。"

我点点头。说到底，还是应了我大学时代那位老教授的话：社会就是人类本性的集体伪装。

"明白了什么是愤怒，就可以制订让赵海时愤怒的计划了。"叶秋薇继续分析，"依然从愤怒的三种根源入手。首先是争夺生存资源，何玉斌敲诈赵海时的钱财，相当于对赵海时的生存资源进行长期掠夺。关于这一点，何玉斌已经做得很好，不用我再做什么。"

我示意她继续。

"愤怒的第二个根源是面临生命威胁。"她接着说，"我所要做的，就是让赵海时认为何玉斌威胁了他的生命。8月7日，我再次给李刚发了一条短信——小刚，何玉斌已经把一切都告诉我了，你知道吗？他回了两个字，知道。我又发了一条——那你考虑得如何了？他回复，既然你什么都知道了，我怎么考虑还重要吗？你去告诉海哥吧，要杀要剐我都认了。"

我说了一句："他还挺有骨气。"

"虚张声势而已。"叶秋薇面无表情地说，"真有骨气的话，早就去找赵海时承认了。我又给他发了一条——小刚，你用不着跟我拧，我要想害你，早就跟海哥说了。他回复——那你是什么意思？我说，谁还没个犯错的时候？你以后长点记性就行了。他马上卸下伪装，回复说，哥，你想想，海哥是我亲哥，我怎么会想害他呢？唉，都是一时糊涂。我说，别废话，海哥现在已经开始怀疑你了，想自保就听我的。他马上回复——哥，你说吧，只要能过这一劫，你叫我干啥都行，以后我一定好好孝敬你。"

我差点没笑出声来。

叶秋薇看了我一眼，继续讲述："我又给他发了一条短信——海哥怀疑你，是因为有人说看见你跟何玉斌一起吃过饭。这样，你主动去找海哥，就说自己接近何玉斌是为了套他的话，帮海哥查出内鬼。他回复——哥，海哥要问起内鬼是谁，我该咋说？我说，就说是嫂子。"

我一时没明白她的用意："你……为什么……李刚是怎么回复的？"

"当然是纠结了很久。"叶秋薇说，"十几分钟后，他才给我回了五个字——那是我亲姐！我回复——海哥对嫂子的感情你又不是不知道，就算知道是嫂子泄了密，也不会对嫂子怎么样的。再说了，那件事除了你跟嫂子，其他人谁知道？他还挺聪明，回问我，哥，那你怎么知道？"

我好奇地问："你是怎么回应的？"

"无所谓了。"叶秋薇平静地说，"我手上有他的把柄，他却连我的身份都不能确定，有什么资格跟我叫板？我马上回复——是海哥让我调查的，你给我记住，想保自己，就赶紧去找海哥，把事情往嫂子身上推。你要是敢往其他人身上推，我保证你死都不知道咋死的。他回复——明白了。我给他发了最后一条短信——还有，为了表现诚意，你就对海哥说，何玉斌最近正准备向公司高层告密。你这么一说，海哥的心思就全在何玉斌身上，不会顾及你了。他又回复——明白了，哥，谢谢你，哥，只要过了这一劫，我一定好好孝敬你。"

我问："他照你的意思做了吗？"

叶秋薇说："8月12日下午快四点，肖小燕闷闷不乐地去了健身房，我扶她去了休息区，她刚坐下就哭了起来，说赵海时这两天总是无缘无故地对她发脾气，还差点伸手打她。"

我点点头，叹了口气："为了保护自己，不惜出卖一直照顾自己的亲表姐，人心真是太可怕了。"

"这也许才是人的本来面目。"叶秋薇淡然地说，"得知何玉斌可能随时告密，赵海时就会感受到生命威胁，这是愤怒的第二个根源。他对肖小燕接连发脾气，说明愤怒已经快要压抑不住。接下来，再通过愤怒的第三个根源对他进行刺激，他的怒气就会彻底爆发。"

"第三个根源。"我一愣，突然明白了她引导李刚诬陷肖小燕的意图，"你要让赵海时认为肖小燕出轨，而出轨对象就是何玉斌！"

"争夺配偶的愤怒，对雄性来说是最难压抑的愤怒。"叶秋薇说，"这是点燃赵海时的最关键一步。"

"也是最困难的一步。"我说，"肖小燕对何玉斌厌恶至极，怎么可能跟他出轨呢？"

"不用她真的出轨，只要让赵海时认为她出轨就行。"叶秋薇说，"我之所以让李刚诬陷肖小燕，就是为了给第三步的暗示打下基础。亲表弟告发亲表姐，这种大义灭亲的行为，会增强人们的信任感。赵海时对肖小燕接连发脾气，说明他即便没有完全相信李刚的说法，也或多或少对妻子产生了怀疑。想用暗示摆布一个深陷怀疑之中的人，真是太容易了。"

我说："请继续。"

"8月12日，我在健身房陪肖小燕聊到晚上快八点。"叶秋薇说，"她知道我学过心理学，一直在征求我的建议，我给她的建议始终围绕'坦诚'二字。我说，夫妻之间要想和睦相处，彼此坦诚是最重要的前提。如果两人各怀心事，就很容易产生隔阂。肖小燕很有共鸣，说赵海时就是太大男人，什么事都自己扛。我说，其实彼此坦诚也不难，这次的事说不定就是个机会。既然他大男人、脸皮薄，你就不妨主动一点。今晚回去，你可以心平气和地问问他发脾气的原因，态度一定要诚恳。他对你那么好，肯定会跟你说的。一旦他开了口，你就要保持着平和的心态继续跟他沟通，坦诚的沟通能化解一切矛盾。"

"这些建议合情合理。"我点点头，"你为什么要对肖小燕说这些？你真的想帮他们夫妻改善关系？还是另有目的？"

"我要让肖小燕知道，赵海时突然对她发脾气这件事跟何玉斌有关。"叶秋薇继续讲述，"之后的两天里，肖小燕都没去健身房，也没用电话跟我联系，直到15日下午才再次出现。她感谢了我的建议，说她跟赵海时进行了深入的沟通，夫妻关系明显改善了许多。说这些时，她一直在笑，但笑得很别扭。"

"怎么别扭？"我问，"能简单描述一下吗？"

叶秋薇解释说："有句话说得很好，'眼睛是心灵的窗户'，人在恐惧时会闭眼，紧张时会眨眼和揉眼，焦虑或生气时会眯眼，过度悲伤时瞳孔收缩、目光呆滞，轻松或愉悦时则瞳孔放大，目光明亮。发自内心的笑容，眼睛一定是大而明亮的。但肖小燕笑的时候，眼睛看起来比平时更小——这属于下意识的眯眼行为。所以，尽管她的面部肌肉很卖力地想要展现笑容，但从眼睛来看，她的心情并不舒畅，甚至有着隐隐的焦虑。"

我点点头："看来，她和赵海时的沟通不算十分成功。"

"为了深入了解她当时的心理，我很快就把话题引向了《周公解梦》。"叶秋薇接着说，"我随意编了一个梦，请她帮我解读，之后又假装随意地问起她的梦。她说她当天中午做了一个很好玩的梦，她和赵海时结婚，她坐在火红的轿子里，赵海时骑马走在轿前，周围全是喝彩声和鼓乐声。赵海时穿着红色长马褂，留着一条长长的辫子，胸前一朵大红花，标准的清代新郎官装扮。她坐在轿子里，不时地掀起红盖头看一眼丈夫，赵海时也不时地回头看她。正走着，突然有个人快马加鞭跑到赵海时身边，说，新郎官，你新娘子在轿子里吃肉呢。赵海时笑道，我家里是开饭店的，老婆吃块肉怎么了？那人说，她吃的是平安堂药铺卖的羊肉串，八毛钱一串呢。赵海时又笑道，不会，她最不喜欢吃羊肉串了，不信让我看看。说着，赵海时拉住马，进了轿子，轿子突然变成了餐厅包间。正中央的桌子上摆着一套烤架，烤架上挂着几只袖珍烤全羊，每只跟鸡、鸭差不多大小。紧接着，肖小燕就闻到一股明显的膻味。何玉斌坐在肖小燕对面，问，羊肉串好吃吗？肖小燕环顾四周，看见站在门口的餐厅服务员，说，服务员，我没有点烤全羊啊，你为什么要给我烤羊肉串？快点端走。服务员是个老人，挠挠头，不好意思地说，小燕，你不是一直最喜欢我们家的羊肉串吗？肖小燕当时觉得很委屈，就拉着老人出了门，说，林叔叔，走走走，咱俩把话说清楚，你可不能赖账。刚一出门，老人就哎呀地叫了一声，说对不起，我上菜上错了，我现在就把羊肉串端走，给你们送上驴肉火烧。再一进屋，餐厅又变成了轿子，肖小燕端坐着，赵海时一边骑马，一边回头对她笑笑，说，到家了，一会儿回去你赶紧铺床，给我生个大胖小子。"

"可真够乱的。"我说，"你从这个梦里发现了什么？"

"梦是潜意识的伪装表达，梦境越混乱，说明潜意识的伪装越深。"叶秋薇说，"要分析这样的梦，首先要脱下潜意识的伪装，即了解梦中主要事物的象征意义。首先是羊肉。梦中多次出现羊肉串和烤全羊，肖小燕还特意提到了羊肉的膻味，羊肉对她而言是否具有某种特殊意义呢？我问她是否喜欢羊肉，她说谈不上喜欢，也谈不上不喜欢，就是无所谓的态度。我又问她是否因为吃羊肉导致过身体不适，她也表示没有。"

我随口说道："难道梦见羊肉只是个偶然？"

"梦没有偶然。"叶秋薇说，"我继续就羊肉的问题对她进行试探。在聊到羊肉的做法时，她无意中说起一件事，2009年年初，赵海时去外地忙活了一个多星期，回家后消瘦了许多。肖小燕买了几块上好的羊排熬汤，想要给丈夫补补身子。熬汤那晚，赵海时十点多才醉醺醺地回到家，随便洗了洗倒头就睡。肖小燕盛了汤给他喝，他不仅不喝，还骂骂咧咧地把汤推开，说闻着恶心。他用力很猛，汤洒了肖小燕一身。肖小燕很委屈，问他在外面吃了什么，他说跟兄弟们吃了驴肉火烧。"

我抬手摸了一下头发："梦里也出现了驴肉火烧。"

"没错。"叶秋薇说，"我意识到，熬汤这件事，应该就是梦中羊肉和驴肉火烧的来源。赵海时是个大男子主义的人，而且独断、冷血、令人惧怕。肖小燕则是个典型的小女人，依赖性强、性子软。她很怕丈夫，否则也不会在他的命令下乖乖去做流产了。"

我点点头。

"惧怕会体现在许多心理细节上。"叶秋薇继续分析，"就说熬汤这件事，肖小燕精心给丈夫熬了羊肉汤，丈夫却说恶心，在潜意识中，肖小燕会认为是羊肉汤导致了丈夫对自己发脾气，因而对羊肉汤——乃至一切羊肉制品——都产生恐惧和厌恶。只是这种恐惧和厌恶被埋藏得很深，她没能意识到罢了。相反，丈夫不喝羊肉汤的原因是吃了驴肉火烧，在潜意识中，她就会对驴肉火烧产生微妙的好感。"

"下意识地讨好。"我试着说出自己的看法，"在潜意识里模仿丈夫的喜恶，这是一种因惧怕而生的讨好心理吧。这种心理活动，可以有效地减轻并掩饰恐惧，也算是心理的一种自我保护。"

"完全正确。"叶秋薇用异样的神色看着我——这种神色当天已经出现过数次，"所以对肖小燕来说，羊肉是消极的事物，驴肉火烧则是积极的事物。继续分析——第二个值得注意的细节，是梦中那个姓林的老人，因为羊肉是他送去的，'驴肉火烧'这个词也是从他口中说出来的，更重要的是，肖小燕在梦里管他叫林叔叔——她很可能认识这个人。我问了这个林叔叔的事，肖小燕告诉我，林叔叔是她父亲的一个朋友，名叫林宇兵。1989年到1995年，肖家和林家做了六年多的邻居。当时，林宇兵开了一家叫平安堂的药店，肖小燕经常到药店里玩。

平安堂主营中药，再加上当时电视剧《新白娘子传奇》热播，肖小燕就一直把平安堂药店叫作平安堂药铺。"

我想不明白："这个人又象征着什么呢？"

"多年未见的人出现在梦中，通常有两种意义。"叶秋薇解释说，"一是象征与此人有关的事物或情绪，比如梦见多年未见的同学，可能象征了对学生时代美好生活的思念；梦见年轻时的恋人，可能是白天见到了与当年恋情有关的某件物品。二是象征具有相似特征的其他人，这种情况比较常见，比如小学生梦见戴眼镜会喷火的怪兽，很可能象征了某位戴眼镜的严厉老师。"

我思量着点点头。

"想弄清楚林宇兵的象征意义，就必须对他进行更深入的了解。"叶秋薇接着说，"接下来，肖小燕在我的引导下回忆了很多与林宇兵有关的事，一个细节引起了我的注意。肖小燕说，林、肖两家关系一直不错，但是到了1994年，市医药公司改制，肖小燕的父母双双下岗。他们想到平安堂药店谋个生计，却遭到林宇兵的拒绝。父母下岗后，整整一年都没有稳定收入，肖小燕也跟着吃了不少苦。十一二岁的孩子，正处于对社会和人际关系的初步认知阶段，父母的影响至关重要。在父母的影响下，对肖小燕而言，林宇兵就成了家庭外来威胁的象征。而来自外部的家庭威胁，2009年再次出现了。"

"何玉斌！"我深吸了一口气，心中的疑惑瞬时消散，"林宇兵的象征意义就是何玉斌！"

"没错。"叶秋薇说，"林宇兵和何玉斌都对肖小燕的家庭安全构成威胁，同时，两人的名字也颇有相似之处。梦是欲望压抑后的释放与展现，肖小燕的欲望与何玉斌有关，却又不愿意梦到何玉斌，所以就用林宇兵来代替，毕竟，林宇兵对其家庭的威胁，已经是十几年前的事了。"

人类的潜意识世界真是玄妙。

叶秋薇顿了顿，继续分析："至此，就可以对梦进行整体上的解析了。结婚是件喜庆的事，女人梦到结婚，确实能反映内心的幸福感。但在结婚途中，突然有人向赵海时告密，说肖小燕在吃羊肉。对肖小燕而言，羊肉是消极事物的象征，这样的告发，其实也就象征了现实中李刚对她的诬陷。但她惊讶地发现，自己面前真的有羊肉，甚至能闻见羊肉的膻味，这说明诬陷起了作用，赵海时已经对她产生了严重的怀疑，她有点跳进黄河也洗不清的感觉。为了摆脱羊肉，她拉着服务员林宇兵——也就是何玉斌——想到门外说个清楚。何玉斌承认上错了菜，同意将羊肉换成驴肉火烧，这是肖小燕摆脱诬陷的象征。赵海时最后的话，则象征了重新取得丈夫信任的美好愿望。”

“梦我是听明白了。”我说，“这对你的下一步行动有什么帮助？”

“进一步分析。”叶秋薇说，“在梦中，羊肉是何玉斌送去的，也就是说，肖小燕已经知道自己遭受的诬陷与何玉斌有关。你回想一下，她最后凭什么取得了丈夫的信任呢？”

“拉着何玉斌到门外说清楚——”说到这里，我瞬间领会了她的意思，“难道她希望让何玉斌帮她证明清白？这种想法未免太傻、太幼稚了吧？”

“为了婚姻与家庭，女人做的傻事还少吗？”叶秋薇冷冷地说，“她的这种愚蠢想法，正好可以为我所用。”

我突然感到无比悲哀。

“还有一个问题需要解决。”叶秋薇继续分析，“肖小燕虽然已经产生了让何玉斌帮她证明清白的天真想法，但这种想法当时还只存在于她的潜意识之中，并未进入意识。再者，即便进入了意识，以她胆小软弱的性格，一定也缺少付诸实际的勇气。我必须让她意识到内心的想法，同时给她足够的勇气。”

“怎么做？”

“为了不引起她的怀疑，我当天并没有采取行动。”叶秋薇继续讲述，“8月16日下午运动过后，我们照例在休息区聊天。当时，我假装无意地给她讲了这么一件事，说我有个叫W的朋友，年轻时爱上了一个叫R的男人，非他不嫁的那种爱。后来她无意间发现，R竟然是一个庞大贩毒网络的高级领导，即使这样，她对他的感情也没有改变，表示愿意与他同生共死。两人的感情原本很好，但有一天，突然有人向R告密，说W是敌对贩毒集团的卧底。R虽然很爱W，但到底干的是玩命的勾当，自然对W起了疑心——讲到这里，我故意停顿了一会儿。”

我明白她的用意：“给肖小燕足够的时间进行想象，引起她的共鸣。”

“对。”叶秋薇说，“等到她急切地问我接下来的事，我才开口，卖了个关子，问，你猜W干了什么？肖小燕焦急地看着我，眉头紧皱，说话也支支吾吾。那种紧张的表情和语气让我明白，她已经把自己代入了W的事。时机成熟，我继续讲述，说W为了证明自己的清白，居然跑去找了敌对贩毒集团的头头，让他去跟R说个清楚。肖小燕叹了口气，说女人真傻，为了爱情连命都不要了，最后又焦急地问，那她最后成功了吗？我笑笑说，成功了，敌对集团的头目为了这件事，特意跟R照了面。他对R说，你的女人知道咱们有矛盾，还敢过来找我，就冲这一点，我看得起她，也看得起你。虽然咱们之间有竞争、有矛盾，但这是男人的事，别把女人扯进来，你的女人跟我们毫无关系。你信也好，不信也罢，我就说这么多。肖小燕又问我，那R信了吗？我酝酿了一会儿感情，说，信了，通过那件事，他不光对W深信不疑，还干脆跟敌对集团的头目做了朋友。"

我想了想，问："你最后没加个'R和敌对毒贩都伏法了'之类的结局吗？这样显得更真实。"

"绝对不能说这些。"叶秋薇分析说，"要知道，赵海时的营生并不干净，而且还受着来自A集团高层的威胁，我何必画蛇添足，加一个悲剧的结局，干扰肖小燕的心绪呢？"

我不好意思地笑笑："这倒是，还是你想得周全。"

她接着说："听完W的故事，肖小燕接连做了好几个深呼吸，右手紧紧握住左手，用力地挤压搓揉，不停地咬着上下嘴唇。这些，都说明她的内心正在为了某个决定而激烈挣扎。她稍后问我，秋薇姐，男人真的能这么大度吗？我说当然，男人的心胸都宽得很，跟咱们完全不是一种动物。接下来的聊天过程中，我又给她讲了好几个类似的故事。听完最后一个故事，她的呼吸突然平缓下来，眨眼次数明显减少，嘴唇也紧密地闭合在一起。这些，说明她已经下定了决心。"

我默默点头。

"我有预感，她很快就会采取行动。"叶秋薇继续说道，"当晚，我再次给何玉斌打了电话。他很怕我，问还有什么能帮我的。我说，不是要你帮我，而是我在帮你，你跟赵海时一直这么别扭下去，迟早都要遭殃。既然你听话，我就帮你彻底解决危机。他问起具体情况，我说，我跟赵海时也进行了沟通，他说你们之间只是有点小误会，确实应该找个机会化解一下。这两天，他可能会让老婆先约你见个面，你要答应见面，并认真听他老婆说话。不过他老婆的脾气有点怪，要是提什么奇怪的要求，你可千万不要同意。何玉斌虽然将信将疑，但因为对我的惧怕，还是连连答应。接下来，我又给李刚发了短信——小刚，你做得很好，我给你出的主意起作用了。他回复——哥，可是海哥对我的话不太信任啊。我回复——别急，很快就会有证据证明你的话是对的，这两天二十四小时开机，证据出现我随时通知你。他回复——谢谢哥，全指望你了。"

我突然紧张起来。

"接下来就是等待。"叶秋薇接着说，"之后的两天里，我雇侦探跟踪了何玉斌，自己则密切关注肖小燕的行踪。8月18日下午三点半，肖小燕没有去健身房，而是去了西四环南段的一家咖啡馆，我立刻联系了侦探，侦探表示，何玉斌正开车沿西四环由北向南行驶。我立刻给李刚发了短信——证据出现，带海哥去××咖啡馆，地点，西四环与××路交叉口。之后，我去了咖啡馆对面的餐馆，在二楼找了个靠窗的隔间坐下。下午快四点的时候，李刚一直开的那辆黑色SUV驶入餐馆停车场。很快，李刚、赵海时和另一个年轻男人也上到餐馆二楼，在我附近的一个隔间里坐了下来。我起身去了个厕所，回来后坐到紧邻三人的隔间里。四点十分左右，我听见李刚说了一句，海哥，何玉斌的车来了。当时，我能清晰地听见赵海时满是怒气的呼吸声。他很快就对另一个年轻人下了命令，说，老虎，你嫂子跟何玉斌都不认识你，你过去看看，别惊动他俩，看看他俩到底说了啥，回来跟我一五一十地汇报。"

我眉头一皱："赵海时也挺有心计。如果那个叫老虎的人听到了肖小燕跟何玉斌的对话内容，你不就前功尽弃了吗？"

"肖小燕虽然天真，但到底是成年人，基本的道理还是懂的。"叶秋薇解释说，"她找何玉斌谈的，可不是什么光彩的事，肯定不能让别人知道。你知道她为什么会选××咖啡馆吗？那家咖啡馆我去过，二楼和三楼全是包间，隔音效果非常好。那个老虎能找到两人在哪个包间就不错了，怎么可能听清两人谈话的内容呢？"

不得不说，叶秋薇考虑得太周到了。

我摊开右手："请继续。"

"下午五点，肖小燕跟何玉斌一起离开了咖啡馆，老虎紧随其后。"叶秋薇说，"因为距离太远，我看不清两人的表情。不过两人似乎谈得并不顺利——因为我跟何玉斌说过，让他拒绝肖小燕提出的任何'奇怪'要求。何玉斌已经上了车，肖小燕又坐进车里跟他说了一会儿话，一边说一边抹眼泪，还不时地抓着何玉斌的胳膊，显然是在求他。当时，赵海时就压抑不住愤怒，嘴里不停地骂着何玉斌和他的家人。两分钟后，老虎回到餐馆，说包间隔音效果太好，没怎么听清肖小燕跟何玉斌的对话，只是模模糊糊地听肖小燕说什么'海时已经对我失去信任了''只有你才能帮我'之类的，还能听见她断断续续的哭声。两人下楼时，肖小燕还哭着拉住何玉斌的胳膊，说什么'求你了''救救我'之类的话。赵海时的怒火瞬间爆发了。他猛然起身，一下子掀翻了餐桌，大骂道，何玉斌，我×你妈，老子今天就废了你。接着，他跟李刚要了车钥匙，怒气冲冲地走了。李刚跟老虎则被餐馆的工作人员拦下，负责赔偿损失。"

我深吸了一口气。

"之后的事情具体如何，我无法预料，但可以肯定的是，赵海时必须把怒火发泄到何玉斌身上，否则不会罢休。"叶秋薇接着说，"为了不引起肖小燕的怀疑，我赶紧去了健身房，但她那天下午没有过去，之后的两天也都没去。直到第三天，我刚到健身房，两个跟肖小燕关系不错的老客户就把我拉到角落里，神神秘秘地说，知道吗秋薇？小燕的老公杀人了。"

我叹了口气："那肖小燕后来怎么样了？"

"我跟她逐渐少了联系。"叶秋薇说，"她不懂经营，没了赵海时，健身房的运营根本无法维持，2010年的时候，她把健身房转了出去，重新开了一家花店。"

我点点头，又是一阵疾风，树顶的阳光晃得我睁不开眼。

"走吧。"叶秋薇闭上眼，缓慢而深沉地吸了一口气，睁开眼说，"外面挺热的。"

我大概已经习惯了与她的相处吧。那天的会面结束后，我并没有再次感到恶心，反倒对她的所作所为产生了坚定的认同。当然，与此同时，我也不可避免地产生了对肖小燕的同情。

我问了肖小燕花店的地址，随后与工作人员一起把叶秋薇送回病房。进入病房前，叶秋薇回头看了我一眼，主动说道："张老师，明天见。"

我有点受宠若惊。

会面结束后，老吴照例让医生给我做了心理评估，之后才笑呵呵地放我离开。坐到车上，我把死亡资料翻到第六页：

赵海时，男，生于1974年3月，生前为E制药公司市场部经理。2009年9月，法院以非法持有、私藏枪支、弹药罪，故意杀人罪，两罪并罚，判处赵海时死刑，剥夺政治权利终身。同年10月25日，赵海时被执行死刑。

我屏住呼吸，想象着赵海时开枪时激荡于胸口的盛怒，仿佛还能听见当日的枪响。那枪声震人心魄，震耳欲聋，不只击中了稀里糊涂送命的何玉斌，还击中了此刻坐在车中沉思的我。我一个激灵回过神来，轻抚额头，如释重负。

仅凭一连串梦的解析，叶秋薇就不动声色地除掉了两个颇具城府的男人。这种超乎想象的心理操控能力实在令人敬服，又令人不寒而栗。思绪至此，我仰起头，看着车窗上铺散、堆叠的光晕，强烈的疑惑与恐慌再度浮现：会面过程中，叶秋薇是否也在以同样的能力和方式，对我的心理进行某种程度的操控呢？

我深吸了一口气，想起她那谜一般深邃的双眼。

最危险的女人

至此，前几名死者的死亡过程已经清晰明了。

叶秋薇曾说，自己杀死他们不是为了复仇，而是为了查明事情的真相并且自保。从社会意义上来说，叶秋薇并不是凶手，因为她并没有直接动手或教唆他人犯罪。但是从心理学意义上来说，这些人皆因叶秋薇的暗示而死。这是多么神乎其技而又骇人听闻的力量！它几乎颠覆了我对犯罪和心理的概念：真正的高手，几句话、几个动作，就能杀人于无形；强大的精神力量，足以致命。人的内心世界，究竟复杂到什么程度？恐怕比茫茫宇宙更加浩瀚无边、深不可测吧！叶秋薇的力量远比变态连环杀手和高智商罪犯更让人恐惧，因为真正杀死你的，不是别人，正是你自己。意识一旦被操控，上帝也无法拯救。

那么，之后的十几名死者，又是如何命丧叶秋薇之手的呢？目前已经出现的三股势力，他们相互角逐的结果如何？研究报告最后落到了哪一方的手里？陈曦笔记中提到的另一个心理高手X到底是谁？叶秋薇的结局又是怎样？而"我"，真的只是一个旁听者吗？这一切，我们只能从后面的故事里才能寻找到答案了。

敬请期待下册。